Geheime dromen

Van dezelfde auteur:

Als er een morgen is
Als vlinders in de nacht
Engel der wrake
Engel van de nacht
De vierde erfgename

Sidney Sheldon

Geheime dromen

dB

1999 – De Boekerij – Amsterdam

Dit verhaal is verzonnen, maar op ware feiten gebaseerd.

Oorspronkelijke titel: Tell Me Your Dreams (Morrow)
Vertaling: Pieter-Jan Stokhof
Omslagontwerp: Hesseling Design, Ede

*Voor de twee Larry's: Larry Hughes en Larry Kirchbaum,
mijn twee literaire sherpa's*

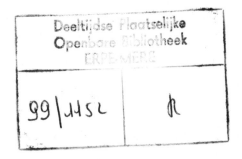

ISBN 90-225-2530-9

DEEL EEN

1

Er zat iemand achter haar aan. Ze had wel eens iets over stalkers gelezen, maar die hoorden thuis in een andere, gewelddadige wereld. Ze had geen idee wie het kon zijn, wie haar kwaad zou willen doen. Hoewel ze vreselijk haar best deed om niet in paniek te raken, had ze de laatste tijd vaak last van ondraaglijke nachtmerries. Telkens als ze wakker werd, had ze het gevoel dat er iets verschrikkelijks stond te gebeuren. *Misschien verbeeld ik het me maar allemaal*, dacht Ashley Patterson. *Ik werk te hard. Ik ben gewoon aan vakantie toe.*

Ze draaide zich om en bekeek zichzelf in de spiegel die in haar slaapkamer hing. Ze zag een slanke, intelligente vrouw van achter in de twintig, met aristocratische gelaatstrekken. Haar bruine ogen stonden begerig. Ze bezat een onopvallende sierlijkheid en was op een subtiele manier aantrekkelijk. Haar donkere haar rustte zachtjes op haar schouders. *Wat zie ik er toch vreselijk uit*, dacht Ashley. *Ik ben veel te mager. Ik moet wat meer gaan eten.* Ze liep naar de keuken om haar ontbijt klaar te maken. Ondertussen probeerde ze niet te denken aan de ramp die stond te gebeuren, maar concentreerde ze zich helemaal op het bakken van een luchtige omelet. Ze zette het koffiezetapparaat aan en stopte een boterham in de broodrooster. Na tien minuten was alles klaar. Ashley zette de borden op tafel en ging zitten. Ze pakte haar vork, keek even naar het eten op haar bord en schudde wanhopig haar hoofd. Door de angst was haar eetlust verdwenen.

Hier moet een einde aan komen, dacht ze boos. *Wie het ook is, hij moet ermee ophouden. Ik wil het gewoon niet hebben.*

Ashley keek op haar horloge. Het was tijd om naar haar werk te gaan. Ze keek even haar vertrouwde appartement rond. Het was net alsof haar omgeving haar moest geruststellen. Het was een heel leuk gemeubileerd appartement op de derde verdieping aan Via Camino Court. Het appartement bestond uit een woonkamer, een slaapkamer, een studeerkamer, badkamer met tweede toilet en een keuken. Ze woonde nu al drie jaar in Cupertino, Californië. Ashley had het altijd een comfortabel nest gevonden, een toevluchtsoord, tot twee weken geleden. Nu was het een fort geworden, dat iedereen die haar kwaad wilde doen, buiten moest houden. Ashley liep naar de voordeur en bekeek het slot. *Ik zal er een grendel op laten zetten*, dacht ze. *Morgen.* Ze deed het licht uit, controleerde of ze goed had afgesloten en nam de lift naar de garage in de kelder.

De garage was verlaten. Haar auto stond zo'n vijf meter van de lift af geparkeerd. Ze keek angstvallig om zich heen, holde naar de auto, dook naar binnen en deed de portieren op slot. Haar hart bonsde in haar keel. Onder een zware, donkere lucht die niet veel goeds voorspelde, reed ze naar het centrum. Volgens de weersvoorspelling zou het gaan regenen. *Maar het gaat niet regenen*, dacht Ashley. *Straks gaat de zon schijnen. Oké God, ik weet het goed gemaakt. Als het niet gaat regenen, dan is er niets aan de hand. Dan heb ik het me allemaal maar verbeeld.*

Tien minuten later reed Ashley door het centrum van Cupertino. De gedaantewisseling die dit eens zo slaperige stadje in de Santa Clara Vallei had ondergaan, maakte nog steeds een diepe indruk op haar. Het lag zo'n honderd kilometer ten zuiden van San Francisco. Hier was de opgang van de computer begonnen en de bijnaam 'Silicon Valley' was heel goed gekozen.

Ashley werkte bij de Global Computer Graphics Corporation, een jong en snelgroeiend, succesvol bedrijf met tweehonderd werknemers.

Toen Ashley Silverado Street inreed, had ze het gevoel dat

hij vlak achter haar was, dat hij haar volgde. *Maar wie? En waarom?* Ze keek in haar achteruitkijkspiegel maar zag niets bijzonders.

Haar intuïtie zei haar echter iets heel anders.

Het moderne gebouw van Global Computer Graphics, met al zijn bijgebouwen, bevond zich nu recht voor haar. Ze draaide de parkeerplaats op, liet de bewaking haar identiteitsbewijs zien en parkeerde de auto op haar eigen plek. Hier voelde ze zich veilig.

Toen ze uit de auto stapte, begon het te regenen.

Om negen uur 's ochtends gonsde Global Computer Graphics al van de bedrijvigheid. In de tachtig cabines waren computertechneuten druk bezig met het ontwerpen van websites en bedrijfslogo's, met het maken van omslagen voor de platenindustrie en boekuitgeverijen, en met het ontwerpen van illustraties voor tijdschriften.

De zaal huisvestte verschillende afdelingen: de administratie, de verkoopafdeling, marketing en de technische helpdesk. De atmosfeer was heel informeel. De meeste werknemers droegen een spijkerbroek met een topje of een trui.

Toen Ashley naar haar bureau liep, kwam haar supervisor, Shane Miller, naar haar toe.

'Goedemorgen, Ashley.'

Shane was een flink uit de kluiten gewassen dertiger met een eerlijke, plezierige uitstraling. Toen hij Ashley nog maar net kende, had hij haar in bed proberen te krijgen, maar uiteindelijk had hij het opgegeven en waren ze gewoon goede vrienden geworden.

Hij gaf Ashley het nieuwste nummer van *Time Magazine*. 'Heb je dit al gezien?'

Ashley keek naar de omslag. Er stond een foto op afgedrukt van een gedistingeerde man met zilvergrijs haar. Zo te zien een vijftiger. Het bijschrift luidde: *Dokter Steven Patterson: de vader van de minimaal invasieve hartchirurgie.*

'Ja, die heb ik gezien.'

'Hoe voelt dat nou, zo'n beroemde vader?'

Ashley glimlachte. 'Heerlijk.'

'Hij is een geweldige man.'

'Ik zal het hem overbrengen. Ik ga vanmiddag met hem lunchen.'

'Oké. Maar waar ik het even met je over wilde hebben...' Shane Miller overhandigde Ashley de foto van een filmster, die in een reclamecampagne zou worden gebruikt. 'We hebben hier een probleempje. Desiree is zo'n vijf kilo aangekomen en dat is heel goed te zien. Kijk maar eens naar die donkere kringen onder haar ogen. Zelfs met make-up ziet ze er wat vlekkerig uit. Denk je dat je daar wat aan kunt doen?'

Ashley keek naar de foto. 'Als ik er een filter overheen gooi, kan ik haar ogen wel goed krijgen. Misschien dat ik met de filter vervormen haar gezicht wat slanker kan krijgen. Maar nee, dat geeft waarschijnlijk een heel raar effect.' Ze bekeek de foto nog eens. 'Misschien dat ik hier en daar wat moet retoucheren.'

'Bedankt. Gaat onze afspraak zaterdagavond nog door?'

'Ja.'

Shane Miller knikte in de richting van de foto. 'Haast je maar niet hoor. Het moest gisteren al klaar zijn.'

Ashley glimlachte. 'Zoals altijd.'

Ze ging aan het werk. Ashley was een expert op het gebied van reclame- en grafische ontwerpen, waarbij ze altijd gebruikmaakte van zowel tekst- als beeldmateriaal.

Nadat ze een halfuurtje aan de foto had zitten werken, voelde ze dat iemand haar gadesloeg. Ze keek op. Het was Dennis Tibble.

'Goedemorgen, schatje.'

Zijn stem bezorgde haar kippenvel. Tibble werd binnen het bedrijf gezien als hét computergenie. Hij kreeg alles voor elkaar. Als een computer het plotseling niet meer deed, werd Tibble erbij geroepen. Hij was begin dertig, mager, hij had geen haar en de nare neiging zich arrogant op te stellen. Hij was bezitterig van aard en binnen het bedrijf deed het gerucht de ronde dat hij zijn zinnen op Ashley had gezet.

'Hulp nodig?'

10

'Nee, dank je.'

'Zeg, wat vind je ervan als we zaterdagavond eens samen een hapje gaan eten?'

'Dank je wel, maar dan ben ik bezet.'

'Weer uit met de baas?'

Woest draaide Ashley zich om en keek hem aan. 'Dat gaat je helemaal...'

'Ik begrijp trouwens echt niet wat je in hem ziet. Hij is gewoon geen knip voor zijn neus waard. Bij mij kom je niets tekort,' antwoordde hij met een knipoog en voegde eraan toe: 'Als je begrijpt wat ik bedoel...'

Ashley probeerde zich in te houden. 'Ik moet weer aan het werk, Dennis.'

Dennis boog zich over haar heen en fluisterde: 'Ik moet je iets verklappen, schatje. Ik geef nooit op. Nooit.'

Toen hij wegliep, keek ze hem na. Plotseling schoot het door haar heen: *Is hij het misschien?*

Toen het halfeen was, zette Ashley haar computer uit en wandelde naar Margherita di Roma, waar ze met haar vader zou gaan lunchen.

Het was druk in het restaurant. Vanachter haar tafeltje in de hoek zag ze haar vader naar haar toe komen. Toegegeven, hij was een knappe man om te zien. Toen hij naar het tafeltje van Ashley liep, draaiden de mensen zich om en staarden hem na. *Hoe voelt dat nou, zo'n beroemde vader?*

Jaren eerder had dokter Steven Patterson een doorbraak in de minimaal invasieve hartchirurgie bewerkstelligd. De uitnodigingen van grote ziekenhuizen uit de hele wereld voor het geven van lezingen stroomden binnen. Toen Ashley twaalf was, was haar moeder overleden. Sindsdien had ze alleen haar vader nog.

'Ashley, het spijt me dat ik te laat ben.' Hij boog zich naar voren en gaf haar een kus op haar wang.

'O, dat geeft niet. Ik zit hier nog maar net.'

Hij ging zitten. 'Heb je *Time Magazine* al gezien?'

'Ja, Shane kwam ermee aanlopen.'

Haar vader fronste zijn wenkbrauwen. 'Shane? Je baas?'

'Hij is mijn baas niet. Hij is mijn supervisor.'

'Ashley, neem van mij aan dat je werk en privé strikt gescheiden moet houden. Je gaat toch ook privé met hem om, nietwaar? Dat moet je niet doen.'

'Pap, we zijn alleen maar goede…'

Op dat moment kwam er een ober aanlopen. 'Mag ik u de menukaart overhandigen?'

Dokter Steven Patterson draaide zich om en snauwde: 'Kun je niet zien dat we midden in een gesprek zitten? Ik laat het wel weten wanneer ik je nodig heb!'

'Het… het spijt me.' De ober draaide zich om en maakte dat hij wegkwam.

Ashley schaamde zich diep. Ze was vergeten dat haar vader zo driftig kon worden. Hij had zelfs een keer een co-assistent een vuistslag gegeven toen deze tijdens een operatie een beoordelingsfout maakte. Ashley kon zich de knallende ruzies tussen haar ouders toen ze nog klein was maar al te goed herinneren. Die hadden haar altijd de stuipen op het lijf gejaagd. Haar ouders hadden altijd maar één twistpunt gehad, maar ze kon zich maar niet herinneren wat dat nou was geweest, hoezeer ze ook haar best deed. Op de een of andere manier had ze het verdrongen.

Alsof er niets was gebeurd, zei haar vader: 'Waar waren we gebleven? O, ja. Je doet er geen goed aan door uit te gaan met Shane Miller. Helemaal geen goed.'

Haar vaders woorden riepen bij Ashley een vreselijke herinnering op.

Nog heel duidelijk hoorde ze hem zeggen: 'Je doet er geen goed aan door met Jim Cleary uit te gaan. Dat moet je niet doen…'

Ashley was nog maar net achttien jaar geworden en woonde in Bedford, Pennsylvania, haar geboorteplaats. Jim Cleary was de populairste jongen van de Bedford Area High School. Hij speelde in het footballteam, was knap, onderhoudend en wist je met zijn glimlach helemaal voor zich in te nemen. Volgens Ashley wilde ieder meisje op school wel met hem naar bed. *En de meesten hebben dat waarschijnlijk ook gedaan*, dacht ze wrang. Toen Jim Cleary vroeg of ze met hem wilde uitgaan, was Ashley vastbesloten niet met hem naar bed te gaan. Ze was ervan overtuigd dat hij alleen maar op seks uit was. In de loop der tijd was ze daar echter anders over gaan denken. Ze voelde zich bij hem op haar gemak en het leek alsof hij oprecht van haar gezelschap genoot.

Die winter zou de zesde klas een weekeinde in de bergen gaan skiën. Jim Cleary was dol op skiën.

'Je zult zien dat het heel leuk wordt,' verzekerde hij Ashley.

'Ik ga niet mee.'

Verbijsterd keek hij haar aan. 'Waarom niet?'

'Ik haat de kou. Zelfs als ik handschoenen draag, krijg ik verkleumde handen.'

'Maar het zal ontzettend leuk…'

'Ik ga niet mee.'

En hij was ook in Bedford gebleven om Ashley gezelschap te houden.

Hun interesses en idealen kwamen vaak overeen en ze genoten er altijd van om bij elkaar te zijn.

Op een dag vroeg Jim Cleary aan Ashley: 'Iemand vroeg me of jij mijn vriendin was. Wat zal ik zeggen?'

Ashley glimlachte en antwoordde: 'Zeg maar ja.'

Dokter Patterson maakte zich zorgen. 'Je gaat te veel om met die jongen van Cleary.'

'Pap, het is echt een heel fatsoenlijke jongen. Ik hou van hem.'

'Hoe kun je nou van hem houden? Hij is verdomme een footballer. Ik wil niet hebben dat je met een footballer trouwt. Hij is jou gewoon niet waard, Ashley.'

Dat vond hij altijd van iedere jongen met wie ze uitging.

Haar vader bleef maar neerbuigende opmerkingen over Jim Cleary maken, maar de echte uitbarsting vond plaats op de avond van het eindexamenfeest. Jim Cleary zou haar komen ophalen. Toen hij aanbelde, was Ashley in tranen.

'Wat is er aan de hand? Wat is er gebeurd?'

'Ik moet… ik moet met mijn vader mee naar Londen. Hij

zegt dat hij me daar heeft in… ingeschreven aan een universiteit.'

Met stomheid geslagen keek Jim Cleary haar aan. 'Hij doet dat vanwege ons, hè?'

Ashley knikte diep ongelukkig.

'Wanneer ga je weg?'

'Morgen.'

'Nee, Ashley! Dat kan hij ons niet aandoen. Luister, ik wil met je trouwen. Mijn oom heeft me een fantastische baan bij zijn reclamebureau in Chicago aangeboden. We gaan er gewoon samen vandoor. Kom morgenochtend naar het station. De eerste trein naar Chicago gaat om zeven uur 's ochtends. Ga je met me mee?'

Ze had hem lang aangekeken en zachtjes geantwoord: 'Ja.'

Toen ze later nog eens aan dat eindexamenfeest terugdacht, kon Ashley zich er niet veel meer van herinneren. Ze wist nog wel dat ze met Jim de hele avond lang vol vuur plannen had zitten maken.

'Als we nu eens het vliegtuig naar Chicago nemen?' stelde Ashley voor.

'Dan moeten we onze naam opgeven aan de vliegtuigmaatschappij. Als we de trein nemen, weet niemand waar we naartoe zijn gegaan.'

Toen ze weggingen, vroeg Jim Cleary aftastend: 'Ga je nog even met me mee naar huis? Mijn ouders zijn dit weekeinde de stad uit.'

Ashley twijfelde. Ze voelde zich verscheurd. 'Jim, we hebben nu al zo lang gewacht. Die paar dagen maken toch niet meer uit?'

'Je hebt gelijk,' grinnikte hij. 'Volgens mij ben ik de enige man in dit werelddeel die met een maagd gaat trouwen.'

Toen Jim Cleary Ashley na afloop thuisbracht, was dokter Patterson, die had zitten wachten, in woede ontstoken. 'Weet je wel hoe laat het is?'

'Het spijt me meneer. Het feest…'

'Hou je smoesjes maar voor je, Cleary. Denk je soms dat je mij in de maling kunt nemen.'

14

'Ik neem...'

'Vanaf nu blijf je met je handen van mijn dochter af. Heb je dat goed begrepen?'

'Pap...'

'Hou je erbuiten.' Hij had toen echt staan schreeuwen. 'Cleary, ik wil dat je opdondert en hier nooit meer een voet over de drempel zet.'

'Maar, meneer, uw dochter en ik...'

'Jim...'

'Naar je kamer, jij.'

'Meneer...'

'Als ik je nog één keer hier zie, breek ik al je botten.'

Ashley had haar vader nog nooit zo kwaad gezien. Op het laatst hadden ze allemaal staan schreeuwen. Na afloop, toen Jim was weggegaan, was Ashley in tranen uitgebarsten.

Ik laat mijn vader me dit niet aandoen, had Ashley zich voorgenomen. *Hij probeert gewoon mijn leven te verzieken.* Ze was heel lang op haar bed blijven zitten. *Mijn toekomst ligt bij Jim. Ik wil bij hem zijn. Ik hoor hier niet meer thuis.* Ze was opgestaan en had een reistas ingepakt. Een halfuurtje later was Ashley de achterdeur uit geslopen, op weg naar het huis van Jim Cleary, een paar blokken verderop. *Vannacht blijf ik bij hem slapen. Dan nemen we morgenochtend samen de trein naar Chicago.* Maar toen ze dichter bij zijn huis kwam, begon ze te twijfelen. *Nee, ik doe hier geen goed aan. Ik ga het niet verpesten. Ik zie hem morgenochtend wel op het station.*

Toen had ze zich omgedraaid en was teruggelopen naar huis.

De rest van de nacht was ze opgebleven. Ze moest steeds maar denken aan hoe geweldig haar leven met Jim Cleary zou zijn. Om halfzes pakte ze haar reistas op en glipte zachtjes langs de slaapkamerdeur van haar vader. Ze sloop het huis uit en nam de bus naar het station. Toen ze daar aankwam, was Jim er nog niet. Ze was vroeg. De trein zou pas over een uur komen. Ashley ging gespannen op een bankje zitten wachten. Ze stelde zich voor hoe haar vader opstond en bemerkte dat ze weg was. Hij zou woest zijn. *Maar ik mag hem niet mijn leven laten leiden. Als hij Jim echt leert kennen, zal hij wel inzien dat ik het met hem getroffen heb.* 6.30... 6.40... 6.45... 6.50... Nog steeds geen levensteken van Jim. Ashley begon in paniek te raken. Zou er iets gebeurd zijn? Ze besloot hem op te bellen. Er werd niet opgenomen. *6.55... Hij kan nu ieder moment hier zijn.* In de verte hoorde ze de trein aankomen. Ze keek op haar horloge. 6.59. De trein kwam het station binnenrijden. Ze stond op en keek wild om zich heen. *Er is iets vreselijks gebeurd. Hij heeft een ongeluk gehad. Hij ligt in het ziekenhuis.* Even later keek Ashley hoe de trein van het perron wegreed en al haar dromen met zich meenam. Ze wachtte nog een halfuur en probeerde hem opnieuw te bellen. Maar toen er nog steeds niet werd opgenomen, liep ze langzaam, en diep ongelukkig, naar huis.

Nog diezelfde middag zaten Ashley en haar vader in het vliegtuig naar Londen.

Twee jaar lang had Ashley daar aan een universiteit gestudeerd. Maar toen ze eenmaal voor zichzelf het besluit had genomen dat ze iets met computers wilde gaan doen, had Ashley een gooi gedaan naar de prestigieuze beurs voor de studie Vrouwen en Techniek aan de Universiteit van Californië in Santa Cruz. Ze werd toegelaten en drie jaar later trad ze in dienst bij de Global Computer Graphics Corporation.

In het begin was Ashley nog aan een aantal brieven aan Jim Cleary begonnen. Maar ze had ze allemaal verscheurd. Zijn gedrag en zijn stilzwijgen zeiden Ashley genoeg.

De stem van haar vader rukte Ashley los uit haar overpeinzingen.

'Waar zit je helemaal? Waar denk je aan?'

Ashley keek haar vader over de tafel aan. 'Niets.'

Dokter Patterson gebaarde naar de ober, glimlachte vriendelijk naar hem en zei: 'Nu zouden we graag de menukaart willen bekijken.'

Pas toen ze weer terugging naar haar werk, bedacht Ashley dat ze vergeten was haar vader te feliciteren met zijn interview in *Time Magazine.*

Toen ze naar haar bureau liep, stond Dennis Tibble haar al op te wachten.

'Ik hoorde dat je met je vader bent gaan lunchen.'

Wat een engerd. Hij luistert me af. Hij steekt overal zijn neus in. 'Inderdaad.'

'Ik kan me niet voorstellen dat het leuk was.' Fluisterend voegde hij daaraan toe: 'Waarom ga je niet eens met mij lunchen?'

'Dennis… dat weet je. Ik ben niet geïnteresseerd.'

'O, maar dat komt wel,' grinnikte hij. 'Wacht maar af.'

Toen hij wegliep, keek Ashley hem na. Hij had iets griezeligs, iets angstaanjagends. Ze vroeg zich af of *hij* soms degene was die… *Nee.* Ze schudde haar hoofd. Ze moest het van zich afzetten. Ze moest verder.

Op weg naar huis parkeerde Ashley haar auto voor de Apple Tree Book House. Voor ze naar binnen ging, keek ze nog even in de etalageruit om te zien of ze soms door iemand werd gevolgd. Niemand te zien. Ze ging naar binnen.

Een jonge, mannelijke winkelbediende kwam naar haar toe. 'Kan ik u soms helpen?'

'Ja, ik… Hebt u soms een boek over stalkers?'

Hij keek haar vreemd aan. 'Stálkers?'

Ashley voelde zich voor schut staan. Haastig voegde ze eraan toe: 'Ja, en ik wil ook graag een boek over… tuinieren en… en over dieren in Afrika.'

'Stalkers, tuinieren en dieren in Afrika?'

'Ja, inderdaad,' zei ze beslist.

Wie weet komt het ooit nog eens van pas. Dan heb ik een tuin en ga ik op vakantie naar Afrika.

Toen Ashley terugliep naar haar auto, begon het opnieuw te regenen. Onder het rijden kletterde de regen tegen de voorruit. De ruimte om haar heen viel in scherven uiteen en de straten leken zo van een surrealistisch, pointillistisch schilderij te komen. Ze zette de ruitenwissers aan, die stroef heen en weer gingen en haar onderwijl toesisten: 'Hij krijgt je wel… krijgt je wel… krijgt je wel.' Vlug deed Ashley ze uit. *Nee*, dacht ze. *Ze zeggen: 'Er is niemand… er is niemand… er is niemand.'*

Opnieuw deed ze de ruitenwissers aan. 'Hij krijgt je wel...
krijgt je wel... krijgt je wel.'

Ashley zette haar auto in de garage en drukte op het knopje
van de lift. Even later liep ze naar haar appartement. Ze pakte
de deurkruk beet, stak de sleutel in het slot, deed de deur open
en bleef toen stokstijf staan.

Alle lampen in haar appartement waren aan.

2

'All around the mulberry bush,
The monkey chased the weasel.
The monkey thought 't was all in fun,
Pop! goes the weasel...'

Toni Prescott wist heel goed waarom ze per se dat stomme liedje wilde zingen. Haar moeder had er een bloedhekel aan. *Hou op met dat stomme liedje. Hoor je me! Je kunt trouwens helemaal niet zingen.*

Ja, mam. Vervolgens ging Toni door met zingen, keer op keer, maar nu zo zachtjes dat haar moeder het niet kon horen. Dat was nu al heel lang geleden. Maar als ze eraan dacht hoe ze haar moeder had getrotseerd, voelde ze zich nog steeds trots.

Toni Prescott vond haar baan bij Global Computer Graphics vreselijk. Ze was tweeëntwintig, ondeugend, opgewekt en uitdagend. Ze kon heel bedaard zijn, maar was ook ontvlambaar. Haar hartvormige gezicht met die donkerbruine schalkse ogen had altijd een ondeugende uitdrukking en ze had een mooi figuur. Ze was geboren in Londen en haar accent was dan ook heerlijk Brits. Ze was atletisch gebouwd en hield van sport, vooral van de wintersporten: skiën, bobsleeën en schaatsen.

Toen ze in Londen studeerde, had Toni zich overdag altijd heel onopvallend gekleed. Maar zodra het avond werd, had ze een minirokje en een disco-outfit aangetrokken en was ze uitgegaan. Ze bracht haar avond altijd door in The Electric Ballroom, een disco in Camden High Street, of in Subterania en The Leopard Lounge, waar ze zich onder het trendy uitgaanspubliek van de West End mengde. Ze had een heel mooie, zwoele en sensuele stem en in een aantal gelegenheden liep ze wel eens naar de piano om wat te spelen en te zingen. De stamgasten vonden het prachtig. Op dergelijke momenten had ze het gevoel dat ze echt leefde.

In de disco verliep alles volgens een vast patroon.

'Toni, weet je dat je een prachtige stem hebt?'

'Ja, dat zal wel.'

'Wil je iets van me drinken?'

'Nou, een Pimm's Club zou wel lekker zijn,' antwoordde ze dan met een glimlach.

'Alsjeblieft.'

De afloop was ook altijd hetzelfde. Haar 'afspraakje' kroop wat dichter naar haar toe en fluisterde in haar oor: 'Waarom ga je niet even met me mee naar huis? Dan kunnen we een nummertje maken.'

'Flikker op.' En Toni maakte dat ze wegkwam. 's Avonds in bed lag ze dan te denken hoe dom mannen eigenlijk waren en dat je ze zo gemakkelijk om je vinger kon winden. Die arme drommels wisten het waarschijnlijk niet, maar ze wílden gewoon dat je de baas over ze speelde. Dat hadden ze gewoon nódig.

Toen was ze verhuisd van Londen naar Cupertino. In het begin was het echt een ramp geweest. Toni haatte Cupertino en ze vond het vreselijk om bij Global Computer Graphics te werken. Al die plug-ins en dpi's, die kleuren en rasters, het was zo saai. Ze verlangde wanhopig naar het opwindende nachtleven van Londen. In Cupertino en omstreken was een aantal uitgaansgelegenheden en daar ging Toni dan ook vaak naartoe: naar San José Live, P.J. Mulligan's of Hollywood Junction. Dan droeg ze nauwsluitende minirokjes, strakke topjes en schoenen met een open hiel en hoge hakken of juist schoenen met plateauzolen. Ze gebruikte veel make-up: een donkere eyeliner die dik werd opgebracht, valse wimpers, gekleurde oogschaduw en een felgekleurde lippenstift. Het leek erop alsof ze haar schoonheid wilde verbergen.

Soms ging Toni in het weekeinde naar San Francisco, want daar gebeurde het. Dan liep ze alle restaurants en cafés af die live muziek brachten. Ze ging naar Harry Denton's, One Market Restaurant en het California Café. En als de musici even gingen pauzeren, ging Toni naar de piano en speelde en zong wat. De klanten vonden het prachtig. Als Toni dan haar rekening wilde betalen, kreeg ze altijd van de eigenaar te horen: 'Nee, dat hoeft niet. Je zingt prachtig. Kom nog eens terug.'

Hoorde je dat, mam? Je zingt prachtig. Kom nog eens terug.

Op een avond zat Toni te dineren in de Franse Zaal van het Cliff Hotel. De musici hielden op met spelen en liepen weg van het podium. De maître d'hôtel keek in Toni's richting en knikte uitnodigend.

Toni stond op en liep dwars door de zaal naar de piano. Ze ging zitten en begon een oud nummer van Cole Porter te zingen. Na afloop werd er enthousiast geapplaudisseerd. Ze speelde nog twee nummers en ging toen weer terug naar haar tafeltje.

Een kale man van middelbare leeftijd kwam naar haar toe. 'Pardon, mevrouw. Mag ik er heel even bij komen zitten?'

Toni wilde al nee zeggen, toen hij daaraan toevoegde: 'Mijn naam is Norman Zimmerman. Ik ben de producer van de groep *The King and I*. En daar wilde ik het graag met u over hebben.'

Toni had nog niet zo lang geleden een lovend artikel over hem gelezen. Hij werd in de theaterwereld als een genie beschouwd.

Hij ging zitten. 'Juffrouw, uw talent is onmiskenbaar. Volgens mij verdoet u uw tijd met het spelen van nummers in gelegenheden als deze. U hoort thuis op Broadway.'

Broadway. Mam, hoor je dat?

'Ik wil graag dat u auditie doet voor...'

'Het spijt me, dat zal niet gaan.'

Verbaasd keek hij haar aan. 'Hierdoor kunnen veel deuren voor u opengaan. Dat meen ik. Volgens mij hebt u er geen idee van hoe groot uw talent is.'

'Ik heb een baan.'

'Wat voor baan, als ik vragen mag?'

'Ik werk bij een computerbedrijf.'

'Laat ik u een aanbod doen. Ik verdubbel uw salaris, hoe hoog dat ook is. En...'

Toni zei: 'Dat waardeer ik heel erg, maar ik... ik kan toch niet op uw aanbod ingaan.'

Zimmerman ging eens achterover zitten. 'Hebt u dan geen belangstelling voor een carrière in de showbusiness?'

'Daarvoor heb ik heel veel belangstelling.'

'Wat is dan het probleem?'

Toni aarzelde en zei toen heel voorzichtig: 'Ik zou een tournee waarschijnlijk voortijdig moeten afbreken.'

'Vanwege uw man, of...?'

'Ik ben niet getrouwd.'

'Ik begrijp het niet. U zei dat u belangstelling had voor een carrière in de showbusiness. Ik bied u de perfecte gelegenheid om uzelf te...'

'Het spijt me. Ik kan er verder niet op ingaan.'

En als ik het hem uitlegde, zou hij het toch niet begrijpen, dacht Toni bedroefd. *Niemand zou het begrijpen. Het is een vloek waarmee ik moet leven en die ik altijd met me zal meedragen.*

Een paar maanden nadat ze bij Global Computer Graphics begonnen was, kwam Toni in aanraking met Internet, de wereldwijde deur waardoor je met mannen in contact kon komen.

Ze zat samen met Kathy Healy, een vriendin die bij een concurrerende computerfirma werkte, te eten bij The Duke of Edinburgh. Het restaurant was eigenlijk een authentieke pub uit Engeland, die was afgebroken, in containers gepakt en verscheept naar Californië. Toni nam er altijd cockney fish and chips, ossenhaas met Yorkshire pudding, worstjes met aardappelpuree en Engelse sherry trifle. *Ik moet altijd met één been op de grond blijven staan*, was haar motto. *Ik mag nooit vergeten waar ik vandaan kom.*

Toni keek Kathy aan. 'Wil je wat voor me doen?'

'Ja, natuurlijk. Zeg het maar.'

'Ik wil dat je me wat uitlegt over Internet. Vertel me wat ik er allemaal mee kan.'

'Toni, de enige computer die ik tot mijn beschikking heb, staat op mijn werk en het is tegen de huisregels om...'

'Vergeet die huisregels. Je bent goed thuis op Internet, of niet soms?'

'Ja.'

Toni klopte zachtjes op Kathy's hand. 'Mooi zo.'

De volgende avond zocht Toni Kathy Healy op in haar kantoor. Daar maakte ze kennis met de wereld van het Internet. Nadat ze het Internet-icoontje had aangeklikt, tikte Kathy haar wachtwoord in, wachtte even tot de verbinding tot stand was gekomen en klikte opnieuw een icoontje aan. Vervolgens kwamen ze in een chatroom terecht. Verbijsterd zag Toni hoe vliegensvlug mensen over de hele wereld met elkaar communiceerden, alleen maar door wat in te tikken.

'Dat wil ik ook hebben!' zei Toni. 'Ik zorg gewoon dat ik thuis ook een computer krijg. Wil jij zorgen dat ik op Internet kom?'

'Ja, natuurlijk. Daar is niets aan. Je hoeft alleen maar met je muis het URL-veld aan te klikken. "URL" staat voor "Universal Resource Locator" en...'

'Je moet het me niet vertellen. Je moet het me laten zien.'

Al de volgende avond zat Toni op Internet. Vanaf dat moment veranderde haar leven volkomen. Ze verveelde zich geen moment meer. Het Internet was een vliegend tapijt, waarop ze de hele wereld rond vloog. Zodra ze thuiskwam, zette Toni haar computer aan en ging ze on line om te zien of er nog wat in de chatrooms te beleven viel.

Het was zo eenvoudig. Ze maakte verbinding, drukte op een toets en haar beeldscherm werd verdeeld in een bovenste en een onderste helft. Toni tikte: 'Hallo. Is daar iemand?'

In het onderste scherm kwam te staan: 'Ik ben Bob. Ik wacht op je.'

Ze was klaar om de wereld te ontmoeten.

Ze maakte kennis met Hans uit Holland:

'Vertel eens iets over jezelf, Hans.'

'Ik ben een dj in een geweldige disco in Amsterdam. Ik draai van alles: hiphop, rave, worldbeat...'

Toni tikte haar antwoord in: 'Dat klinkt goed. Ik hou wel van dansen. Als het moet, dans ik de hele nacht. Ik woon in een muffe, kleine stad, waarin niets te beleven is op een paar discoavondjes na.'

'Dat klinkt vreselijk.'

'Het is ook vreselijk.'

'Kan ik je soms wat opvrolijken? Wat vind je ervan om elkaar eens te ontmoeten?'

'Daaag.' En weg was ze.

Ze raakte aan de praat met Paul uit Zuid-Afrika:

'Toni! Ik heb al die tijd op je zitten wachten.'

'Hier ben ik dan. Paul, ik wil alles over je weten.'

'Ik ben tweeëndertig en als arts verbonden aan een ziekenhuis in Johannesburg. Ik...'

Boos verbrak Toni de verbinding. *Een arts!* De meest afschuwelijke herinneringen kwamen weer bovendrijven. Haar hart bonsde en ze deed even haar ogen dicht. Ze haalde een paar keer diep adem. *Ik moest er voor vanavond maar mee stoppen*, dacht ze. Ze zat helemaal te trillen. Ze ging naar bed.

De avond daarop zat Toni weer op Internet. Ze converseerde nu on line met Sean uit Dublin.

'Toni... dat is een mooie naam.'

'Dank je, Sean.'

'Ben je wel eens in Ierland geweest?'

'Nee.'

'Je zou het prachtig vinden. Het is echt een land voor kabouters. Vertel eens hoe je eruitziet, Toni. Volgens mij ben je hartstikke mooi.'

24

'Ja, je hebt gelijk. Ik ben ook mooi. Ik ben opwindend en alleenstaand. Wat doe je voor de kost, Sean?'

'Ik ben kastelein. Ik...'

Toni logde uit.

Er waren geen twee avonden hetzelfde. De ene keer ontmoette ze een polospeler uit Argentinië of een autoverkoper uit Japan, de andere keer een winkelbediende uit Chicago of een televisiemonteur uit New York. Internet was net een gigantisch leuk spel en Toni genoot er met volle teugen van. Ze kon zover gaan als ze zelf wilde, in het besef dat haar anonimiteit haar beschermde.

Maar op een avond kwam ze on line in contact met Jean Claude Parent.

'*Bonsoir*. Prettig kennis te maken, Toni.'

'Insgelijks, Jean Claude. Waar zit je?'

'In de stad Quebec.'

'Ik ben nog nooit in Quebec geweest. Denk je dat ik het een mooie stad zou vinden?' Toni verwachtte dat hij 'ja' zou intikken.

Daarentegen tikte Jean Claude: 'Dat weet ik niet. Het hangt ervan af wat voor persoon je bent.'

Toni vond dit een intrigerend antwoord. 'Echt waar? Welk type houdt dan van Quebec?'

'De sfeer in Quebec heeft heel veel weg van de vroege Amerikaanse kolonisatiementaliteit. Het is sterk Frans georiënteerd. De mensen uit Quebec zijn erg op hun onafhankelijkheid gesteld. Ze laten zich niet door een ander de wet voorschrijven.'

Toni tikte als antwoord: 'Ik ook niet.'

'Het is een geweldige stad. Hij wordt helemaal omringd door bergen en meren. Als je van vissen en jagen houdt, kom je er helemaal aan je trekken.'

Terwijl ze keek hoe de woorden op het scherm verschenen, kon ze bijna het enthousiasme voelen waarmee Jean Claude ze intikte. 'Het klinkt inderdaad geweldig. Vertel eens iets over jezelf.'

'*Moi*? Er valt niet veel te vertellen. Ik ben achtendertig jaar en niet getrouwd. Ik heb net een relatie achter de rug en ik zou graag de ware liefde ontmoeten. *Et vous*? Ben jij getrouwd?'

Toni tikte in: 'Nee, ik ben ook op zoek naar een partner. Wat doe je voor de kost?'

'Ik ben eigenaar van een kleine juwelierszaak. Ik hoop dat je me daar op een dag wilt komen opzoeken.'

'Is dat een uitnodiging?'

'*Mais oui*. Ja.'

Toni tikte: 'Het klinkt interessant.' En dat meende ze ook. *Misschien kan ik er ooit naartoe*, dacht ze. *Misschien is hij degene die me kan redden.*

Vanaf dat moment correspondeerde Toni bijna iedere avond met Jean Claude Parent. Hij had een foto van zichzelf ingescand. Toni vond hem knap en intelligent.

Toen Jean Claude de foto zag die Toni van zichzelf had ingescand, schreef hij: 'Je bent mooi, *ma chérie*. Dat wist ik wel. Wil je me alsjeblieft eens komen opzoeken?'

'Dat beloof ik.'

'Binnenkort.'

'Daaag.' Toni logde uit.

Toen ze de volgende dag op haar werk was, zag ze Shane Miller Ashley Patterson aanspreken. *Wat ziet hij toch in vredesnaam in haar? Ze heeft het echt niet.* Toni vond Ashley een gefrustreerde vrijgezel, een echte Schijnheilige Supertrut. *Ze weet niet eens wat plezier maken inhoudt.* Toni vond Ashley echt helemaal niks. Ashley was maar ouderwets en wilde 's avonds alleen maar thuiszitten, om een boek te lezen of een documentaire op CNN te bekijken. Sport interesseerde haar niet. *Saai!* Ze had nog nooit een chatroom geopend. Vreemden ontmoeten via de computer? Zoiets zou Ashley nooit doen. *De koude kikker. Ze weet niet wat ze mist*, dacht Toni. *Zonder Internet had ik Jean Claude nooit ontmoet.*

Toni moest eraan denken wat voor een hekel haar moeder aan Internet zou hebben gehad. Maar haar moeder had overal een hekel aan gehad. Ze kon maar op twee manieren communiceren: schreeuwen of dreinen. Toni kon het bij haar nooit goed doen. *Kun je dan nooit iets goed doen, stom kind?* Nou, haar moeder had één keer te vaak tegen haar geschreeuwd. Toni moest denken aan dat vreselijke ongeluk waarbij haar moeder om het leven was gekomen. Toni kon nu nog haar roep om hulp horen. Die herinnering bracht een glimlach op haar gezicht.

> *A penny for a spool of thread,*
> *A penny for a needle.*
> *That's the way the money goes.*
> *Pop! goes the weasel...*

3

Als ze in een andere tijd was geboren en ergens anders had geleefd, had Alette Peters een bekende schilderes kunnen worden. Ze had altijd oog gehad voor kleuren en hun nuances, zolang als ze zich kon herinneren. Ze kon kleuren niet alleen
zien, maar ook ruiken en horen.

De stem van haar vader was meestal blauw en soms rood.

De stem van haar moeder daarentegen was diepdonker-
bruin.

De stem van haar leraar was geel.

De stem van de groenteman was oranje.

Het geluid van de wind in de bomen was groen.

Het geluid van stromend water was grijs.

Alette Peters was twintig jaar. Ze kon er heel gewoontjes uitzien, maar ook aantrekkelijk of ontzettend mooi. Dat hing geheel en al af van haar stemming en of ze die dag lekker in haar
vel zat. Ze was echter nooit zomaar leuk om te zien. Dat ze
zich totaal niet bewust was van hoe ze eruitzag, maakte haar
juist zo charmant. Ze was verlegen en bedeesd en haar zacht-
aardigheid paste haast niet meer in deze tijd.

Alette was in Rome geboren en ze had daar dan ook een
welluidend, Italiaans accent aan overgehouden. Ze was dol op
Rome. Toen ze boven aan de Spaanse trappen had gestaan en
over de stad uitkeek, had ze het gevoel gehad dat dit haar stad
was. De oude tempels en het gigantische Colosseum gaven
haar het gevoel dat ze toen geleefd zou moeten hebben. Ze had
over de piazza Navona geslenterd en geluisterd naar de klan-

ken van het water in de Fontana dei Quattro Fiumi. Ze was naar het Piazza Venezia gelopen, het plein met het monument voor Victor Emanuel II, dat eruitzag als een enorme bruidstaart. Ze had uren doorgebracht in de Sint-Pieter en het Vaticaans Museum. In de Galleria Borghese, waar ze genoot van de tijdloze schilderijen van Rafaël, Fra Bartolomeo, Andrea del Sarto en Pontormo. Hun gave raakte haar diep, maar frustreerde haar tegelijkertijd. Ze wenste dat ze in de zestiende eeuw had geleefd en hen ontmoet had. Ze zeiden Alette meer dan de mensen die ze buiten op straat tegenkwam. Ze wilde wanhopig graag een schilderes worden.

Ze hoorde de diepdonkerbruine stem van haar moeder. *'Het is zonde van het papier en de verf. Je hebt er totaal geen gevoel voor.'*

De verhuizing naar Californië had diep ingegrepen. In het begin had Alette zich afgevraagd of ze er wel zou kunnen wennen, maar Cupertino was heel erg meegevallen. De anonimiteit van deze kleine stad beviel haar wel en ze hield van haar werk bij de Global Computer Graphics Corporation. In Cupertino zelf waren geen grote musea of galeries, maar dan nam Alette in het weekeinde gewoon de auto en reed ze naar San Francisco om daar haar hart op te halen.

'Ik begrijp niet wat je eraan vindt,' zei Toni Prescott wel eens tegen haar. 'Ga toch eens met me naar P.J. Mulligan's. Dan kun je eens lekker uit je bol gaan.'

'Hou je helemaal niet van kunst?'

'Jawel hoor,' had Toni lachend geantwoord. 'Als er een kerel voor staat.'

Er lag eigenlijk maar één schaduw over het leven van Alette Peters: ze was manisch-depressief. Ze leed aan anomie, waardoor ze ten opzichte van anderen een gevoel van vervreemding kreeg. Haar stemmingswisselingen kwamen altijd onverwacht. Het ene moment was ze nog in de zevende hemel, het moment daarop zat ze in een diepe depressie. Ze kon er geen invloed op uitoefenen.

Alette kon alleen met Toni over haar problemen praten.

Toni had altijd overal een oplossing voor. Meestal kwam het neer op: 'Waarom gaan we niet eens lekker uit ons bol?'

Het favoriete gespreksonderwerp van Toni was Ashley Patterson. Ze keek hoe Shane Miller met Ashley stond te praten.

'Moet je die preutse trut nou eens zien,' zei ze neerbuigend. 'Die is echt frigide.'

Alette knikte. 'Ze is zo serieus. Iemand zou haar eens moeten leren lachen.'

Toni snoof minachtend. 'Iemand zou haar eens moeten leren neuken.'

Eén keer per week ging Alette naar het tehuis voor dak- en thuislozen in San Francisco om daar 's avonds te helpen met de maaltijden. Er was één oud vrouwtje in het bijzonder dat naar de komst van Alette uitkeek. Ze zat in een rolstoel en Alette reed haar altijd naar de tafel en gaf haar dan iets warms te eten.

De vrouw was altijd heel dankbaar. 'Lieve meid, als ik een dochter zou hebben, dan zou ik willen dat ze precies op jou leek.'

Dan kneep Alette even in haar hand. 'Dat is een heel groot compliment. Dank u wel.' Maar het stemmetje binnen in haar zei: *Als jij een dochter zou hebben, zou ze er net als jij uitzien: als een varken.* Alette schrok er zelf van. Het was net alsof iemand anders die woorden had gezegd. Dat gebeurde heel vaak.

Op een dag was ze aan het winkelen met Betty Hardy, die tot dezelfde parochie behoorde als Alette. Ze bleven staan voor de etalage van een warenhuis.

Betty bewonderde een jurk die in de etalage hing. 'Is hij niet prachtig?'

'Heel leuk,' antwoordde Alette. *Ik heb nog nooit zo'n monsterlijke jurk gezien. Echt iets voor jou.*

Alette zat op een avond samen met Ronald, de koster, te eten, toen hij zei: 'Alette, ik vind het heel aangenaam om in jouw gezelschap te zijn. Dit moeten we vaker doen.'

Ze glimlachte verlegen en antwoordde: 'Dat zou ik ook heel fijn vinden.' Maar ze dacht: *Non faccia, lo stupido. In een an-*

der leven misschien, engerd die je er bent. Opnieuw schrok ze van zichzelf. *Wat is er met me aan de hand?* Maar daarop had ze geen antwoord.

Alette kon om de minste of geringste aanleiding een drift-aanval krijgen. Toen ze 's ochtends op weg naar haar werk door een andere auto werd gesneden, knarsetandde ze en dacht: *Daar vermoord ik je voor, klootzak.* Verontschuldigend stak de man zijn hand op en Alette glimlachte lief terug. Maar vanbinnen was ze nog steeds razend.

Zodra de zwarte wolk over haar neerdaalde, stelde Alette zich altijd voor dat de voorbijgangers een hartaanval kregen, of werden aangereden. Dat ze beroofd werden of vermoord. Ze zag het zich allemaal voor haar geestesoog afspelen, maar het leek er niet minder realistisch om. Na afloop schaamde ze zich diep.

Als ze een goede dag had, kende je Alette Peters niet meer te-rug. Dan was ze oprecht aardig en vriendelijk en vond ze het leuk om anderen te helpen. Haar gevoel van geluk werd alleen overschaduwd door de wetenschap dat het niet lang meer zou duren voordat de zwarte wolk opnieuw zou neerdalen, waar-door ze alle contact met de werkelijkheid zou verliezen.

Alette ging iedere zondagochtend naar de kerk, waar verschil-lende projecten werden georganiseerd. Zo kon je als vrijwilli-ger voor de dak- en thuislozen zorgen, in de middag teken- en schilderles geven, of als studiebegeleider optreden. Alette gaf les aan de zondagsschool, maar ze hielp ook mee in de crèche. Ze gaf zich altijd op als vrijwilligster voor welke liefdadig-heidsactie dan ook en besteedde er zoveel mogelijk tijd aan. Ze genoot vooral van de teken- en schilderles aan de kleintjes.

Op een zondag werd er een fancyfair gehouden om geld in te zamelen. Alette had een paar van haar eigen schilderijen meegebracht om te verkopen. Frank Selvaggio, de pastoor, keek er vol bewondering naar.

'Ze zijn prachtig. Werkelijk prachtig! Die moet je naar een galerie brengen.'

Alette moest blozen. 'Nee, echt niet. Het is gewoon een hob-by van me.'

31

Het was druk op de fancyfair. De kerkgangers hadden allemaal vrienden en familieleden meegebracht en er waren speciale kraampjes met spelletjes en oude ambachten neergezet om hen te vermaken. Je kon de heerlijkste taarten kopen; er waren schitterende, met de hand geknoopte spreien; zelfgemaakte jam in prachtige potten en houten speelgoed. De bezoekers liepen van het ene kraampje naar het andere. Ze proefden hier wat lekkers en kochten daar wat prulletjes die ze de volgende dag niet meer konden gebruiken.

'Het is toch allemaal voor de liefdadigheid,' hoorde Alette een vrouw tegen haar man zeggen.

Alette keek eens naar de schilderijen, die ze tegen de buitenkant van het kraampje had neergezet. Het waren allemaal landschappen, geschilderd in heldere, krachtige kleuren die zo van het doek afsprongen. Ze had een naar voorgevoel. *Gooi je goede geld nou niet weg aan verf, kindje van me.*

Er kwam een man naar de kraam gelopen. 'Goedemorgen, hebt u deze geschilderd?'

Hij had een donkerblauwe stem.

Ja. *Nee. Michelangelo. Hij loopt net de deur uit.*

'U kunt goed schilderen.'

'Dank u.' *Wat weet jij nou van schilderen?*

Er kwam een jong stelletje bij haar kraampje staan. 'Wat een mooie kleuren. Die wil ik hebben. U kunt echt goed schilderen.'

Gedurende de rest van de middag kwamen er mensen naar haar kraampje toe om haar schilderijen te kopen en om haar te vertellen hoe goed ze wel kon schilderen. Alette wilde hen graag geloven, maar telkens was er die zwarte wolk en dacht ze: *Ze worden allemaal in de maling genomen.*

Er kwam ook een kunsthandelaar aan haar kraampje staan. 'Ze zijn echt mooi. U moet proberen geld te slaan uit uw talent.'

'Ik ben maar een amateur,' hield Alette vol. En ze wilde er verder geen woorden aan vuilmaken.

Toen de fancyfair was afgelopen, had Alette al haar schilderijen verkocht. Ze stopte het geld dat ze met de verkoop had verdiend, in een envelop en overhandigde deze aan de pastoor.

Frank Selvaggio pakte hem aan en zei: 'Dank je wel, Alette. Je brengt schoonheid in het leven van veel mensen. Dat is een grote gave.'

Mam, hoorde je wat hij zei?

Telkens als Alette in San Francisco was, bracht ze uren door in het I.M. Pei Museum van de Moderne Kunst of was ze in het De Young Museum de collectie Amerikaanse schilders aan het bekijken.

Er stonden wat jonge kunstenaars schilderijen na te tekenen en één man in het bijzonder trok Alettes aandacht. Hij was achter in de twintig, slank, blond en had krachtige gelaatstrekken en een intelligente uitdrukking op zijn gezicht. Hij stond *Petunias* van Georgia O'Keeffe na te tekenen en zijn werk zag er erg goed uit. De tekenaar merkte dat Alette naar hem stond te kijken.

'Hoi.'

Hij had een warme, gele stem.

'Hallo,' antwoordde Alette verlegen.

De tekenaar knikte in de richting van het schetsblok. 'Wat vind je ervan?'

'*Bellissimo*. Ik vind het prachtig. *Voor een stomme amateur*, dacht ze dat erachteraan zou komen. Maar haar kleine stemmetje bleef weg. Dat verbaasde haar. 'Het is echt mooi.'

Hij glimlachte. 'Dank je. Mijn naam is Richard, Richard Melton.'

'Alette Peters.'

'Kom je hier vaak?' vroeg Richard.

'*Sì*. Zo vaak mogelijk. Ik woon niet in San Francisco.'

'Waar woon je dan wel?'

'In Cupertino.' Niet: *'Dat gaat je geen moer aan.'* Of: *'Waar bemoei je je mee?'* Maar alleen maar: *'In Cupertino.' Wat is er met me aan de hand?'*

'Dat is wel een leuk stadje.'

'Vind ik ook.' Niet: *'Waarom denk jij in vredesnaam dat het een leuk stadje is?'* Of: *'Wat weet jij nou van leuke stadjes af?'* Maar alleen maar: *'Vind ik ook.'*

Zijn tekening was af. 'Ik heb trek. Ga je mee lunchen? Bij Café De Young kun je lekker lunchen.'

Alette aarzelde maar even. '*Va bene.* Prima.' Niet: '*Goh, wat zie je er stom uit.*' Of: '*Ik ga nooit met een vreemde lunchen.*' Maar: '*Prima.*' Dit was voor Alette een hele nieuwe, opwindende ervaring.

Het was een heel gezellige lunch en niet één keer kwam er bij Alette een negatieve gedachte op. Ze spraken over beroemde kunstenaars en Alette vertelde Richard hoe het was om in Rome op te groeien.

'Ik ben nog nooit in Rome geweest,' zei hij. 'Misschien, ooit...'

Alette dacht: *Ik zou het wel leuk vinden om met jou naar Rome te gaan.*

Toen ze bijna klaar waren met eten, zag Richard aan de andere kant van de zaal zijn kamergenoot zitten en vroeg hem of hij even bij hen kwam. 'Gary, ik had geen idee dat jij hier ook zou zijn. Ik wil je even aan iemand voorstellen. Dit is Alette Peters. Gary King.'

Gary was eind twintig. Hij had heldere blauwe ogen en haar tot op zijn schouders.

'Prettig kennis met je te maken, Gary.'

'Alette, Gary is mijn beste vriend. Al sinds de middelbare school.'

'Yeah... Ik kan je heel wat fraais over Richard vertellen. Dus als je eens een goed verhaal wilt horen...'

'Gary... je had toch een afspraak waar je naartoe moest?'

'Ja, precies.' Hij draaide zich naar Alette en zei: 'Vergeet mijn aanbod niet. Ik zie jullie nog wel.'

Toen hij wegliep, keken ze hem allebei na. Richard zei: 'Alette...'

'Ja?'

'Zullen we nog een keertje afspreken?'

'Dat zou ik heel leuk vinden.'

Heel erg leuk.

Alette vertelde Toni maandagochtend meteen wat ze had meegemaakt. 'Je moet je niet inlaten met kunstenaars,' waarschuwde Toni haar. 'Dan moet je het zien te redden met het fruit dat hij moet schilderen. Heb je nog een keer met hem afgesproken?'

Alette glimlachte. 'Ja, ik denk dat hij me leuk vindt. En ik vind hem leuk. Ik mag hem graag.'

Het begon als een mug, maar eindigde als een enorme olifant. Na veertig dienstjaren ging pastoor Frank met pensioen. Aangezien hij zo'n goede en zorgzame pastoor was geweest, vond de parochie het jammer dat hij ermee ophield. Stiekem kwamen de mensen bij elkaar om te bespreken wat ze hem als afscheidscadeau zouden aanbieden. Een horloge, geld, een reisje, een schilderij? Hij had altijd veel van kunst gehouden.

'Waarom laten we niet iemand een portret van hem schilderen? Met op de achtergrond de kerk.' Iedereen keek naar Alette. 'Wil jij hem schilderen?'

'Ja, natuurlijk,' zei ze blij verrast.

Walter Manning was een vooraanstaand parochiaan en een van de voornaamste geldschieters. Als zakenman was hij erg geslaagd, maar het leek wel alsof hij anderen hun succes misgunde. Hij zei: 'Mijn dochter kan heel aardig schilderen. Misschien moet zij het maar doen.'

Toen deed iemand anders nog een suggestie: 'Waarom laten we ze allebei geen portret van hem schilderen? Dan stemmen we erover welke we zullen geven…'

Alette ging aan het werk. Na vijf dagen had ze het portret af en het was echt een meesterstuk geworden. Ze had haar onderwerp werkelijk heel goed gekozen en de compassie straalde ervan af. De volgende zondag kwam de groep bijeen om de schilderijen te bekijken. Alettes schilderij oogstte veel bewondering.

'Het is zo echt. Het is net alsof hij zo van het doek kan lopen…'

'O, wat zal hij het mooi vinden…'

'Alette, het hoort eigenlijk in een museum thuis…'

Toen haalde Walter Manning het doek weg dat over het schilderij hing dat zijn dochter had gemaakt. Al was het een goed schilderij, het vuur dat Alette erin had gelegd, ontbrak.

'Het is een heel leuk schilderij,' merkte een van de parochianen tactvol op. 'Maar ik denk toch dat het schilderij van Alette...'

'Helemaal mee eens...'

'We moeten het schilderij van Alette...'

Toen nam Walter Manning het woord. 'Het besluit moet unaniem zijn. Mijn dochter is kunstenares van beroep en niet...' hij keek naar Alette, 'een of andere dilettante. Dit schilderij is een geste van mijn dochter. Die kunnen we niet afwijzen.'

'Maar Walter...'

'Nee, meneer. Het besluit moet unaniem zijn. We geven hem óf het schilderij van mijn dochter, óf we geven hem helemaal niets.'

Alette zei: 'Ik vind haar schilderij erg mooi. Laten we dat van haar maar geven.'

Een zelfvoldane glimlach gleed over Walter Mannings gezicht. Hij zei: 'Hij zal er erg blij mee zijn.'

Toen hij die avond naar huis ging, werd Walter Manning overreden. De bestuurder reed door.

Alette was verbijsterd toen ze het hoorde.

4

Ashley Patterson had zich verslapen. Toen ze nog even snel onder de douche stapte, hoorde ze iets. Was dat een deur die openging? Ging hij nu weer dicht? Haar hart bonkte in haar keel. Ze draaide de kraan dicht en luisterde. *Doodse stilte.* Met de glinsterende druppels water op haar huid bleef ze even stokstijf staan. Vervolgens droogde ze zich haastig af en liep behoedzaam de slaapkamer binnen. Er leek niets aan de hand te zijn. *Ik verbeeld het me maar. Nou, snel aankleden.* Ze liep naar het kastje waarin ze haar ondergoed bewaarde en trok het laatje open. Haar mond viel open van verbazing. Er had iemand in haar ondergoed zitten rommelen. Haar beha's en panty's waren allemaal op een hoop gegooid, terwijl Ashley er altijd aparte stapeltjes van maakte.

Ashley kreeg spontaan maagpijn. Had hij zijn gulp opengedaan, een panty van haar gepakt en die tegen zich aan gedrukt? Had hij zich een voorstelling gemaakt van hoe het zou zijn om haar te verkrachten? Haar te verkrachten en vermoorden? Ze kreeg moeite met ademhalen. *Ik moet eigenlijk de politie inschakelen, maar die lachen me waarschijnlijk gewoon uit.*

U wilt dat wij een onderzoek instellen, alleen maar omdat u denkt dat iemand in uw laatje met ondergoed heeft zitten rommelen?

Ik word achtervolgd.

Hebt u gezien door wie?

Nee.

Heeft iemand u bedreigd?

Nee.

Is er iemand die u kwaad zou willen doen, voorzover u weet?

Nee.

Dit heeft geen zin, dacht Ashley zich wanhopig. *Ik kan de politie niet inschakelen. Dat zijn de vragen die ze me zouden stellen en ik zou mezelf alleen maar belachelijk maken.*

Ze kleedde zich aan, zo snel als ze kon. Ze wilde alleen nog maar haar appartement uit. *Ik zal moeten verhuizen. Naar een plek waar hij me niet kan vinden.*

Meteen toen die gedachte bij haar opkwam, wist ze dat hij onuitvoerbaar was. *Hij weet waar ik woon. Dan weet hij waarschijnlijk ook waar ik werk. En wat weet ik van hem? Niets.*

Aangezien Ashley een hekel aan geweld had, had ze altijd geweigerd een wapen aan te schaffen. *Maar nu heb ik wel iets nodig om me te beschermen,* dacht ze. Ze liep naar de keuken, pakte het vleesmes, liep ermee naar haar slaapkamer en legde het in haar nachtkastje.

Misschien heb ik het zelf wel door elkaar gegooid. Dat is het vast. Of wil ik dat soms denken?

Er zat een envelop in haar brievenbus, beneden in de hal. De afzender was: 'Bedford Area High School, Bedford, Pennsylvania'.

Ashley las de uitnodiging niet één, maar twee keer.

Reünie na tien jaar!

Rijkaard, armoedzaaier, bedelaar, dief. Heb je je de afgelopen tien jaar wel eens afgevraagd wat er van je klasgenoten geworden is? Dit is je kans om erachter te komen. In het weekeinde van 15 juni organiseren we een spectaculair feest: lekker eten, drinken, een geweldige band en veel dansen. Kom ook!

Je hoeft alleen maar de bijgevoegde antwoordstrook in te sturen. Dan weten we dat we ook op jou kunnen rekenen. Iedereen kijkt ernaar uit je weer eens te zien!

Terwijl ze naar haar werk reed, speelde de uitnodiging door Ashleys hoofd. *Iedereen kijkt ernaar uit je weer eens te zien. Behalve Jim Cleary*, dacht ze wrang.

Mijn oom heeft me een fantastische baan bij zijn reclamebureau in Chicago aangeboden. De eerste trein naar Chicago gaat om zeven uur 's ochtends. Ga je met me mee?

Ze herinnerde zich de pijn van de wanhoop waarmee ze op het station op Jim had staan wachten maar al te goed. Ze had in hem geloofd, hem vertrouwd. En hij was van gedachten veranderd en was niet genoeg kerel geweest om haar dat recht in haar gezicht te zeggen. Nee, hij had haar daarentegen letterlijk laten zitten, alleen, op een station. *Vergeet het maar: ik ga niet.*

Die vrijdag gebruikten Ashley en Shane Miller samen de lunch in TGI. Ze zaten in een cabine en aten in stilte.

'Zit je ergens aan te denken?' vroeg Shane.

'Het spijt me.' Ashley aarzelde even. Ze had de neiging om hem te vertellen over het voorval met haar ondergoed, maar dat zou alleen maar stom klinken. *Gôh, heeft er iemand aan je broekje gezeten?* In plaats daarvan zei ze: 'Ik heb een uitnodiging voor een reünie van mijn oude school ontvangen.'

'Ga je?'

'Geen denken aan.' Het kwam er beslister uit dan ze had bedoeld.

Verbaasd keek Shane haar aan. 'Waarom niet? Het kan toch leuk zijn?'

Zou Jim Cleary ook komen? Zou hij getrouwd zijn en kinderen hebben? Wat zou hij tegen haar zeggen? 'Het spijt me dat het me niet gelukt is ook naar het station te komen. Het spijt me dat ik gezegd heb dat ik met je zou trouwen. Dat was niet waar.'

'Ik ga niet.'

Ashley kon de uitnodiging desondanks maar niet uit haar hoofd zetten. *Ik zou best graag enkele klasgenoten weer eens willen zien*, dacht ze. Met sommigen had ze echt goed kunnen opschieten. Vooral met Florence Schiffer. *Wat zou er van haar geworden zijn?* Ze vroeg zich ook af wat er van Bedford zelf geworden was.

Ashley Patterson was opgegroeid in Bedford, Pennsylvania, een kleine stad, twee uur ten oosten van Pittsburgh, ergens midden in de Allegheny Mountains. Haar vader was directeur geweest van het Memorial Ziekenhuis in Bedford County, dat behoorde tot de beste honderd ziekenhuizen van het land.

Bedford was een heerlijke stad om in op te groeien. Je kon er picknicken in het park, vissen in de rivier en er was altijd wel een feestje om naartoe te gaan. Ashley ging graag naar Big Valley, waar een Amish-gemeenschap woonde. Het was er heel gebruikelijk dat de Amish-karretjes, waarvan het gekleurde dak aangaf hoe orthodox de eigenaar was, nog werden voortgetrokken door paarden.

's Avonds ging je naar het spookhuis, het theater of het Pompoenenfeest. Die goede oude tijd bracht een glimlach op Ashleys gezicht. *Misschien moest ik toch maar gaan*, dacht ze. *Jim Cleary durft vast niet te komen.*

Ashley vertelde Shane Miller wat ze had besloten. 'Ik vertrek vrijdag over een week en dan ben ik die zondagavond weer terug.'

'Fantastisch. Laat me even weten hoe laat je vliegtuig aankomt. Dan haal ik je op.'

'Dank je wel, Shane.'

Na de lunch liep Ashley naar haar werkplek en zette de computer aan. Tot haar stomme verbazing werd haar scherm plotseling gevuld met een lawine van puntjes, waaruit langzaam maar zeker een afbeelding tevoorschijn kwam. Ze kon er alleen maar met verbijstering naar kijken. Ze zag hoe de puntjes tezamen een afbeelding van haar opbouwden. Ashley kon haar ogen er niet van afhouden. Tot haar grote ontzetting zag ze boven in het scherm een hand verschijnen die een slagersmes vasthield. De hand bewoog zich naar haar borst.

'Nee!' schreeuwde Ashley.

Ze schakelde het beeldscherm met een klap uit en sprong overeind.

Shane Miller stond al naast haar. 'Ashley! Wat is er gebeurd?'

Ze trilde als een espenblad. 'Op het... op het... scherm...'

Shane zette het beeldscherm weer aan. Er verscheen een poesje dat op een groen grasveld achter een bolletje wol aan zat.

Verbaasd keek Shane Ashley aan. 'Wat...?'

'Het... het is weg,' stamelde ze.

'Wat is weg?'

Ze schudde haar hoofd. 'Niets. Ik... ik ben de laatste tijd erg gespannen, Shane. Het spijt me.'

'Waarom ga je niet eens naar dokter Speakman?'

Ashley was wel eens eerder naar dokter Speakman, de bedrijfsarts, gegaan. Hij was als psycholoog ingehuurd om dolgedraaide whizzkids van advies te dienen. Al was hij geen huisarts, hij was intelligent en kon zich goed in de situatie van een ander verplaatsen. Het was ook gewoon goed om eens iemand te hebben tegen wie je kon aankletsen.

'Dat zal ik doen,' zei Ashley.

Alhoewel dokter Ben Speakman ergens in de vijftig was, had hij een jeugdige uitstraling. Zijn kamer was een oase van rust, helemaal aan de andere kant van het gebouw. De meubels waren gerieflijk en zorgden ervoor dat je je volledig kon ontspannen.

'Ik had vannacht een nachtmerrie,' vertelde Ashley. Toen ze haar ogen sloot, kwamen de beelden weer terug. 'Ik rende. Ik bevond me in een enorme tuin, die vol stond met bloemen... Ze hadden allemaal van die afschuwelijke gezichten... Ze schreeuwden tegen me... Ik kon het allemaal niet verstaan en rende maar door in de richting van... iets... ik weet eigenlijk niet wat...' Ze hield op met praten en deed haar ogen open.

'Kan het misschien zijn dat je van iets wégholde? Werd je door iets of iemand achternagezeten?'

'Dat weet ik niet. Ik... ik heb het idee dat ik word achtervolgd, dokter. Het klinkt gek, maar...ik heb het idee dat iemand me wil vermoorden.'

Aandachtig keek hij haar aan. 'Wie zou jou willen vermoorden?'

41

'Ik… ik heb geen flauw idee.'

'Heb je gezíén dat iemand je achtervolgt?'

'Nee.'

'Je woont toch alleen?'

'Ja.'

'Heb je op dit moment een relatie? Ik bedoel een liefdesrelatie?'

'Nee, niet op het moment.'

'Dus het is al een tijdje geleden dat je… Wat ik bedoel te zeggen is dat als een vrouw het een tijd moet stellen zonder een man… Nou ja, dan kan het gebeuren dat er zich psychisch een spanning opbouwt, die…'

Hij probeert te zeggen dat ik me gewoon eens goed moet laten… Ze kon er zichzelf niet toe zetten haar gedachte af te maken. Nog hoorde ze haar vader schreeuwen: *'Laat ik dat taalgebruik nooit meer horen! Als je dat zegt, zullen de meeste mensen je maar een slet vinden. Goed opgevoede mensen zeggen geen "neuken". Waar leer je dat soort taal?'*

'Ik denk dat je te hard gewerkt hebt, Ashley. Volgens mij is er niets om je zorgen over te maken. Het is vast gewoon spanning. Probeer het een tijdje wat rustiger aan te doen. Neem eens wat vaker vrij.'

'Dat zal ik proberen, dokter.'

Shane Miller zat op haar te wachten. 'Wat zei dokter Speakman?'

Ashley toverde een glimlach op haar gezicht. 'Volgens hem is er niets aan de hand. Ik heb gewoon een beetje te hard gewerkt.'

'Daar moeten we dan iets aan doen,' antwoordde Shane. 'Neem om te beginnen de rest van de dag maar vrij.' Hij klonk oprecht bezorgd.

'Dank je wel.' Ze keek naar hem en lachte. Hij was een doodgoeie man. Een heel goede vriend.

Híj is het toch niet? dacht Ashley. *Nee, dat is onmogelijk.*

De reünie bleef de hele week door Ashleys hoofd spelen. *Doe ik er wel goed aan om te gaan? En als Jim Cleary nou ook*

komt? Zou hij wel beseffen hoeveel pijn hij me heeft gedaan?
Kan het hem wat schelen? Zou hij nog wel weten wie ik ben?

Ashley kon de avond voor haar vertrek naar Bedford de slaap niet vatten. Ze was bijna geneigd haar ticket te annuleren. *Ik stel me aan*, dacht ze. *Wat gebeurd is, is gebeurd.*

Toen Ashley haar ticket aan de balie op het vliegveld ging afhalen, controleerde ze het en zei: 'Ik ben bang dat er iets is fout gegaan. Ik vlieg toeristenklasse. Dit is een ticket voor de eerste klas.'

'Ja, dat klopt. Maar dat hebt u ook veranderd.'

Ze staarde de baliemedewerker aan en vroeg: 'Ik heb wat...?'

'U hebt opgebeld en gezegd dat u uw ticket wilde omzetten naar een eersteklasticket.' Hij liet Ashley een strookje zien. 'Dat is toch het nummer van uw creditcard, of niet soms?'

Ashley keek ernaar en zei toen langzaam: 'Ja...'

Dat telefoontje had zij niet gepleegd.

Het was nog vroeg toen Ashley landde. Ze huurde een kamer in een hotel met de naam Bedford Springs Resort. Aangezien de reünie pas om zes uur 's avonds begon, had ze nog mooi even de tijd de stad wat te verkennen. Vlak voor het hotel hield ze een taxi aan.

'Waar wilt u naartoe, mevrouw?'

'O, rij maar wat rond.'

Over het algemeen lijkt je geboortestad altijd kleiner als je er na jaren weer eens komt, maar in Ashleys ogen was Bedford juist groter dan ze het zich herinnerde. Ze reden door straten die haar vertrouwd waren, langs de Bedford Gazette en de televisiestudio van WKYE en langs een heleboel restaurants en galeries die haar allemaal nog bekend voorkwamen. Baker's Loaf, Clara's Place, het Fort Bedford Museum en Old Bedford Village, ze waren er allemaal nog. Ze kwamen ook langs een vriendelijk, stenen gebouw van drie verdiepingen, met een zuilengang. Dat was het Memorial Ziekenhuis, waar haar vader naam had gemaakt.

De knallende ruzies tussen haar ouders stonden Ashley nog helder voor de geest. Ze hadden altijd maar over één ding ruziegemaakt. *Maar over wat?* Ze kon het zich niet herinneren.

Toen het vijf uur was, ging Ashley terug naar het hotel. Ze veranderde drie keer van gedachten voordat ze wist wat ze zou aantrekken: een eenvoudige, zwarte jurk die heel mooi af-kleedde.

Ashley stapte de feestelijk aangeklede gymnastiekzaal van de Bedford Area High School binnen en merkte dat ze om-ringd werd door zo'n honderdtwintig vreemden die haar alle-maal stuk voor stuk vagelijk bekend voorkwamen. Terwijl ze enkele klasgenoten van vroeger totaal niet meer herkende, wa-ren sommige niet veel veranderd. Ashley keek eigenlijk maar uit naar één persoon: Jim Cleary. *Zou hij veel veranderd zijn? Zou hij zijn vrouw hebben meegebracht?* Er kwamen mensen naar Ashley toe.

'Ashley. Ik ben het, Trent Waterson. Wat zie je er goed uit!'

'Dank je. Jij ook, Trent.'

'Mag ik je aan mijn vrouw voorstellen...?'

'Ashley, je bent het toch echt hè, of vergis ik me?'

'Nee, ik ben Ashley, eh...'

'Art, Art Davies. Ken je me nog?'

'Maar natuurlijk.' Hij was slecht gekleed en leek niet erg op zijn gemak.

'Hoe gaat het met je, Art?'

'Nou, misschien weet je nog dat ik ingenieur wilde worden. Maar het is anders gelopen.'

'O, dat spijt me.'

'Ach, het geeft niet. Ik ben nu monteur.'

'Ashley! Ik ben het, Lenny Holland! Meid, wat zie je er prachtig uit!'

'Dank je wel, Lenny.' Hij was zwaarder geworden en droeg een grote diamanten ring om zijn pink.

'Ik zit nu in het onroerend goed. Ja, het gaat geweldig. Ben je getrouwd?'

Ashley aarzelde even. 'Nee.'

'Herinner je je Nicki Brandt nog? We zijn met elkaar ge-trouwd en hebben nu een tweeling.'

'Gefeliciteerd.'

Het was verbazingwekkend om te zien hoe mensen in tien jaar tijd konden veranderen. Ze waren dikker geworden, of juist dunner, welgesteld of aan lager wal. Ze waren getrouwd, gescheiden, hadden kinderen gekregen, hun eigen ouders verloren...

Later op de avond kwamen de hapjes en de muziek en kon er ook gedanst worden. Al praatte Ashley veel met haar vroegere klasgenoten en kwam ze te weten hoe het hen vergaan was, haar gedachten dwaalden steeds af naar Jim Cleary. Ze zag hem nog nergens. *Hij komt niet*, stelde ze voor zichzelf vast. *Hij weet dat de kans bestaat dat ik ook kom en hij is gewoon bang om me tegen het lijf te lopen.*

Er kwam een heel aantrekkelijke vrouw aanlopen. 'Ashley! Ik hóópte al dat ik je zou ontmoeten.' Dat was Florence Schiffer. Ashley vond het echt heerlijk om haar weer eens te zien. Florence was een van haar beste vriendinnen geweest. Ze zochten een tafeltje op in de hoek, zodat ze konden bijpraten.

'Florence, je ziet er geweldig uit,' zei Ashley.

'Jij ook. Het spijt me dat ik zo laat ben. Mijn baby is een beetje ziek. Sinds wij elkaar voor het laatst hebben gezien, ben ik getrouwd en gescheiden. Op dit moment heb ik verkering met de prins op het witte paard. Hoe gaat het met jou? Na afloop van dat eindexamenfeest was je plotseling verdwenen. Ik ben je nog komen opzoeken, maar ze vertelden me dat je niet meer in Bedford woonde.'

'Ik ben toen naar Londen gegaan,' antwoordde Ashley. 'Mijn vader had me daar ingeschreven aan een universiteit. We zijn de ochtend na het eindexamenfeest vertrokken.'

'Ik heb van alles geprobeerd om je op te sporen. De politie dacht dat ik wel zou weten waar je uithing. Ze zochten je omdat jij toen het vriendinnetje van Jim Cleary was.'

'De politie?' vroeg Ashley bedachtzaam.

'Ja, toen ze de moord gingen onderzoeken.'

Ashley voelde al het bloed uit haar gezicht wegtrekken. 'Welke moord?'

Florence staarde haar aan. 'O, mijn god. Je weet van niets.'

'Wát weet ik niet?' vroeg Ashley op felle toon. 'Waar heb je het over?'

'De ouders van Jim kwamen de dag na het eindexamenfeest weer thuis. Toen troffen ze zijn lijk aan. Iemand had hem doodgestoken en gecastreerd.'

De zaal begon te tollen en Ashley moest zich aan de tafelrand vastgrijpen om niet te vallen. Florence greep haar bij haar arm.

'Het… het spijt me, Ashley. Ik dacht dat je het wel in de krant zou hebben gelezen. Maar je bent natuurlijk naar Londen gegaan…'

Ashley kneep haar ogen dicht. Ze zag zichzelf opnieuw het huis uit glippen om naar dat van Jim Cleary te gaan. Maar ze had zich bedacht en was teruggegaan. Ze zou de volgende ochtend op hem wachten. *O, was ik maar naar hem toe gegaan*, dacht Ashley schuldig. *Dan zou hij nu nog hebben geleefd. En al die jaren heb ik hem gehaat. O, mijn god. Wie kan hem nou hebben vermoord? Wie…?*

De stem van haar vader klonk duidelijk in haar oren. *Je blijft met je handen van mijn dochter af, begrepen? Als ik je hier nog één keer zie, breek ik al je botten.*

Ze stond op. 'Het spijt me, Florence. Ik… ik voel me niet lekker.'

Ashley nam de benen. De politie moest contact hebben gezocht met haar vader. *Waarom had hij daar nooit iets over gezegd?*

Ze nam het eerste vliegtuig dat naar Californië ging. Pas vroeg in de ochtend viel ze in slaap. Ze had een nachtmerrie, waarin iemand in het donker Jim met een mes bewerkte en onderwijl tegen hem schreeuwde. Toen stapte de moordenaar in het licht.

Het was haar vader.

5

De eerste maanden daarna waren voor Ashley een hel. Het beeld van het bloederige, toegetakelde lijk van Jim Cleary bleef maar voor haar ogen zweven. Even dacht ze erover om weer naar dokter Speakman te gaan, maar ze wist dat ze hierover met niemand durfde te praten. Ze voelde zich schuldig als ze er alleen maar aan dácht dat het haar vader was geweest die zoiets vreselijks had gedaan. Ze duwde die gedachte weg en probeerde zich volledig op haar werk te concentreren. Maar dat ging niet. Mismoedig keek ze naar het logo dat ze zojuist had verprutst.

Shane Miller keek naar haar, met een bezorgde blik in zijn ogen. 'Gaat het een beetje, Ashley?'

Ze dwong zichzelf te glimlachen. 'Het gaat prima.'

'Ik vind het echt vreselijk wat er met je vriend is gebeurd.' Ze had hem van Jim verteld.

'Ik... ik kom er wel overheen.'

'Zullen we vanavond uit eten gaan?'

'Nou, als je het niet erg vindt, Shane, liever een andere keer. Ik ben er nog niet aan toe. Volgende week misschien of zo.'

'Oké. Als ik iets kan doen...?'

'Ja, dat weet ik. Maar niemand kan iets doen.'

Toni zei tegen Alette: 'Kijk, mevrouw Knijpkut heeft een probleem. Nou, ze kan de pest krijgen wat mij betreft.'

'*Mi dispiace*, ik heb medelijden met haar. Ze ziet er zorgelijk uit.'

'Ach, laat haar toch barsten. We hebben allemaal toch zorgen, of niet soms?'

Toen Ashley aan het einde van de dag naar huis ging, werd ze aangehouden door Dennis Tibble. 'Hé, schatje. Ik wil dat je iets voor me doet.'

'Het spijt me, Dennis. Ik…'

'Hé, kom op. Lach eens even!' Hij pakte haar bij haar arm. 'Ik heb even de opinie van een vrouw nodig.'

'Dennis, ik ben niet echt in de…'

'Ik ben verliefd en ik wil met haar trouwen, maar er zijn wat probleempjes. Wil je me van advies dienen?'

Ashley aarzelde. Ze mocht Dennis Tibble niet, maar ze zag ook niet wat erop tegen was om hem te helpen. 'Kan het tot mor…'

'Nee, ik wil nu met je praten. Het is echt heel dringend.'

Ashley haalde eens diep adem. 'Oké.'

'Zullen we naar jouw appartement gaan?'

Ze schudde haar hoofd. 'Nee.' Dan kreeg ze hem nooit de deur uit.

'Kom je dan bij mij?'

Ashley aarzelde. 'Goed.' *Dan kan ik tenminste weggaan wanneer ik zelf wil. Als ik hem kan koppelen aan de vrouw met wie hij wil trouwen, laat hij mij misschien met rust.*

'Zie je dat?' vroeg Toni aan Alette. 'Supertrut gaat naar het appartement van die hitsige slijmbal. Vind je dat nou niet stom? Waar zitten de hersens van dat wijf?'

'Ze probeert hem alleen maar te helpen. Daar is toch niks…'

'Ach, kom nou, Alette. Wanneer word je eens volwassen. Hij wil haar gewoon even een beurt geven.'

'Non va. Non si fa cosi.'

'Je haalt me de woorden uit mijn mond.'

Dennis Tibble had zijn appartement in de neonachtmerriestijl ingericht. Overal hingen foto's van horrorfilms, pin-ups en wilde dieren die aan het eten waren. Op de tafeltjes stonden allemaal kleine erotische houtsnijwerken.

Dit is het huis van een gek, dacht Ashley. Ze wilde meteen weer weggaan.

'Ha, daar ben je. Ik vind het heel fijn dat je even langskomt.

Als...'

'Ik kan niet zo lang blijven, Dennis,' zei Ashley op voorhand. 'Hoe zit dat met die vrouw op wie je verliefd bent?'

'Ze is fantastisch.' Hij hield een pakje sigaretten op. 'Kan ik je een sigaret aanbieden?'

'Ik rook niet.' Ze keek hoe hij wel een sigaret opstak.

'Wil je wat drinken?'

'Ik drink niet.'

Hij moest grinniken. 'Je rookt niet. Je drinkt niet. Dan blijft er nog maar één, heel interessant tijdverdrijf over nietwaar?'

'Dennis, als je soms denkt...' antwoordde ze op scherpe toon.

'Grapje, moet kunnen.' Hij liep naar de bar en schonk een glas wijn in. 'Hier, neem een glas wijn. Daar ga je niet dood van.' Hij overhandigde haar het glas.

Ze nam een slokje. 'Vertel eens iets over de Enige Echte.'

Dennis Tibble ging naast Ashley op de bank zitten. 'Ik heb nog nooit zo iemand ontmoet. Ze is net zo sexy als jij en...'

'Als je daar niet mee ophoudt, vertrek ik.'

'Hé, dat was alleen maar bedoeld als een complimentje. Nou, ze is stapeldol op me, maar ze heeft nogal een hechte band met haar ouders en die kunnen me niet luchten of zien.'

Ashley onthield zich van commentaar.

'Het zit zo... Als ik mijn zin doordrijf, trouwt ze wel met me, maar dan vervreemdt ze zich van haar ouders. En ze heeft echt een heel goede band met hen. Als ik met haar trouw, dan zullen ze haar onterven. Zeker weten. En dat krijg ik natuurlijk een keer op mijn bord. Snap je het probleem?'

Ashley nam nog een slokje. 'Ja. Ik...'

Vanaf dat moment wist Ashley zich niets meer te herinneren.

Terwijl ze langzaam wakker werd, drong het tot haar door dat er iets vreselijks was gebeurd. Ze had het gevoel alsof ze verdoofd was geweest. Het kostte haar enorm veel moeite haar ogen open te doen. Toen Ashley de kamer rondkeek, raakte ze in paniek. Ze lag naakt in bed in een goedkope hotelkamer. Ze ging rechtop zitten en meteen begon haar hoofd vreselijk te bonken. Ze had geen flauw idee hoe ze daar nou terecht was gekomen. Op het nachtkastje lag een folder van het hotel. *Het Chicago Loop Hotel*, stond erop. Ze las het nog een keer. *Wat doe ik in godsnaam in Chicago? Hoe lang ben ik hier al? Het was vrijdag toen ik naar het appartement van Dennis Tibble ging. Wat is het vandaag voor dag?* De paniek groeide. Ze pakte de telefoon.

'Waarmee kan ik u van dienst zijn?'

Ashley kon maar moeilijk uit haar woorden komen. 'Wat... wat voor dag is het vandaag?'

'Het is vandaag 15...'

'Nee, ik bedoel wat voor dág is het?'

'O, bedoelt u dat. Het is vandaag maandag. Kan ik u...?'

Verdwaasd legde Ashley de hoorn weer neer. *Maandag.* Ze kon zich van twee dagen en drie nachten helemaal niets meer herinneren. Ze ging op de rand van haar bed zitten en probeerde ze terug te halen. Ze was naar het appartement van Dennis Tibble gegaan... Ze had een glas wijn gedronken... En vanaf dat moment wist ze niets meer.

Hij had iets in haar glas gedaan, waardoor ze tijdelijk last had van geheugenverlies. Daar had ze wel eens iets over gelezen. Ze noemden het ook wel de 'Verkrachtingspil'. Die had hij haar natuurlijk gegeven. Dat hij haar advies wilde, was maar een smoesje geweest. *Ezel die ik ben. Ik trapte er nog in ook.* Maar dat ze naar het vliegveld was gegaan, op een vliegtuig naar Chicago was gestapt of samen met Dennis Tibble deze vreselijke kamer had gehuurd, daar wist ze allemaal niets meer van. Erger nog, ze had geen flauw idee wat er in deze kamer was voorgevallen.

Ik moet hier weg, dacht Ashley wanhopig. Ze voelde zich vies. Alsof ieder deel van haar lichaam besmeurd was. Wat had hij met haar gedaan? Ze probeerde er maar niet aan te denken. Ze stapte uit bed, liep naar de kleine badkamer en draaide de kraan van de douche open. Ze ging onder de hete straal staan en probeerde alle viezigheid van zich af te spoelen. En als hij haar zwanger had gemaakt? Ze werd misselijk bij de gedachte dat zij zijn kind zou dragen. Ze draaide de kraan dicht, droogde zich af en liep naar de kast. Al haar kleren waren weg. Er hing alleen nog maar een zwartleren minirokje, een goedkoop topje en een paar schoenen met hoge hakken. Ze walgde van dat soort kleren, maar ze had geen keus. Ze kleedde zich snel aan en keek in de spiegel. Ze zag eruit als een hoer.

Ashley keek in haar portemonnee. Ze had nog maar veertig dollar. Goddank zaten haar chequeboek en haar creditcard er nog in.

Ze liep de gang op. Er was niemand te zien. Ze nam de lift naar de smakeloos gemeubileerde lobby, liep naar de balie en gaf de receptionist haar creditcard.

'Al weg?' vroeg hij met een wellustige blik in zijn ogen. 'Nou, je hebt je wel vermaakt, hè?'

Ashley staarde hem aan. Waar had hij het over? Ze wilde het niet weten ook. Ze wou bijna vragen wanneer Dennis Tibble had uitgecheckt, maar bedacht zich. Dat kon ze beter niet doen.

De receptionist haalde haar creditcard door het apparaat heen. Hij fronsde zijn wenkbrauwen en probeerde het opnieuw. Uiteindelijk zei hij: 'Het spijt me, maar met deze kaart kunt u niet betalen. U zit waarschijnlijk aan uw kredietlimiet.'

Ashleys mond viel open van verbazing. 'Dat is onmogelijk. Dat moet een vergissing zijn.'

De receptionist haalde zijn schouders op. 'Hebt u nog een andere creditcard?'

'Nee… nee. Ik… Kan ik een cheque uitschrijven?'

Hij bekeek haar eens goed van top tot teen. 'Nou vooruit dan maar, als u een identiteitsbewijs kunt tonen.'

'Ik moet even telefoneren.'

'Daar in de hoek hangt een toestel.'

'Memorial Ziekenhuis, San Francisco.'

'Mag ik dokter Steven Patterson van u?'

'Momentje, alstublieft.'

'Toestel van dokter Patterson.'

'Sarah? Je spreekt met Ashley. Ik wil mijn vader even spreken.'

'Het spijt me, mevrouw Patterson. Hij staat nu te opereren en…'

Ashley greep de hoorn nog wat steviger vast. 'Heb je enig idee hoe lang dat nog gaat duren?'

'Nou, dat wordt moeilijk. Ik weet dat hij nog een operatie heeft die gepland staat voor …'

Ashley probeerde uit alle macht niet hysterisch te worden. 'Ik móét hem spreken. Het is heel dringend. Wil je iets aan hem doorgeven? Hij moet me bellen, zo gauw als hij vrij is.' Ze keek naar het toestel en las het telefoonnummer op. 'Ik blijf hier wel wachten.'

'Ik zal het aan hem doorgeven.'

Ze moest bijna een uur in de lobby wachten. En al die tijd zat ze op hete kolen. Voorbijgangers staarden naar haar of kleedden haar met hun ogen uit. Ze voelde zich bloot en ordinair. Toen de telefoon eindelijk overging, schrok ze zich wezenloos.

Ze holde ernaartoe. 'Hallo…?'

'Ashley?' Het was de stem van haar vader.

'O, pap. Ik…'

'Wat is er aan de hand?'

'Ik zit in Chicago, en…'

'Wat doe je nou in Chicago?'

'Dat doet er nu even niet toe. Maar ik heb een vliegticket naar San José nodig en ik heb geen geld bij me. Kunt u me uit de brand helpen?'

'Ja, natuurlijk. Blijf even aan de lijn.' Even later hoorde ze opnieuw de stem van haar vader. 'Om tien over halfelf vanmorgen gaat er een vlucht van O'Hare naar San José. Het is vluchtnummer 407 van American Airlines. Je ticket ligt klaar bij de incheckbalie. Ik zal je in San José wel van het vliegveld halen en…'

'Nee!' Hij mocht haar niet in deze kleren zien. 'Ik… ik moet meteen even door naar mijn appartement om me om te kleden.'

'Dat is goed. Dan kom ik later wel naar je toe en gaan we samen uit eten. Leg het dan maar uit.'

'Dank u wel, pap. Dank u wel.'

Tijdens de vlucht naar huis bedacht Ashley hoe onvergeeflijk het was wat Dennis Tibble haar had aangedaan. *Ik zal de politie erbij moeten halen*, bedacht ze. *Hiervoor moet hij gestraft worden. Bij hoeveel andere vrouwen zou hij hetzelfde hebben gedaan?*

Bij thuiskomst voelde haar appartement aan als een veilig toevluchtsoord. Ze kon bijna niet wachten met het uittrekken van die ordinaire handel. Ze had het idee dat ze nog wel een douche kon gebruiken, voordat haar vader kwam. Ze liep naar de kast en bleef plotseling stokstijf staan. Midden op de toilettafel lag een uitgedrukte peuk.

Ze hadden bij The Oaks een tafeltje in de hoek. Ashleys vader keek bezorgd naar haar. 'Wat deed je nou in Chicago?'

'Dat… dat weet ik niet.'

Van zijn stuk gebracht, keek hij haar aan. 'Dat weet je niet?'

Ashley aarzelde, ze wist niet of ze het hem moest vertellen of niet. Misschien kon hij haar goede raad geven.

'Dennis Tibble,' zei ze voorzichtig, 'vroeg of ik even naar zijn appartement kon komen om hem met een probleem…'

'Dennis Tibble? Die sláng?' Heel in het begin had Ashley haar vader voorgesteld aan haar collega's. 'Hoe is het mogelijk dat je ook maar iets met hem te maken hebt?'

Ashley wist meteen dat ze dit niet had moeten doen. Als ze problemen had, reageerde haar vader altijd heel emotioneel. Vooral als er een man in het spel was.

Als ik je hier nog één keer zie, Cleary, breek ik al je botten.

'Ach, laat maar. Het is niet zo belangrijk.'

'Ik wil het horen.'

Ashley bleef even roerloos zitten. Ze kreeg een heel naar voorgevoel. 'Nou, ik heb bij Dennis een glaasje gedronken en…'

Terwijl ze zat te vertellen wat er gebeurd was, zag ze haar vaders gezicht betrekken. Hij had een blik in zijn ogen die haar beangstigde. Ze probeerde snel een eind aan haar verhaal te maken.

'Nee,' zei haar vader. 'Ik sta erop dat je me alles vertelt.'

Die avond lag Ashley in bed, maar ze was te gespannen om te slapen. Haar gedachten waren één grote janboel. *Als het al-*

gemeen bekend wordt wat Dennis bij me heeft gedaan, zou ik dat vreselijk vinden. Al mijn collega's weten dan wat er gebeurd is. Maar ik moet hem tegenhouden. Hij mag dit andere vrouwen niet aandoen. Ik moet naar de politie.

Ze was er al eerder door mensen uit haar omgeving op geattendeerd dat Dennis helemaal door haar geobsedeerd werd, maar ze had er nooit aandacht aan willen schenken. Nu ze terugkeek, kon ze alle tekenen zien: Dennis vond het vreselijk als anderen met haar een praatje maakten, hij smeekte haar voortdurend met hem uit te gaan, hij stond altijd te luistervinken.

Maar ik weet nu tenminste wel wie de stalker is, dacht Ashley.

Toen Ashley de volgende ochtend om halfnegen op het punt stond om naar haar werk te gaan, ging de telefoon. Ze pakte de hoorn op en zei: 'Hallo?'

'Ashley? Je spreekt met Shane. Heb je al naar het journaal gekeken?'

'Welk journaal?'

'Op televisie. Ze hebben zojuist het lijk gevonden van Dennis Tibble.'

Het leek er even op alsof de grond onder haar voeten verdween. 'O, mijn god. Wat is er gebeurd?'

'Volgens de sheriff heeft iemand hem neergestoken en daarna gecastreerd.'

6

Hulpsheriff Sam Blake had de moeilijkste weg gekozen om zijn huidige positie in Cupertino te bereiken: hij was getrouwd met Serena Dowling, de zuster van de sheriff. Serena was een helleveeg en haar tong was zo scherp dat je er de bossen van Oregon mee om kon krijgen. Serena had nog nooit een man ontmoet die wist hoe hij met haar moest omgaan, tot ze Sam Blake ontmoette. Sam was klein van stuk, zachtaardig, welgemanierd en beschikte over een eindeloos geduld. Hoe ver Serena ook ging, Sam wachtte tot ze gekalmeerd was en ging vervolgens eens rustig met haar praten.

Sam Blake was bij de politie gegaan omdat de sheriff, Matt Dowling, zijn beste vriend was. Ze hadden bij elkaar in de klas gezeten en waren samen opgegroeid. Blake vond het politiewerk leuk en hij was er ook erg goed in. Hij beschikte over een scherp inzicht en een onderzoekende geest. Daarnaast was hij heel vasthoudend. Door deze combinatie van eigenschappen was hij uitgegroeid tot de beste detective van het korps.

Sam Blake en sheriff Dowling zaten vroeg in de ochtend samen koffie te drinken.

Sheriff Dowling zei: 'Ik heb gehoord dat Serena je het gisteravond nogal moeilijk heeft gemaakt. We kregen wat telefoontjes binnen van buren die over het lawaai klaagden. Serena kan heel hard schreeuwen, dat is gewoon een feit.'

Sam glimlachte. 'Uiteindelijk wist ik haar wel te kalmeren, Matt.'

'Sam, ik dank God op mijn blote knieën dat ze niet meer bij

mij woont. Ik weet niet wat er dan in haar vaart. Die driftbuien van haar…'

Hun gesprek werd plotseling onderbroken. 'Sheriff, we kregen zojuist een telefoontje binnen op 911. Er is een moord gepleegd, op Sunnyvale Avenue.'

Sheriff Dowling keek Sam Blake aan.

Blake knikte. 'Ik ga wel.'

Een kwartiertje later stapte hulpsheriff Sam Blake het appartement van Dennis Tibble binnen. In de woonkamer werd de hoofdconciërge door een wijkagent ondervraagd.

'Waar is het lijk?' vroeg Blake.

De wijkagent knikte in de richting van de slaapkamer. 'In die kamer, meneer.' Hij zag bleek.

Blake liep naar de slaapkamer en bleef geschokt staan. Op het bed lag het naakte lichaam van een man en het leek er in eerste instantie op dat de hele kamer onder het bloed zat. Hij zag pas waar het bloed vandaan kwam toen hij wat dichter naar het bed toe liep. De man was verschillende malen met een kapotte fles in zijn rug gestoken en de scherven staken uit zijn lijf. De testikels van het slachtoffer waren eraf gesneden.

Toen hij dat zag, voelde hulpsheriff Blake dat meteen in zijn eigen kruis. 'Wie doet nu in godsnaam zoiets?' zei hij hardop. Het wapen was nog niet gevonden, maar daar zouden ze wel grondig naar gaan zoeken.

Blake ging terug naar de woonkamer om de hoofdconciërge wat vragen te stellen. 'Kende u het slachtoffer?'

'Ja, meneer. Hij is de bewoner van dit appartement.'

'Kunt u me zeggen hoe hij heet?'

'Tibble, Dennis Tibble.'

Hulpsherriff Blake maakte een korte notitie. 'Hoe lang woonde hij hier al?'

'Bijna drie jaar.'

'Kunt u me iets over hem vertellen?'

'Nou, niet zo veel, meneer. Tibble was erg op zijn privacy gesteld. Hij betaalde de huur altijd stipt. Soms nam hij wel eens een vrouw mee, maar ik denk dat het voornamelijk hoertjes waren.'

'Weet u waar hij werkte?'

'O, ja, bij de Global Computer Graphics Corporation. Hij was zo'n computerfreak.'

Opnieuw maakte hulpsheriff Blake een kleine aantekening. 'Wie heeft het lichaam gevonden?'

'Maria, een van de werksters. Gisteren was een vrije dag, dus ze kwam pas vanmorgen…'

'Kan ik haar even spreken?'

'Ja, meneer. Ik zal haar even halen.'

Maria was een donkere Braziliaanse van rond de veertig. Ze was gespannen en bang.

'Maria, ben jij degene geweest die het lichaam heeft aangetroffen?'

'Ik heb het niet gedaan, dat zweer ik.' Ze was bijna hysterisch. 'Heb ik een advocaat nodig?'

'Nee, je hebt geen advocaat nodig. Vertel me maar wat er is gebeurd.'

'Er is niets gebeurd. Ik bedoel, ik liep vanochtend hier naar binnen, zoals ik altijd doe, om schoon te maken. Ik… ik dacht dat hij al weg was. Om zeven uur 's ochtends is hij altijd al vertrokken. Ik ruimde de woonkamer op en…'

Shit! 'Maria, hoe zag de kamer eruit toen je hier ging schoonmaken?'

'Wat bedoelt u?'

'Heb je spullen verplaatst? Heb je iets weggegooid?'

'Eh, ja. Er lag een kapotte wijnfles op de grond. Hij plakte aan alle kanten, dus..'

'Wat heb je ermee gedaan?' vroeg hij opgewonden.

'Die heb ik in de stortbak gegooid.'

'Wat heb je nog meer gedaan?'

'Nou, toen heb ik de asbak geleegd en…'

'Zaten daar nog peuken in?'

Ze moest even nadenken. 'Eentje. Ik heb de asbak leeggegooid in de vuilnisemmer in de keuken.'

'Daar moeten we eens even naar gaan kijken.' Hij liep achter haar aan naar de keuken. Ze wees hem waar de vuilnisbak stond. Er zat een sigarettenpeuk in met wat lippenstift erop.

Heel voorzichtig schepte hulpsheriff Blake hem in een envelop.

Hij nam haar weer mee naar de woonkamer. 'Maria, weet je of er iets is weggenomen? Zijn er waardevolle spullen die je mist?'

Ze keek eens rond. 'Dat geloof ik niet. Mijnheer Tibble verzamelde van die beeldjes, weet u wel. Daar gaf hij veel geld aan uit. Het lijkt erop alsof ze er allemaal nog zijn.'

Diefstal was dus niet het motief. Drugs? Wraak? Een liefdesaffaire die stukging?

'Wat deed je na het schoonmaken van de woonkamer, Maria?'

'Stofzuigen, zoals altijd. En toen…' Daar stokte haar stem. 'Toen liep ik de slaapkamer in en… en zag ik hem liggen.' Ze keek hulpsheriff Blake aan en zei: 'Ik zweer u dat ik het niet gedaan heb.'

Op dat moment kwam de lijkschouwer binnen met zijn assistenten, de lijkzak in de hand.

Hulpsheriff Blake was drie uur later weer op kantoor.

'Vertel eens, Sam.'

'Nou, we hebben niet zo veel.' Hulpsheriff Blake ging tegenover sheriff Dowling zitten. 'Het slachtoffer werkte bij Global. Dennis Tibble was blijkbaar een of ander genie.'

'Maar niet geniaal genoeg om te voorkomen dat hij vermoord werd.'

'Hij werd niet vermoord, Matt. Hij is afgeslacht. Je had eens moeten zien wat ze met hem hebben gedaan. We hebben met een maniak van doen.'

'Nog aanwijzingen gevonden?'

'We zijn er nog niet helemaal zeker van waarmee hij is vermoord. Daarvoor moeten we nog even op de uitslag van het lab wachten, maar het kan met een kapotte wijnfles zijn geweest. De werkster heeft hem per ongeluk in de stortkoker gegooid. Ook de buren konden me niet verder helpen. Ze hebben niemand naar binnen zien gaan of naar buiten zien komen. Geen ongewone geluiden. Tibble was schijnbaar heel erg op zichzelf. Hij was niet het type dat een praatje met de buurman maakt. Eén aanwijzing hebben we wel: voordat hij stierf is Tibble nog met iemand naar bed geweest. We hebben vaginale sporen gevonden, naast schaamhaar, wat sporenele-menten en een sigarettenpeuk met lippenstift erop. We zullen een DNA-onderzoek doen.'

'De kranten zullen hiervan smullen, Sam. Ik zie de koppen al voor me: maniak slaat toe in silicon valley.' Sheriff Dowling zuchtte. 'We moeten deze zaak maar zo snel mogelijk sluiten.'

'Ik ga nu naar Global.'

Ashley stond in tweestrijd. Het kostte haar een uur om te be-sluiten of ze wel of niet naar kantoor zou gaan. *Als ze naar me kijken, zien ze al dat er wat is. Maar als ik niet kom, willen ze natuurlijk weten waarom niet. De politie zal daar ook wel rondlopen en iedereen ondervragen. Als ze mij gaan ondervra-gen, moet ik ze de waarheid vertellen. Ze geloven me toch niet. Ze zullen zeggen dat ik Dennis Tibble heb vermoord. En als ze me wel geloven en ik hun vertel dat mijn vader op de hoogte is van wat Dennis me heeft aangedaan, zullen ze hem de moord in de schoenen schuiven.*

Ze moest denken aan de moord op Jim Cleary. Duidelijk hoorde ze de stem van Florence zeggen: *Toen ze thuiskwamen troffen ze het lichaam aan van Jim Cleary. Iemand had hem doodgestoken en gecastreerd.*

Ashley kneep haar ogen dicht. *O, mijn god. Wat gebeurt er allemaal? Wat is er in godsnaam aan de hand?*

Hulpsheriff Sam Blake liep de afdeling op, waar de medewer-kers in groepjes op gedempte toon met elkaar stonden te pra-ten. Blake kon wel raden waarover ze het hadden. Gespannen keek Ashley hoe hij naar het kantoor van Shane Miller liep.

Shane stond op om hem te verwelkomen. 'Hulpsheriff Bla-ke?'

'Ja.' Ze schudden elkaar de hand.

'Gaat u zitten.'

Sam Blake nam plaats. 'Als ik het goed begrijp, was Dennis Tibble een van uw medewerkers?'

'Ja, dat klopt. Een van de beste. Het is heel tragisch.'

'Hij werkte hier al drie jaar?'

'Ja. Hij was ons genie. Hij kon alles met een computer.'

'Kunt u me iets vertellen over zijn sociale leven?'

Shane Miller schudde zijn hoofd. 'Niet veel, ben ik bang. Tibble was nogal op zichzelf.'

'Weet u of hij drugs gebruikte?'

'Dennis? Nee, absoluut niet. Hij was echt zo'n gezondheidsmaniak.'

'Weet u of hij gokte? Was er misschien iemand aan wie hij een heleboel geld schuldig was?'

'Nee. Hij verdiende heel erg goed en ik heb zelfs de indruk dat hij nogal op zijn geld zat.'

'Vrouwen? Had hij een vriendin?'

'De meeste vrouwen vonden Tibble niet aantrekkelijk.' Hij dacht even na. 'Nu ik erover nadenk, liep hij de laatste tijd wel rond te bazuinen dat er iemand was met wie hij in het huwelijk wilde treden.'

'Heeft hij toevallig ook haar naam genoemd?'

Miller schudde zijn hoofd. 'Nee, in ieder geval niet tegen mij.'

'Hebt u er bezwaar tegen als ik enkele van uw medewerkers wat vragen stel?'

'Nee, natuurlijk niet. Gaat uw gang. Maar ik moet u wel er even op attenderen dat ze allemaal flink van hun stuk zijn.'

Als ze zijn lichaam hadden gezien, zouden ze dat helemaal zijn, dacht Blake.

De twee mannen liepen gezamenlijk de afdeling op.

Shane Miller verhief zijn stem. 'Mag ik even jullie aandacht. Dit is hulpsheriff Blake. Hij wil jullie graag een paar vragen stellen.'

De medewerkers waren allemaal opgehouden met wat ze op dat moment aan het doen waren en luisterden.

Hulpsheriff Blake zei: 'Ik neem aan dat u allemaal gehoord hebt wat er met Dennis Tibble is gebeurd. We hebben uw hulp nodig om erachter te komen wie hem heeft vermoord. Kan een van u mij soms vertellen of hij ook vijanden had? Kent u iemand die Tibble zo hartgrondig haatte dat hij hem zou willen vermoorden?' Er heerste een doodse stilte. Blake ging verder. 'Er was een vrouw met wie hij in het huwelijk wilde treden. Heeft hij daarover met een van u soms gesproken?'

Ashley had moeite met ademhalen. Nu was het moment om haar mond open te doen. Nu moest ze de hulpsheriff vertellen wat Tibble haar had aangedaan. Maar Ashley zag ook de uitdrukking op het gezicht van haar vader weer toen ze het hem vertelde. Ze zouden hem de moord in de schoenen schuiven.

Haar vader zou nooit iemand kunnen doden.

Hij was een dokter.

Hij was chirurg.

Dennis Tibble was gecastreerd.

Hulpsheriff Blake zei: '... en niemand van u heeft hem nog gezien nadat hij hier vrijdag wegging?'

Toni Prescott dacht: *Vooruit. Vertel het hem dan, mevrouw Supertrut. Vertel dan dat je naar zijn appartement bent gegaan. Waarom zeg je nou niks?*

Hulpsheriff Blake bleef even staan en probeerde niet te laten merken dat hij teleurgesteld was. 'Als iemand van u nog iets te binnen schiet wat nut zou kunnen zijn, zou ik het erg op prijs stellen als u contact met me opnam. Meneer Miller weet waar u me bereiken kunt. Dank u wel.'

Ze keken allemaal hoe hij naar de deur liep. Ashley voelde zich enorm opgelucht.

Hulpsheriff Blake richtte zich opnieuw tot Shane. 'Is er iemand met wie hij een speciale band had?'

'Nee, niet echt,' antwoordde Shane. 'Ik geloof niet dat Dennis met wie dan ook een band had. Hij voelde zich sterk aangetrokken tot een van onze medewerksters, maar volgens mij kreeg hij bij haar ook nul op het rekest.'

Hulpsheriff Blake bleef staan. 'Is ze nu hier in huis?'

'Ja, maar...'

'Dan zou ik graag even met haar praten.'

'Goed. U kunt in mijn kantoor gaan zitten.' Ze liepen de afdeling weer op en Ashley zag ze al van verre aankomen. Ze liepen recht naar haar bureau toe. Ze voelde dat ze moest blozen.

'Ashley, hulpsheriff Blake wil graag even met je praten.'

Dus hij wist het! Hij zou haar gaan vragen waarom ze naar Tibbles appartement was gegaan. *Ik moet oppassen*, dacht Ashley.

Blake keek haar aan. 'Hebt u daar bezwaar tegen, mevrouw Patterson?'

Ashley kreeg haar stem weer terug. 'Nee, natuurlijk niet,' antwoordde ze en liep achter hem aan het kantoor van Shane Miller in.

'Gaat u zitten.' Ze namen beiden een stoel. 'Ik begrijp dat Dennis Tibble erg op u gesteld was?'

'Ik… ik, eh…' *Pas op.* 'Ik denk van wel.'

'Ging u wel eens met hem uit?'

Als je naar iemands appartement gaat is dat niet hetzelfde als met hem uitgaan. 'Nee.'

'Heeft hij u iets verteld over de vrouw met wie hij wilde trouwen?'

Ze raakte steeds meer verstrikt. Zou hij dit opnemen? Misschien wist hij allang dat ze naar Tibbles appartement was gegaan. Ze hadden misschien haar vingerafdrukken gevonden. Dit was het moment om de rechercheur te vertellen wat Tibble haar had aangedaan. *Maar als ik dat doe*, dacht Ashley wanhopig, *dan zet ik ze op het spoor van mijn vader. En dan zullen ze ook wel een verband leggen met de moord op Jim Cleary*. Wisten ze daarvan? Maar er bestond geen enkele aanleiding voor de politie in Bedford om contact op te nemen met de politie in Cupertino. Of wel soms?

Hulpsheriff Blake keek haar aan. Hij wachtte tot ze antwoord zou geven. 'Mevrouw Patterson?'

'Wat zegt u? O, sorry. Ik ben helemaal van streek.'

'Dat begrijp ik. Heeft Tibble ooit met u gesproken over de vrouw met wie hij wilde trouwen?'

'Ja… maar hij heeft me nooit verteld wie het was.' Dat was tenminste waar.

'Bent u ooit bij meneer Tibble thuis geweest?'

Ashley haalde diep adem. Als ze nee zei, zou de ondervraging waarschijnlijk beëindigd worden. Maar als ze haar vingerafdrukken hadden gevonden… 'Ja.'

'U bent wel eens in zijn appartement geweest?'

'Ja.'

Hij keek haar nu wat aandachtiger aan. 'U vertelde me net dat u nooit met hem bent uitgegaan.'

Er flitste van alles door Ashleys hoofd. 'Ja, dat klopt. We zijn ook nooit uit geweest. Ik moest hem enkele paperassen brengen die hij vergeten had.'

'Wanneer was dat?'

Ze kreeg het gevoel alsof ze in de val was gelopen. 'Dat… eh, dat was ongeveer een week geleden.'

'En dat is de enige keer dat u bij hem thuis bent geweest?'

'Ja, dat klopt.'

Als ze haar vingerafdrukken hadden gevonden, was daar nu tenminste een verklaring voor.

Hij zat haar te bestuderen en Ashley voelde zich schuldig. Ze wilde de waarheid vertellen. Misschien was hij wel vermoord door een inbreker. Dezelfde inbreker die Jim Cleary tien jaar geleden en vijftienhonderd kilometer verderop had vermoord. Als je tenminste in toeval geloofde. Als je tenminste geloofde dat de kerstman bestond, of de tandenfee.

Verdomme, pap.

Hulpsheriff Blake zei: 'We hebben hier te maken met een afschuwelijke misdaad en het lijkt erop alsof er geen motief is. Maar weet u, in al die jaren dat ik nu bij de politie zit, ben ik nog nooit een misdaad tegengekomen waarvoor geen motief bestond.' Hij kreeg geen reactie. 'Kunt ú me misschien vertellen of Dennis Tibble drugs gebruikte?'

'Nee, dat weet ik bijna wel zeker.'

'Wat is het dan wel? Het waren geen drugs. Hij is niet bestolen. Hij had geen schulden. Het enige wat overblijft is een liefdesaffaire, of niet soms? Iemand die jaloers op hem was.'

Of een vader die zijn dochter wilde beschermen.

'Het is voor mij net zo goed een raadsel, hulpsheriff.'

Hij keek haar even recht in de ogen en het leek alsof hij wilde zeggen: Daar geloof ik geen barst van, dame.

Hulpsheriff Blake stond op. Hij pakte een kaartje uit zijn binnenzak en gaf dat aan Ashley. 'Als u ook maar iets te binnen schiet, zou ik het zeer op prijs stellen als u me even opbelt.'

'Dat zal ik zeker doen.'

'Tot ziens.'

Ze keek hem na. *Het is voorbij*, dacht ze. *Papa heeft nu niets meer te vrezen.*

Toen Ashley die avond thuiskwam, stond er een boodschap op haar antwoordapparaat: 'Je hebt me gisteravond vreselijk opgewonden, schatje. Ik was heet. Maar vanavond laat je me komen, zoals beloofd. Zelfde tijd, zelfde plaats.'

Ashley kon haar oren niet geloven. *Ik word gek*, dacht ze. *Mijn vader heeft er helemaal niets mee te maken. Er zit iemand anders achter. Maar wie? En waarom?*

Vijf dagen later zat er een afrekening van haar creditcard bij de post. Er waren drie posten in het bijzonder die haar aandacht trokken: een rekening van de Mod Dress Shop voor 450 dollar, een rekening van de Circus Club van 300 dollar en een rekening van Restaurant Louie voor 250 dollar.

Ze had nog nooit van de winkel, de club of het restaurant gehoord.

7

Ashley Patterson volgde de berichtgeving in de krant en op de televisie over het onderzoek naar de moord op Dennis Tibble op de voet. De politie leek echter op een dood spoor te zitten.

Het is voorbij, dacht Ashley. *Ik hoef nergens bang voor te zijn.*

Diezelfde avond stond hulpsheriff Sam Blake plotseling bij haar op de stoep. Ashley keek hem aan en haar mond werd helemaal droog.

'Ik hoop dat ik niet stoor,' zei hulpsheriff Blake. 'Ik was op weg naar huis en ik dacht: kom, ik ga even langs.'

Ashley slikte. 'Nee, allerminst. Kòmt u binnen.'

Hulpsheriff Blake liep naar binnen. 'U woont hier leuk.'

'Dank u.'

'Volgens mij is dit volstrekt niet de smaak van Dennis Tibble.'

Ashleys hart begon sneller te kloppen. 'Dat zou ik niet weten. Hij is hier nooit geweest.'

'O, ik dacht dat dat misschien wel eens het geval was geweest.'

'Nee, u vergist zich. Ik heb u toch verteld dat ik nooit met hem uitging?'

'Ja, dat is zo. Mag ik gaan zitten?'

'Natuurlijk.'

'Weet u, ik zit helemaal vast in deze zaak. Hij past in geen enkel patroon. Zoals ik al zei, er is altijd sprake van een motief. Ik heb met een paar medewerkers van Global Computer

Graphics gesproken en het lijkt erop dat niemand echt bevriend was met Dennis Tibble. Hij was nogal op zichzelf, weet u.'

Ashley glimlachte. De genadeslag kon ieder moment komen.

'Wat ik afleid uit wat me verteld wordt, is dat u de enige bent voor wie hij echte belangstelling toonde.'

Had hij iets gevonden of zat hij maar wat te vissen?

Ashley antwoordde behoedzaam. 'Hulpsheriff, Dennis Tibble had misschien wel belangstelling voor mij, maar ik zeker niet voor hem. En dat heb ik hem ook duidelijk gemaakt.'

Hij knikte. 'Nou, ik vind het aardig van u dat u die paperassen bent langs gaan brengen.'

Bijna had Ashley gevraagd: 'Wat voor paperassen?' maar het schoot haar net op tijd te binnen. 'Het… was geen enkele moeite. Het lag toch op de route.'

'Ik begrijp het. Iemand moet Tibble uit de grond van zijn hart hebben gehaat om hem zoiets aan te doen.'

Ashley was gespannen, maar ze antwoordde niet.

'Weet u waaraan ik een hartgrondige hekel heb? Aan zaken die niet worden opgelost. Daar raak ik altijd helemaal gefrustreerd van. Het houdt niet in dat de criminelen zo slim zijn, maar eerder dat de politie niet slim genoeg is. Tot nu toe mag ik mezelf nog gelukkig prijzen. Ik heb al mijn zaken opgelost.' Hij ging staan. 'Ik ben niet van plan om nu de handdoek in de ring te gooien. Als u iets te binnen schiet wat me zou kunnen helpen, dan belt u me toch, mevrouw Patterson?'

'Ja, vanzelfsprekend.'

Toen hij wegliep keek Ashley hem na. *Was dit een soort waarschuwing van zijn kant? Weet hij meer dan hij loslaat?*

Toni was meer dan ooit in beslag genomen door Internet. Ze genoot het meest van haar conversaties met Jean Claude, maar dat nam niet weg dat ze ook wel eens met anderen converseerde. Iedere avond zat ze achter haar computer en de ingetikte boodschappen vlogen over en weer.

'Toni? Waar was je? Ik zit al dagen op je te wachten.'

'Ik ben het wachten wel waard, lieverd. Vertel me eens wat over jezelf. Wat doe je voor werk?'

'Ik werk bij een apotheek. Ik kan je wel van dienst zijn. Gebruik je?'

'Flikker op.'

'Ben jij dat, Toni?'

'Al je dromen komen uit. Ben jij het, Mark?'

'Ja.'

'Volgens mij zit je niet meer zo vaak op Internet.'

'Dat klopt. Ik heb het erg druk gehad. Ik zou je wel eens willen ontmoeten, Toni.'

'Mark, vertel eens. Wat doe je voor werk?'

'Ik ben bibliothecaris.'

'Wat leuk! Wat heerlijk, al die boeken…'

'Wanneer zullen we elkaar ontmoeten?'

'Vraag dat maar aan Nostradamus.'

'Hallo Toni. Ik ben Wendy.'

'Hallo, Wendy.'

'Je lijkt aardig.'

'Ik hou van het leven.'

'Misschien kan ik je helpen er nog meer van te genieten.'

'Wat had je zoal in gedachten?'

'Nou, ik hoop dat je niet zo'n bekrompen type bent dat te schijterig is om iets nieuws te proberen en te ontdekken. Ik wil je wel eens laten voelen wat echt genieten is.'

'Dank je, Wendy. Je mist het gereedschap dat ik daarvoor nodig heb.'

En toen ontmoette ze opnieuw Jean Claude Parent.

'*Bonsoir. Comment ça va*? Hoe gaat het ermee?'

'Heel goed. En met jou?'

'Ik heb je gemist. Ik zou je heel graag eens in levenden lijve willen ontmoeten.'

'Dat zou ik ook heel leuk vinden. Dank je wel voor de foto die je me gestuurd hebt. Je ziet er heel leuk uit.'

'En jij bent heel mooi. Ik denk dat het belangrijk is dat we elkaar ontmoeten. Gaat er iemand van jouw bedrijf naar het computercongres in Quebec?'

'Wat zeg je? Nee, niet dat ik weet. Wanneer wordt het gehouden?'

'Over drie weken. Alle grote bedrijven komen. Ik hoopte al dat jij ook zou komen.'

'Dat hoop ik ook.'

'Spreken we elkaar morgen weer? Zelfde tijd, zelfde plaats?'

'Jazeker. Tot morgen.'

'*À demain.*'

De volgende ochtend liep Shane Miller naar het bureau van Ashley. 'Ashley, je weet toch dat er binnenkort een groot congres in Quebec wordt gehouden, nietwaar?'

Ze knikte. 'Ja, het lijkt me heel interessant om ernaartoe te gaan.'

'Ik zat me net af te vragen of we er niet een delegatie naartoe zouden moeten sturen.'

'Alle bedrijven gaan,' antwoordde Ashley. 'Symantec, Microsoft, Apple. Quebec haalt heel wat uit de kast om ze te lokken. Zo'n reisje is eigenlijk een soort kerstgratificatie.'

Haar enthousiasme deed Shane Miller glimlachen. 'Ik zal er wel even achteraan gaan.'

De volgende ochtend moest Ashley bij Shane Miller komen.

'Wat zou je ervan vinden om Kerstmis in Quebec door te brengen?'

'We gaan? O, geweldig!' zei Ashley vol enthousiasme. Tot nu toe had ze Kerstmis altijd bij haar vader doorgebracht, maar dit jaar zag ze daar erg tegenop.

'Als ik jou was, zou ik maar een stapeltje warme kleren meenemen.'

'Zit daar maar niet over in. Dat doe ik heus wel. O, ik verheug me er echt op, Shane.'

Toni zat op Internet. 'Jean Claude, er gaat een delegatie van mijn bedrijf naar Quebec!'

'*Formidable!* Dat doet me deugd. Wanneer kom je aan?'

'Over twee weken. We komen met vijftien man.'

'*Merveilleux!* Ik heb het gevoel dat er iets belangrijks staat te gebeuren.'

'Ja, dat gevoel heb ik ook.' *Iets heel belangrijks.*

Gespannen keek Ashley iedere avond naar het journaal, maar er waren geen nieuwe ontwikkelingen in de moord op Dennis Tibble. Ze begon zich langzaam te ontspannen. Als de politie geen verband kon leggen tussen haar en de moord, zouden ze onmogelijk op het spoor van haar vader komen. Ze had zich al een paar keer voorgenomen hem ernaar te vragen, maar telkens was ze ervoor teruggeschrokken. Als hij nou onschuldig was? Kon hij het haar ooit vergeven dat ze hem voor een moordenaar had aangezien? *En als hij wel schuldig is, wil ik het niet weten,* dacht Ashley. *Ik zou het niet kunnen verdragen. Als hij wel al die vreselijke dingen heeft gedaan, deed hij ze vast omdat hij dacht dat hij me in bescherming moest nemen. Deze Kerstmis hoef ik hem gelukkig niet onder ogen te komen.*

Ashley belde haar vader in San Francisco. Ze deelde hem het nieuws mee zonder het in te leiden. 'Pap, ik kan dit jaar niet samen met u Kerstmis vieren. Ik moet voor de zaak naar een congres in Canada.'

Er volgde een lange stilte. 'Dat heb je niet zo goed gepland, Ashley. We brengen Kerstmis altijd samen door.'

'Ik kan er echt niets…'

'Je bent het enige wat ik nog heb, Ashley.'

'Ja, dat weet ik pap. U bent ook het enige wat ik nog heb.'

'Daarom is het ook zo belangrijk.'

Zo belangrijk dat u ervoor moet moorden?

'Waar vindt dat congres plaats?'

'In de stad Quebec. Het is…'

'Ah, mooie stad. Ik ben er in geen jaren geweest. Luister, we doen het als volgt. Rond die tijd heb ik hier in het ziekenhuis niet veel om handen. Ik vlieg gewoon naar Quebec en dan kunnen we samen uit eten.'

Ashley haakte daar meteen op in. 'Ik denk niet dat…'

'Reserveer maar een kamer voor me in het hotel waar jij ook overnacht. We moeten onze traditie toch in ere houden, of niet soms?'

'Ashley aarzelde en antwoordde langzaam: 'Ja, pap.'
Hoe kan ik mijn vader recht aankijken?

Alette was opgewonden. Ze zei tegen Toni: 'Ik ben nog nooit naar Quebec geweest. Denk je dat er daar ook musea zijn?'
'Natuurlijk zijn er ook musea,' antwoordde Toni. 'Je hebt er alles. Je kunt er op wintersport: skiën, schaatsen...'
Alette huiverde. 'Ik vind kou vreselijk. Wintersport is niks voor mij. Zelfs met mijn handschoenen aan krijg ik nog blauwe vingers. Nee, ik hou het wel bij de musea.'
Op 21 december landde de delegatie van Global Computer Graphics op de luchthaven Jean-Lesage van Sainte-Foy. Ze werden naar het legendarische Château Frontenac in Quebec gereden. Het vroor en de straten zagen wit van de sneeuw.
Jean Claude had Toni zijn nummer thuis gegeven. Zodra ze had ingecheckt, belde ze hem op. 'Vind je het erg dat ik nog zo laat bel?'
'*Mais non!* Ik kan mijn oren niet geloven. Je bent er! Wanneer kunnen we elkaar ontmoeten?'
'Morgenochtend gaan we met z'n allen naar het congres. Maar misschien kan ik er wel even tussenuit knijpen om samen met je te lunchen.'
'*Bon!* Op de Grande Allée Est zit een restaurant, Le Paris-Brest. Zullen we daar om één uur afspreken?'
'Dat is goed.'
Het Centre des Congrès aan René Lévesque Boulevard is een ultramodern trefpunt van staal en glas met vier verdiepingen dat duizenden congresgangers kan herbergen. De enorme zalen waren om negen uur in de ochtend al dichtbevolkt met computerdeskundigen uit alle windhoeken, die de laatste nieuwtjes stonden uit te wisselen. De multimediacentra, de tentoonstellingszalen en de videoconferentiezalen waren allemaal tot de nok toe gevuld. Er werden wel tien seminars tegelijk gehouden. Toni verveelde zich kapot. *Alleen maar woorden, geen daden*, schoot het door haar heen. Om kwart voor één glipte ze naar buiten en nam de taxi naar het restaurant.
Jean Claude zat al op haar te wachten. Hij pakte haar hand

en zei met een warme stem: 'Toni, ik ben zo blij dat je kon komen!'

'Ik ook.'

'Ik zal er alles aan doen om je verblijf hier zo aangenaam mogelijk te maken,' zei Jean Claude. 'Quebec is een prachtige stad, waarin heel veel valt te ontdekken.'

Glimlachend keek Toni hem aan. 'Ik weet zeker dat ik ervan zal genieten.'

'Ik ben van plan zo veel mogelijk met je op te trekken.'

'Kun je wel vrij krijgen? Hoe zit het dan met de juweliers-zaak?'

Jean Claude moest glimlachen. 'Ze moeten het maar even zonder me zien te redden.'

Ze kregen de menukaart.

'Wil je eens een van onze Frans-Canadese specialiteiten uitproberen?' vroeg Jean Claude.

'Graag.'

'Sta me toe dat ik voor je bestel.' Vervolgens zei hij tegen de ober: '*Nous voudrions le Brome Lake Duckling.*' Tegen Toni zei hij: 'Het is een streekgerecht. Jonge eend, gestoofd in calvados en gevuld met appels.'

'Klinkt heerlijk.'

En dat was het ook.

Ze gebruikten de lunch om elkaar over zichzelf te vertellen.

'Dus, jij bent nooit getrouwd geweest?' vroeg Toni.

'Nee, jij?'

'Nee.'

'Je bent gewoon nooit tegen de ware Jacob opgelopen.'

O, mijn god. Ik wou dat het zo eenvoudig lag. 'Nee.'

Vervolgens spraken ze over Quebec en wat er allemaal te doen was.

'Hou je van skiën?'

Toni knikte. 'Dat doe ik heel graag.'

'*Ah, bon. Moi aussi.* En we kunnen ook nog een ritje maken met de skimotor, schaatsen, heerlijk winkelen…'

In zijn enthousiasme had hij veel weg van een jongen. Nog nooit had Toni zich bij iemand zo op haar gemak gevoeld.

Shane Miller had het zo geregeld dat zijn delegatie 's ochtends het congres bijwoonde, zodat ze 's middags vrij hadden.

'Wat moet ik hier in godsnaam doen?' vroeg Alette op klagerige toon aan Toni. 'Het is ijskoud. Wat ga jij doen?'

'Alles,' antwoordde Toni met een grijns.

'*A più tardi.*'

Toni en Jean Claude gingen iedere dag samen lunchen en 's middags gaf hij haar een rondleiding. Het was voor Toni de eerste keer dat ze in een stad als Quebec was. Het was net alsof ze ergens in Noord-Amerika een Frans dorpje van rond de eeuwwisseling hadden ontdekt. De oude straten droegen kleurrijke namen: Break Neck Stairs, Below the Fort en Sailor's Leap. Het was net een Anton Pieck-plaatje, in een lijst van sneeuw.

Ze bezochten La Citadelle, waar de Oude Stad nog beschermd werd door muren, en ze keken in het Fort naar de traditionele wisseling van de wacht. Ze stroopten alle winkelstraten af: Saint Jean, Cartier, Côte de la Fabrique, en ze slenterden door het Quartier Petit Champlain.

'Dit is het oudste handelscentrum van Noord-Amerika,' vertelde Jean Claude.

'Het is fantastisch.'

Waar ze ook kwamen, overal stonden verlichte kerstbomen, waren levende kerststallen ingericht en klonk er muziek. Er viel overal wel wat te beleven.

Jean Claude nam Toni mee voor een ritje op een skimotor, ergens buiten de stad. Toen ze langs een helling naar beneden zoefden, pakte hij haar hand en vroeg: 'En, heb je het een beetje naar je zin?'

Volgens Toni stelde hij die vraag niet zomaar. Ze knikte en fluisterde: 'Ik heb het heel erg naar mijn zin.'

Alette bracht haar tijd door in de musea. Ze ging naar de Basilica of Notre Dame, de Good Shepherd Chapel en het Augustinusmuseum. Ze had geen belangstelling voor wat Quebec nog verder te bieden had. Er waren tientallen restaurants waar je als fijnproever terecht kon, maar als ze niet in het hotel at, ging ze naar Le Commensal, een vegetarisch restaurant.

Bij tijd en wijle moest Alette aan haar artistieke vriend, Richard Melton, denken. Wat zou hij nu in San Francisco uitspoken? Zou hij nog aan haar denken?

Ashley zag met angst en beven uit naar Kerstmis. Ze had de neiging om haar vader op te bellen om hem te zeggen dat hij niet moest komen. *Maar welke reden moet ik hem dan geven? Je bent een moordenaar. Ik wil je nooit meer zien?*

Elke dag bracht Kerstmis een stukje dichterbij.

'Ik zou je graag mijn juwelierszaak laten zien,' zei Jean Claude. 'Zou je dat leuk vinden?'

Toni knikte. 'Graag.'

Parent Juweliers was gevestigd in het hartje van de stad, aan de rue Notre Dame. Verbijstering maakte zich van Toni meester, toen ze naar binnen liepen. Op Internet had hij gezegd dat hij eigenaar was van een 'kleine juwelierszaak'. Het was echter een enorme winkel, die heel smaakvol was ingericht. De verschillende klanten werden door een stuk of tien medewerkers geholpen.

Toni keek om zich heen. 'Het is… geweldig.'

Hij moest lachen. '*Merci*. Ik zou je graag een cadeau willen geven. Iets voor Kerstmis.'

'O, nee, dat is helemaal niet nodig. Ik…'

'Daar had ik me nou zo op verheugd,' zei Jean Claude en hij nam haar mee naar een vitrine met ringen. 'Zeg maar welke je mooi vindt.'

Toni schudde haar hoofd. 'Ze zijn veel te duur. Ik kan dat niet…'

'Alsjeblieft.'

Toni keek hem even onderzoekend aan. 'Goed dan,' antwoordde ze en richtte haar aandacht op de vitrine. In het midden lag een ring met een smaragd, afgezet met diamantjes.

Jean Claude volgde haar blik. 'Vind je die smaragd mooi?'

'Hij is prachtig, maar hij is veel te…'

'Hij is van jou.' Jean Claude haalde een sleuteltje tevoorschijn, maakte de vitrine open en pakte de ring.

'Nee, Jean Claude…'

'*Pour moi.*' Hij deed hem om haar vinger. Hij paste precies.

'*Voilà.* Dat is vast een voorteken.'

Toni kneep in zijn hand. 'Ik… ik weet niet wat ik moet zeggen.'

'Ik kan je niet zeggen hoeveel plezier me dit doet. Ik weet een heel goed restaurant, Pavillion. Zullen we daar vanavond gaan eten?'

'Waar je maar wilt.'

'Ik haal je om acht uur op.'

Diezelfde avond om zes uur belde Ashleys vader. 'Ashley, het spijt me, maar ik moet je teleurstellen. Ik kan met de kerst niet komen. Een belangrijke patiënt in Zuid-Amerika heeft een hartaanval gehad. Ik vlieg vanavond nog naar Argentinië.'

'O, wat jammer nou, pap,' antwoordde Ashley. Ze probeerde enige overtuiging in haar stem te leggen.

'Ik maak het een andere keer wel weer goed, oké?'

'Ja, natuurlijk. Doe voorzichtig.'

Toni verheugde zich op het etentje met Jean Claude. Het beloofde een prachtige avond te worden. Onder het aankleden zong ze zachtjes.

'Up and down the city road,
In and out of the eagle,
That's the way the money goes,
Pop! goes the weasel.'

Ik denk dat Jean Claude verliefd op me is, mam.

Het Pavillion is gehuisvest in het spelonkachtige Gare du Palais, het oudste station van Quebec. Het restaurant is heel groot. Waar je binnenkomt is er een lange bar en het begin van een lange rij tafels, helemaal tot achteraan. Het is er de gewoonte om klokslag elf uur een aantal tafels aan de kant te schuiven, waardoor er een dansvloer ontstaat. Vervolgens neemt een diskjockey het heft in handen en wordt er van alles gedraaid: van reggae tot jazz of blues.

Toni en Jean Claude werden, toen ze om negen uur naar binnen gingen, hartelijk welkom geheten door de eigenaar.

'Monsieur Parent. Wat leuk u weer te zien.'

'Dank je, André. Dit is mevrouw Toni Prescott. Mag ik je voorstellen aan meneer Nicholas?'

'Aangenaam kennis met u te maken, mevrouw Prescott. Uw tafel staat gereed.'

'Het eten is hier voortreffelijk,' verzekerde Jean Claude haar. 'Zullen we maar met champagne beginnen?'

Ze bestelden paillarde de veau, met torpille, salade en een fles Valpolicella.

Toni kon haar ogen maar niet afhouden van de ring die Jean Claude haar gegeven had. 'Hij is zo mooi!' riep ze telkens.

Jean Claude boog naar voren. *'Tu aussi.'* Ik kan je niet zeggen hoe gelukkig ik ben dat we elkaar eindelijk hebben ontmoet.'

'Ik ben ook gelukkig,' zei Toni bedeesd.

Toen begon de muziek. Jean Claude keek Toni aan en vroeg: 'Zullen we dansen?'

'Ja, graag.'

Toni was dol op dansen. Eenmaal op de dansvloer, bestond de rest van de wereld niet meer voor haar. *Ze was een meisje dat met haar vader danste. Haar moeder merkte op: 'Het kind heeft totaal geen gratie.'*

Jean Claude drukte haar dicht tegen zich aan. 'Je danst geweldig, weet je dat?'

'Dank je.' *Hoor je wat hij zegt, mam?*

Toni dacht: *Ik wou dat hier nooit een einde aan kwam.*

Toen ze teruggingen naar het hotel, vroeg Jean Claude: *'Chérie*, zullen we bij mij thuis nog een slaapmutsje halen?'

Toni aarzelde. 'Vanavond niet Jean Claude.'

'Morgen, *peut-être?'*

Ze kneep hem zachtjes in zijn hand. 'Morgen.'

Toen agent René Picard om drie uur in de ochtend in zijn politiewagen over de Grande Allée in het Quartier Montcalm reed, zag hij de voordeur van een roodbakstenen huis met twee verdiepingen wijd openstaan. Hij zette zijn auto langs de kant en ging op onderzoek uit. Hij liep naar de voordeur en riep: *'Bon soir, Y a-t-il, quelqu'un?'*

Er kwam geen antwoord. Hij stapte de foyer in en liep naar de woonkamer. *'C'est la police. Y a-t-il quelqu'un?'*

Er kwam geen antwoord. Het huis bleef vreemd stil. Agent Picard maakte zijn holster los en begon de benedenverdieping te doorzoeken. Terwijl hij van kamer naar kamer liep, bleef hij roepen.

Een angstaanjagende stilte bleef het enige antwoord. Hij liep terug naar de foyer. Daar zag hij een mooi gebeeldhouwde trap naar de eerste verdieping. 'Hallo!' Niets.

Langzaam liep agent Picard naar boven. Toen hij daar aankwam, had hij zijn pistool in zijn hand. Hij liep langzaam de lange gang door en bleef maar roepen. Aan het einde van de gang stond een slaapkamerdeur open. Hij liep ernaartoe, deed de deur verder open en trok wit weg. *'Mon Dieu!'*

Inspecteur Paul Cayer vroeg: 'Oké, vertel het maar.' Het was vijf uur in de ochtend en ze zaten in het grijsgele stenen gebouw aan Story Boulevard, waarin het hoofdbureau van politie was gehuisvest.

Rechercheur Guy Fontaine antwoordde: 'De naam van het slachtoffer is Jean Claude Parent. Hij is op zijn minst tienmaal gestoken en hij is gecastreerd. De lijkschouwer zei dat de moord drie of vier uur geleden moet zijn gepleegd. In de zak van Parents colbertje zat een afrekening van Pavillion, een restaurant. Hij had daar eerder die avond gedineerd. We hebben de eigenaar van het restaurant uit bed moeten halen.'

'En?'

'Monsieur Parent was in het gezelschap van Toni Prescott, een zeer aantrekkelijke brunette met een Engels accent. De bedrijfsleider van de juwelierszaak wist te vertellen dat monsieur Parent eerder op de dag een dame die aan dezelfde beschrijving beantwoordde mee had genomen naar de winkel en haar daar had voorgesteld als "Toni Prescott". Hij gaf haar een heel dure ring met een smaragd cadeau. We denken dat monsieur Parent vlak voordat hij stierf met iemand naar bed was geweest. Het moordwapen was waarschijnlijk een stalen briefopener. Er zaten vingerafdrukken op. We hebben ze naar ons lab en naar de FBI gestuurd. De uitslag hebben we nog niet binnen.'

'Hebben jullie Toni Prescott al gearresteerd?'

'*Non.*'

'Waarom niet?'

'We kunnen haar niet vinden. We zijn alle plaatselijke hotels langsgegaan. We hebben in ons eigen archief én dat van de FBI gezocht, maar er is geen geboorteakte, geen sofi-nummer, noch een rijbewijs op de naam van "Toni Prescott".'

'Dat is onmogelijk! Is ze soms de stad al uit?'

Rechercheur Fontaine schudde zijn hoofd. 'Dat denk ik niet, inspecteur. Om middernacht vertrekken er geen vliegtuigen meer en de laatste trein ging gisteravond om vijf over halfzes. De eerste trein vertrekt straks om negen over halfzeven. We hebben haar signalement doorgegeven aan de busmaatschappij en de twee taxiondernemingen, en aan het limousinebedrijf.'

'Jongens, in hemelsnaam. We weten hoe ze heet, hoe ze eruitziet en we hebben haar vingerafdrukken. Ze kan toch niet zomaar verdwijnen?'

Het rapport van de FBI kwam een uur later binnen. Ze konden niet zeggen van wie de vingerafdrukken waren en in hun archief was niets over ene Toni Prescott te vinden.

8

Ashley was vijf dagen terug uit Quebec toen haar vader opbelde: 'Ik kom net thuis.'

'Thuis?' Het duurde even voordat Ashley wist waarover hij het had. 'O, ja. Uw Argentijnse patiënt. Hoe gaat het met hem?'

'Hij overleeft het wel.'

'Daar ben ik blij om.'

'Kun je morgenavond naar San Francisco komen? Dan gaan we samen uit eten.'

De gedachte dat ze hem onder ogen moest komen vond ze vreselijk, maar ze kon geen enkele goede smoes verzinnen. 'Dat is goed.'

'Acht uur. Bij restaurant Lulu.'

Ashley zat al in het restaurant te wachten toen haar vader binnenkwam. Opnieuw zag ze dat mensen haar vader herkenden en vol bewondering nakeken. Haar vader was beroemd. *Zou hij echt alles wat hij heeft bereikt op het spel zetten? Alleen maar om…?*

Hij stond naast haar.

'Fijn je weer te zien, schatje. Mijn excuses dat het met Kerstmis niet door kon gaan.'

'Dat geeft niet.' Ze kon het bijna niet over haar lippen krijgen.

Ze staarde naar het menu, maar wat er stond drong niet tot haar door. Ze kon zich maar niet concentreren.

'Wat wil je hebben?'

'Ik… Ik heb niet zo'n trek.'

'Je moet toch iets eten. Je wordt steeds magerder.'

'Ik neem de kip wel.'

Ze keek toe hoe haar vader bestelde. Zou ze het aandurven om te beginnen over…'

'Hoe was het in Quebec?'

'Het was heel interessant,' antwoordde Ashley. 'Het is een prachtige stad.'

'We moesten er samen maar eens naartoe gaan.'

Ze had een besluit genomen en probeerde zo gewoon mogelijk te klinken. 'In juni ben ik trouwens naar een reünie van mijn oude school geweest.'

Hij knikte. 'Was het leuk?'

'Nee.' Ze lette er heel goed op hoe ze het zou formuleren. 'Op… de dag… dat wij naar Londen vertrokken, hebben ze het lichaam gevonden van Jim Cleary. Hij was neergestoken en… gecastreerd.' Ze bleef stilzitten en keek hem aan. Ze was heel benieuwd hoe hij zou reageren.

Dokter Patterson fronste even zijn wenkbrauwen. 'Cleary? O ja. Die jongen die steeds achter je aan zat. Nou, daar heb ik je dan toch maar mooi van verlost, nietwaar?'

Wat bedoelde hij daarmee? Was dit een bekentenis? Had hij haar van Jim Cleary verlost door hem te vermoorden?

Ashley haalde diep adem en zei: 'Dennis Tibble is op dezelfde manier omgebracht. Ook hij was doodgestoken en gecastreerd.' Ze keek hoe haar vader een broodje pakte en het nauwgezet begon te smeren.

Uiteindelijk zei hij: 'Dat verbaast me niets, Ashley. Met slechte mensen loopt het altijd slecht af.'

En híj was nou een dokter, iemand die het leven van anderen moest redden. *Ik zal hem nooit begrijpen*, dacht Ashley. *En ik geloof ook niet dat ik dat wil.*

Na afloop was Ashley nog niets wijzer geworden.

Toni zei: 'Alette, ik heb echt genoten van Quebec. Ik zou nog wel eens terug willen. Heb jij je een beetje vermaakt?'

'Ik heb wel genoten van de musea,' antwoordde Alette bedeesd.

'Heb je je vriendje in San Francisco al gebeld?' vroeg Toni plagerig.

'Hij is mijn vriendje niet.'

'Maar dat zou je maar wat graag willen. Of niet soms?'

'*Forse*. Misschien.'

'Waarom bel je hem dan niet?'

'Ik geloof niet dat het netjes…'

'Bel hem gewoon.'

Ze hadden afgesproken in het De Young Museum.

'Ik heb je echt gemist,' zei Richard Melton. 'Hoe was Quebec?'

'*Va bene.*'

'O, ik wou dat ik daar samen met jou had kunnen zijn.'

Wie weet, ooit, dacht Alette hoopvol. 'Hoe gaat het met schilderen?'

'Niet slecht. Ik heb net een van mijn schilderijen verkocht. Aan een heel bekende verzamelaar.'

'Gefeliciteerd!' Ze was echt blij voor hem. Zonder dat ze er iets aan kon doen, schoot er een gedachte door haar heen. *Het is zo anders als ik met hem ben. Was hij iemand anders geweest, dan had ik ongetwijfeld gedacht: nou, die heeft dan ook geen smaak. Of: ik zou mijn baantje maar aanhouden, als ik jou was. Of iets anders, maar in ieder geval iets gemeens. Maar met Richard heb ik dat helemaal niet.*

Alette ervoer dit als een enorme bevrijding. Alsof ze net een medicijn tegen een of andere slopende ziekte had ontdekt.

Ze gingen lunchen in het museum.

'Wat wil je hebben?' vroeg Richard. 'De rosbief is hier voortreffelijk.'

'Nee, dank je. Ik ben vegetariër. Ik neem wel een salade.'

'Oké.'

Er kwam een heel mooie, jonge serveerster aan hun tafeltje staan. 'Hallo, Richard.'

Alette was opeens heel even jaloers. Omdat ze daar helemaal niet op bedacht was, werd ze door haar eigen reactie verrast.

'Hoi, Bernice.'

'Weten jullie het al?'

'Ja. Mevrouw Peters wil graag een salade en ik wil een sandwich met rosbief.'

De serveerster stond naar Alette te kijken. *Zou ze me benijden?* vroeg Alette zich af. Toen ze wegliep, zei Alette: 'Nou, dat is een stuk zeg. Ken je haar goed?' Ze begon onmiddellijk te blozen. *O, had ik dat nou maar niet gevraagd.*

Richard glimlachte. 'Ik kom hier wel vaker. Toen ik hier de eerste keer kwam, had ik bijna geen geld. Daarom bestelde ik een sandwich. Maar Bernice bracht me toen een baquette. Ze is echt een fantastische meid.'

'Ze lijkt me heel aardig,' antwoordde Alette en dacht: *ze heeft dikke benen.*

Vervolgens kwam het gesprek op schilders.

'Ik zou wel eens naar Giverny willen,' zei Alette. 'Monet heeft daar geschilderd.'

'Weet je dat Monet als karikaturist begonnen is?'

'Nee.'

'Echt waar. Toen ontmoette hij Boudin, van wie hij les kreeg. Boudin spoorde Monet aan om in de openlucht te gaan schilderen. Dit is echt een leuke anekdote. Monet raakte verslaafd aan het schilderen in de openlucht. Hij moest op een dag het portret van een vrouw schilderen. In de tuin. Maar het doek was zo groot, dat hij een greppel moest laten graven, zodat hij het doek met behulp van katrollen kon optrekken of laten zakken. Nu hangt dat schilderij in het Musée d'Orsay in Parijs.'

Ze doken in de schilders en de kunst en het was heel gezellig. Maar de lunch was zo voorbij.

Na afloop bezochten Alette en Richard het museum. De collectie omvatte ruim veertigduizend objecten variërend van oude Egyptische voorwerpen tot moderne Amerikaanse schilderijen.

Het feit dat ze daar met Richard liep en dat er helemaal geen negatieve gedachten bij haar opkwamen, vervulde Alette met blijde verbazing. *Che cosa significa?*

Er kwam een suppoost naar hen toe. 'Goedemiddag, Richard.'

'Hallo, Brian. Dit is een vriendin van me, Alette Peters. Brian Hill.'

'Hoe vindt u het museum?' vroeg Brian aan Alette.

'Het is geweldig.'

'Richard geeft mij schilderles.'

Alette keek naar Richard. 'Echt waar?'

'Ach, ik vertel hem wel eens wat,' antwoordde Richard bescheiden.

'Nou, hij doet wel iets meer hoor. Gelooft u mij maar. Ik heb altijd al willen schilderen. Daarom ben ik ook bij dit museum gaan werken. Ik ben dol op kunst. Richard komt hier nogal vaak. Ook om te tekenen. Toen ik zijn werk zag, dacht ik: dat wil ik ook kunnen. Toen heb ik hem gevraagd of hij me dat wilde leren. Hij is een geweldige docent. Kent u zijn werk?'

'Ja,' antwoordde Alette. 'Hij kan prachtig tekenen en schilderen.'

Toen ze verderliepen, zei Alette: 'Ik vind het fantastisch dat je dat doet, Richard.'

Hij keek haar aan en zei: 'Ik vind het fijn om mensen te helpen.'

Toen ze het museum uitliepen, zei Richard: 'Mijn kamergenoot is vanavond naar een feest. Waarom ga je niet even mee?' Hij moest er zelf om glimlachen. 'Dan kan ik je meteen een paar schilderijen laten zien.'

Alette kneep hem in zijn hand. 'Nog niet, Richard.'

'Je zegt het maar. Zie ik je volgend weekeinde dan weer?'

'Ja.'

Hij wist niet hoezeer ze daar naar uitkeek.

Richard liep met Alette mee naar de parkeerplaats waar ze haar auto had neergezet. Op het moment dat ze wegreed, zwaaide hij haar uit.

's Avonds in bed dacht Alette: *het is net alsof er een wonder is geschied. Richard heeft me bevrijd.* Ze viel in slaap en droomde van hem.

Toen Gary, de kamergenoot van Richard Melton, om twee uur 's nachts thuiskwam van een verjaardagsfeestje, was het appartement helemaal donker. Hij deed het licht aan en riep:

'Richard?'

Hij liep naar de slaapkamer en stak zijn hoofd om de hoek van de deur. Hij moest meteen overgeven.

'Kalm aan maar, jongen.' Rechercheur Whittier keek naar de jongeman die zat te trillen in zijn stoel. 'Vertel het me nog eens een keer. Had hij vijanden? Ken jij iemand die gek genoeg is om zoiets te doen?'

Gary moest slikken. 'Nee. Richard werd door iedereen aardig gevonden.'

'Op één iemand na dan. Hoe lang zijn jullie al kamergenoten?'

'Twee jaar.'

'Waren jullie minnaars?'

'Schiet toch op. Nee!' antwoordde Gary verontwaardigd. 'We waren vrienden. We woonden bij elkaar omdat dat ons financieel gezien beter uitkwam.'

Rechercheur Whittier liep door het kleine appartement. Het was in ieder geval geen inbreker,' zei hij. 'Er valt hier niets te stelen. Weet je of je kamergenoot een relatie had met iemand?'

'Nee… eh, ja. Er is een meisje voor wie hij belangstelling toonde. Ik geloof dat hij wel wat voor haar begon te voelen.'

'Kun je me ook vertellen hoe ze heet?'

'Ja, Alette. Alette Peters. Ze werkt in Cupertino.'

De rechercheurs Whittier en Reynolds keken elkaar aan.

'Cupertino?'

'Jezus,' zei Reynolds.

Nog geen halfuur later had rechercheur Whittier sheriff Dowling aan de telefoon. 'Sheriff, ik dacht dat u het wel interessant zou vinden om te horen dat we hier te maken hebben met een moord die aan dezelfde beschrijving voldoet als die bij u in Cupertino: meervoudige steekwonden en een castratie.'

'O, mijn god!'

'Ik heb zojuist met de FBI gesproken. Ze hebben in hun computer drie eerdere castratiemoorden getraceerd die hierop leken. De eerste werd zo'n tien jaar geleden gepleegd in Bedford, Pennsylvania. De tweede betrof een man met de naam Dennis

Tibble. Dat was die zaak van u. En de derde was een soortgelijke zaak in Quebec. En nu dus deze.'

'Maar wat is in godsnaam het verband? Pennsylvania, Cupertino, Quebec, San Francisco. Begrijpt u het?'

'We zijn aan het kijken of we een verband kunnen ontdekken. Voor Quebec hebben we een paspoort nodig. De FBI is nu aan het uitzoeken of er iemand met Kerstmis in Quebec is geweest die ten tijde van de moorden in elk van die andere steden ter plaatse was.'

Toen de media er eindelijk lucht van kregen, stuurden ze het verhaal de hele wereld rond en overal kwam het op de voorpagina terecht.

'SERIEMOORDENAAR LOOPT VRIJ ROND'

'QUATRES HOMMES BRUTALEMENT TUÉS ET CASTRÉS'

'GESUCHT WIRD EIN MANN DER SEINE OPFER KASTRIERT'

'QUATTRO UOMINI SONO STATI CASTRATI E UCCISI'

Psychologen die zichzelf heel belangrijk vonden, verschenen op tv om de moorden te analyseren.

'... en het slachtoffer was altijd een man. Gelet op het feit hoe ze zijn neergestoken en dat ze gecastreerd werden, kunnen we alleen maar concluderen dat het hier gaat om een homoseksueel die...'

'... en als de politie een verband tussen de verschillende slachtoffers weet te leggen, zal het er waarschijnlijk op uitdraaien dat we hier te maken hebben met een minnares die door de respectieve slachtoffers op de een of andere manier geminacht werd en...'

'... maar als u het mij vraagt, hebben we hier te maken met willekeurige moorden die gepleegd zijn door iemand met een overheersende moeder...'

Op zaterdagochtend belde rechercheur Whittier met hulpsheriff Blake in San Francisco.

'Sheriff, ik heb nieuws voor u.'

'Zeg het maar.'

'Ik werd zojuist gebeld door de FBI. In Cupertino woont iemand die ten tijde van de moord op Parent in Quebec verbleef.'

'Dat is interessant. Hoe heet hij?'

'Zij. Patterson. Ashley Patterson.'

Diezelfde avond om zes uur belde hulpsheriff Sam Blake aan bij het appartement van Ashley Patterson. Hij hoorde haar veiligheidshalve vanachter de gesloten deur roepen: 'Wie is daar?'

'Hulpsheriff Blake. Ik zou graag even met u praten, mevrouw Patterson.'

Na een lange stilte ging de deur open. Ashley keek hem behoedzaam aan.

'Mag ik binnenkomen?'

'Ja, natuurlijk.' *Gaat dit over mijn vader? Ik moet goed letten op wat ik zeg.* Ashley wees hulpsheriff Blake de bank aan. 'Wat kan ik voor u doen?'

'Zou u een paar vragen willen beantwoorden?'

Ashley schuifelde wat ongemakkelijk heen en weer. 'Dat... eh, dat weet ik niet. Heb ik iets gedaan?'

Op geruststellende toon antwoordde hij: 'Niets van dat alles. Het zijn gewoon wat routinevragen. We zijn een aantal moorden aan het onderzoeken.'

'Ik weet helemaal niets van moorden,' zei ze vlug. *Te vlug?*

'Als ik me niet vergis, bent u laatst nog in Quebec geweest.'

'Ja.'

'Kent u iemand met de naam Jean Claude Parent?'

'Jean Claude Parent? Ze moest even nadenken. 'Nee, ik ken helemaal niemand die zo heet. Wie is dat?'

'Het is de eigenaar van een juwelierszaak in de stad Quebec.'

Ashley schudde haar hoofd. 'Nee, ik heb in Quebec geen sieraden gekocht.'

'U werkte samen met Dennis Tibble.'

Plotseling stak de angst de kop op. *Dit gaat wél over papa.* Haar antwoord was behoedzaam. 'Ik werkte niet met hem samen. Hij werkte bij hetzelfde bedrijf als ik.'

'Ja, natuurlijk. U gaat af en toe wel eens naar San Francisco. Of vergis ik me daarin?

Ashley vroeg zich af waar dit allemaal heen ging. *Pas op.* 'Soms, ja.'

'Hebt u daar ooit een kunstenaar ontmoet met de naam Richard Melton?'

'Nee, ik ken niemand die zo heet.'

Hulpsheriff Blake keek Ashley aan. Het zat hem niet lekker. 'Mevrouw Patterson, vindt u het erg om met me mee te gaan naar het bureau? Ik wil u graag een test met de leugendetector laten afleggen. Als u dat wilt, kunt u nu een advocaat bellen en...'

'Ik hoef mijn advocaat niet te bellen. Natuurlijk leg ik zo'n test af als u dat wilt.'

De test werd afgenomen door Keith Rosson. Hij was een van de meest vooraanstaande deskundigen op het gebied van de leugendetector. Hij moest er een etentje voor afzeggen, maar hij wilde Sam Blake graag van dienst zijn.

Ashley zat op een stoel en was door middel van een draad met de leugendetector verbonden. De afgelopen drie kwartier had Rosson met haar een beetje over koetjes en kalfjes zitten praten om wat meer over haar achtergrond te weten te komen en te kijken in wat voor emotionele staat zij zich bevond. Maar nu was hij klaar om te beginnen.

'Zit u gemakkelijk?'

'Ja.'

'Mooi. Dan gaan we beginnen.' Hij drukte op een knopje. 'Wat is uw naam?'

'Ashley Patterson.'

Voortdurend vloog Rossons blik van Ashley naar de afdruk die uit de machine kwam rollen.

'Hoe oud bent u, mevrouw Patterson?'

'28.'

'Waar woont u?'

'In Cupertino. Via Camino Court, nummer 10964.'

'Hebt u een baan?'

'Ja.'

'Houdt u van klassieke muziek?'

'Ja.'

'Kent u Richard Melton?'

'Nee.'

De afdruk liet geen afwijking zien.

'Waar werkt u?'

'Bij de Global Computer Graphics Corporation.'

'Houdt u van uw werk?'

'Ja.'

'Werkt u vijf dagen per week?'

'Ja.'

'Hebt u Jean Claude Parent wel eens ontmoet?'

'Nee.'

Opnieuw geen afwijking.

'Hebt u vanochtend ontbeten?'

'Ja.'

Hebt u Dennis Tibble vermoord?'

'Nee.'

In het halfuur dat daarop volgde werden er nog meer vragen gesteld en ze werden drie keer in een andere volgorde herhaald.

Na afloop liep Keith Rosson het kantoor van hulpsheriff Blake binnen en overhandigde hem de uitdraai. 'Helemaal schoon. De kans dat ze liegt is minder dan één procent. Het spijt me, je hebt de verkeerde te pakken.'

Een grote opluchting maakte zich van Ashley meester toen ze het hoofdbureau van politie uitliep. *Het is godzijdank voorbij.* Ze was ontzettend benauwd geweest dat ze vragen zouden gaan stellen die op de een of andere manier naar haar vader zouden leiden. Maar dat was niet gebeurd. *Niemand die nu nog mijn vader hiermee in verband kan brengen*, dacht Ashley. *Ik hoef me nu niet langer zorgen te maken.*

Ze zette haar auto in de garage en nam de lift naar haar appartement. Ze deed de deur open, ging naar binnen en sloot hem zorgvuldig achter zich. Ze voelde zich uitgeput, maar liep tegelijkertijd met haar hoofd in de wolken. *Nou een lekker, heet bad*, dacht Ashley. Ze liep de badkamer in. Op hetzelfde moment trok ze wit weg. Iemand had met rode lippenstift in grote letters op haar badkamerspiegel geschreven: JIJ GAAT ER-AAN..

9

Ze deed haar best om niet hysterisch te worden. Ze trilde zo erg dat ze het drie keer moest proberen voordat ze eindelijk het goede nummer te pakken had. Ze zuchtte eens diep en draaide opnieuw: 2... 9... 9... 2... 1... 0... 1... De telefoon ging over.

'Kantoor van de sheriff.'

'Hulpsheriff Blake graag. Snel!'

'Hulpsheriff Blake is al naar huis. Kan iemand anders u...?'

'Nee! Ik... Wilt u vragen of hij me belt? Mijn naam is Ashley Patterson. Ik moet hem heel dringend spreken.'

'Blijft u even aan de lijn, dan kijk ik of ik hem te pakken kan krijgen.'

Als het toonbeeld van geduld zat hulpsheriff Blake zijn vrouw Serena aan te horen die tegen hem stond te schreeuwen. 'Mijn broer laat je dag en nacht werken. En hij verdomt het om je een behoorlijk salaris te geven, zodat je mij tenminste fatsoenlijk kunt onderhouden. Waarom vraag je nooit eens opslag? Waaróm niet?'

Ze zaten aan tafel te eten. 'Schat, wil je me de aardappels even aangeven?'

Serena boog zich naar voren en smakte de pan met aardappels met een harde klap voor hem op tafel. 'De pest is dat ze jou gewoon niet waarderen.'

'Je hebt gelijk, schat. Wil je me ook even wat jus geven?'

'Luister je eigenlijk wel?' schreeuwde ze.

'Ja natuurlijk, schat. Het is echt heerlijk. Je kunt fantastisch koken, wist je dat?'

'Hoe kan ik nou in godsnaam ruzie met je maken als jij je niet eens verdedigt?'

Hij nam een grote hap vlees. 'Dat komt doordat ik van je hou, schat.'

De telefoon ging. 'Een ogenblikje.' Hij stond op en pakte de hoorn. 'Hallo... Ja... Verbind haar maar door... Mevrouw Patterson?' Hij kon horen dat ze huilde.

'Er is iets vre... vreselijks gebeurd. U moet komen. Nu.'

'Ik kom eraan.'

Serena ging ook staan. 'Wát? Ga je weg? We zitten net aan tafel!'

'Het is een spoedgeval, schat. Ik probeer zo snel mogelijk terug te zijn.' Ze keek toe hoe hij zijn dienstpistool omdeed. Hij boog zich voorover en kuste haar. 'Heerlijk gegeten.'

Meteen nadat hij had aangebeld, deed Ashley open. Ze zag er behuild uit en ze stond te trillen als een rietje.

Sam Blake stapte naar binnen en keek behoedzaam om zich heen.

'Is er hier nog iemand anders?'

'Er is... hier wel... ie... iemand geweest.' Ashley probeerde zichzelf weer onder controle te krijgen. 'Kom...' Ze ging hem voor naar de badkamer.

Toen hulpsheriff Blake zag wat er stond, las hij de woorden hardop voor 'JIJ GAAT ERAAN'.

Hij keerde zich om en vroeg: 'Hebt u enig idee wie dit gedaan zou kunnen hebben?'

'Nee,' antwoordde Ashley. Dit is mijn appartement. Er is niemand die een sleutel heeft. En er is hier... iemand... binnen geweest. Iemand zit me achterna. Iemand is van plan me te vermoorden.' Opnieuw barstte ze in tranen uit. 'Ik... ik kan er... niet meer tegen.'

Ze kon zich niet langer beheersen. Hulpsheriff Blake sloeg zijn arm om haar heen en gaf haar een schouderklopje. 'Kom op. Het komt allemaal wel goed. We zullen u wel bescherming geven. We komen er echt wel achter wie u dit aandoet.'

Ashley haalde eens diep adem. 'Het spijt me. Zo ben ik... meestal nooit. Het is... het is gewoon afschuwelijk.'

'We moesten maar eens gaan praten,' zei Sam Blake.

Ze wist zowaar een glimlach tevoorschijn te toveren en antwoordde: 'Oké.'

'Zullen we er een kopje thee bij drinken?'

Ze zaten met een hete kop thee voor zich te praten. 'Wanneer is dit allemaal begonnen, mevrouw Patterson?'

'Ongeveer zes maanden geleden. Ik had het gevoel dat iemand me achtervolgde. Eerst was het een beetje een onbestendig gevoel, maar het werd steeds sterker. Ik wíst gewoon dat ik achtervolgd werd, maar ik zag nooit iemand. Maar op een dag had iemand achter mijn computer gezeten en een figuur gemaakt van iemand die met een mes probeerde mij dood te steken...'

'Hebt u enig idee wie dat heeft kunnen zijn?'

'Nee.'

'U vertelde me daarnet dat iemand al eens eerder in uw appartement is binnengedrongen.'

'Ja. Toen ik er een keertje niet was, heeft iemand alle lampen aangedaan. En bij een andere gelegenheid vond ik opeens een sigarettenpeuk op de toilettafel. Maar ik rook helemaal niet.' Ze haalde diep adem. 'En nu... dit.'

'Hebt u vrienden die zich misschien door u afgewezen voelen?'

Ashley schudde haar hoofd. 'Nee.'

'Hebt u zakelijke transacties verricht die iemand anders misschien nadeel hebben berokkend?'

'Nee.'

'Heeft iemand u ooit bedreigd?'

'Nee.' Even overwoog ze om hem te vertellen over dat weekeinde in Chicago. Maar dat deed ze toch maar niet. Ze zou dan misschien haar vader erin moeten betrekken.

'Ik wil vanavond niet alleen blijven,' zei Ashley.

'Geen probleem. Ik bel wel even naar het bureau om te vragen of ze iemand hiernaartoe...'

'Nee! Alstublieft, doet u dat niet. Ik vertrouw niemand anders dan u. Kunt u vanavond niet hier blijven?' Alleen maar tot morgenochtend?'

'Ik weet niet of…'

'Alstublieft,' zei ze met trillende stem.

Hij keek haar eens goed aan. Hij had nog nooit iemand zo bang gezien.

'Kunt u niet ergens anders overnachten? Bij vrienden of zo?'

'Misschien zit een van mijn vrienden hier wel achter!'

Hij knikte. 'Oké, ik blijf wel. Morgenochtend zal ik zien te regelen dat u vierentwintig uur per dag bescherming krijgt.'

'Dank u wel.' Ze klonk enorm opgelucht.

Hij gaf een zacht klopje op haar hand. 'Maakt u zich nou maar geen zorgen. Ik beloof u dat we dit tot op de bodem zullen uitzoeken. Ik ga nu sheriff Dowling even bellen om hem te vertellen wat er is gebeurd.'

Het gesprek duurde maar kort. Toen hij had opgehangen, zei hij: 'Het is misschien het beste als ik ook mijn vrouw even bel.'

'Ja, natuurlijk.'

Hulpsheriff Blake pakte opnieuw de hoorn en draaide zijn nummer. 'Hallo schat. Ik kom vanavond niet thuis. Als jij nu eens lekker televisie…'

'Wát zeg je? Waar zit je? Zeker met een van die goedkope hoeren van je!'

Ashley kon haar aan de andere kant van de telefoon letterlijk verstaan.

'Serena…'

'Mij hou je niet voor de gek.'

'Serena…'

'Dat is het enige waar jullie mannen aan denken. Seks.'

'Serena…'

'Nou, ik pik 't niet langer.'

'Serena…'

'Daar ben je dan al die jaren zo'n goede vrouw voor…'

Deze tamelijk eenzijdige conversatie ging nog zo'n twintig minuten door. Eindelijk legde hulpsheriff Blake de hoorn neer. Hij draaide zich om en zei verlegen: 'Het spijt me, mevrouw Patterson. Over het algemeen is ze helemaal niet zo.'

Ashley keek hem aan en antwoordde: 'Ik begrijp wat u bedoelt.'

'Nee… ik meen het. Serena gedraagt zich alleen maar zo omdat ze bang is.'

Verbaasd keek Ashley hem aan. 'Bang?'

Het bleef even stil. 'Serena is stervende. Ze heeft kanker. Het heeft er een tijdje op geleken dat het wat beter ging. Het is zeven jaar geleden voor het eerst geconstateerd. We zijn nu zo'n vijf jaar getrouwd.'

'Dus u wist het?'

'Ja. Maar dat maakte me niets uit. Ik hou van haar.' Hij hield even op met praten. 'De laatste tijd is het weer erger geworden. Ze is gewoon bang om te sterven en ze is ook bang dat ik haar in de steek zal laten. Al dat geschreeuw is haar manier om haar angst te verbergen.'

'Dat… dat spijt me.'

'Ze is echt geweldig. Vanbinnen is ze zachtaardig en lief. Heel zorgzaam ook. Dat is de Serena die ik ken.'

Ashley zei: 'Het spijt me als ik u in moeilijkheden…'

'O, dat geeft niet.' Hij keek eens om zich heen.

Ashley zei: 'Ik heb maar één slaapkamer. Gaat u daar maar slapen, dan kruip ik wel op de bank.'

Hulpsheriff Blake schudde zijn hoofd. 'Nee, ik ga wel op de bank.'

Ashley zei: 'Ik kan u niet zeggen hoe dankbaar ik ben.'

'Dat zit wel goed, mevrouw Patterson.' Hij keek hoe ze lakens en dekens uit een kast pakte.

Ze liep naar de bank en begon hem op te maken. 'Ik hoop dat u heel lekker…'

'Perfect zo. Ik was toch niet van plan om veel te gaan slapen.' Hij controleerde of de ramen wel goed dichtzaten en liep vervolgens naar de deur, die hij op het nachtslot deed. 'Mooi.' Hij legde zijn pistool naast zich op tafel. 'Gaat u maar lekker slapen. Morgenochtend gaan we het een en ander regelen.'

Ashley knikte instemmend. Ze liep naar hem toe en gaf hem een kusje op zijn wang. 'Dank u wel.'

Hulpsheriff Blake keek hoe ze haar slaapkamer inging en de deur achter zich dichttrok. Hij liep opnieuw naar de ramen om ze te controleren. Het zou een heel lange nacht worden.

Op het hoofdkantoor van de FBI in Washington was agent Ramirez in gesprek met het hoofd van zijn sectie, Roland Kingsley.

'We hebben de uitslag binnen van de vingerafdrukken en van het DNA dat we in Bedford, Cupertino, Quebec en San Francisco hebben gevonden op de plaats van de moord. De uitslag van het DNA-onderzoek is net binnen. De vingerafdrukken komen allemaal overeen. Net als het DNA.'

Kingsley knikte bevestigend. 'We hebben dus te maken met een seriemoordenaar.'

'Daar is geen twijfel over mogelijk.'

'We zullen hem te pakken krijgen, die klootzak.'

In het steegje achter het gebouw waarin Ashley Patterson woonde, trof de vrouw van de conciërge om zes uur 's ochtends het naakte lijk aan van hulpsheriff Sam Blake.

Hij was neergestoken en gecastreerd.

10

Ze waren met z'n vijven: sheriff Dowling, twee rechercheurs in burger en twee agenten in uniform. Ze stonden allemaal in de woonkamer, waar Ashley helemaal over haar toeren in een stoel zat te huilen.

Sheriff Dowling zei: 'U bent de enige die ons kunt helpen, mevrouw Patterson.'

Ashley keek op en knikte. Ze haalde een paar keer diep adem. 'Ik... ik zal het... proberen.'

'Laten we bij het begin beginnen. Rechercheur Blake is hier blijven slapen?'

'J... ja. Dat had ik hem gevraagd. Ik... ik was zo bang.'

'U hebt maar één slaapkamer.'

'Dat klopt.'

'Maar waar sliep rechercheur Blake dan?'

Ashley wees naar de bank, waar een deken en een kussen op lagen. 'Hij... hij sliep op de bank.'

'Hoe laat bent u naar bed gegaan?'

Ashley moest even nadenken. 'Ongeveer om... twaalf uur. Ik was op van de zenuwen. We hadden samen theegedronken en wat gepraat. En toen werd ik wat rustiger. Ik heb hem dekens gegeven en een kussen en ben naar mijn eigen slaapkamer gegaan.' Ze deed haar uiterste best zichzelf in bedwang te houden.

'Was dat de laatste keer dat u hem hebt gezien?'

'Ja.'

'En u bent gewoon in slaap gevallen?'

'Nou nee, niet meteen. Uiteindelijk heb ik maar een slaappil genomen. Het eerste wat ik me herinner is dat ik een vrouw heel hard hoorde gillen in de steeg hierachter.' Ze begon over haar hele lichaam te trillen.

'Wilt u zeggen dat iemand uw appartement is binnengedrongen en rechercheur Blake heeft vermoord?'

'Ik… ik weet het niet meer,' klonk het wanhopig. 'Er is iemand die hier steeds binnendringt. Ze hebben zelfs een bedreiging op de badkamerspiegel geschreven.'

'Ja, dat heeft hij me verteld. Over de telefoon.'

'Misschien heeft hij iets gehoord en is hij naar buiten gegaan,' suggereerde Ashley.

Sheriff Dowling schudde ontkennend zijn hoofd. 'Ik denk niet dat hij naakt naar buiten is gegaan.'

Ashley schreeuwde: 'Ik weet het niet! Ik weet het niet! Het is gewoon een nachtmerrie.' Huilend sloeg ze haar handen voor haar gezicht.

'Vindt u het goed als we even rondkijken?' vroeg sheriff Dowling.

'G… ga uw gang.'

Sheriff Dowling knikte in de richting van de twee agenten. Een van hen ging de slaapkamer in, de ander liep naar de keuken.

'Waar hadden u en hulpsheriff Blake het over?'

Ashley zuchtte diep. 'Ik… ik vertelde hem van… van wat er allemaal gebeurd is. Hij was heel…' Ze keek de sheriff aan en vroeg: 'Waarom zou iemand hem hebben willen vermoorden? Waaróm?'

'Dat weet ik ook niet, mevrouw Patterson. Maar dat gaan we nu uitzoeken.'

Rechercheur Elton, degene die naar de keuken was gelopen, stond plotseling in de deuropening. 'Kan ik u even spreken, sheriff?'

'Excuseert u mij even, mevrouw Patterson.'

Sheriff Dowling liep naar de keuken.

'Wat is er?'

Inspecteur Elton antwoordde: 'Ik heb dit in de gootsteen gevonden.' Hij hield een met bloed bedekt slagersmes op bij het lemmet. 'Het is niet schoongemaakt. Ik denk dat er wel wat vingerafdrukken op zullen zitten.'

Nu kwam de tweede rechercheur, Kostoff, die naar de slaapkamer was gegaan, gehaast de keuken binnen. Hij hield een met diamanten bezette smaragden ring in zijn hand. 'Deze vond ik in het juwelenkistje in de slaapkamer. Hij beantwoordt precies aan de beschrijving van de ring uit Quebec. De ring die Jean Claude Parent aan Toni Prescott heeft gegeven.'

De drie mannen keken elkaar aan.

'Wat moeten we hier nou van maken?' vroeg sheriff Dowling.

Uiterst voorzichtig liep sheriff Dowling met mes en ring naar de woonkamer. Hij hield het mes omhoog en vroeg: 'Is dit mes van u, mevrouw Patterson?'

Ashley keek ernaar. 'Ja… eh, dat zou kunnen. Waarom?'

Vervolgens liet sheriff Dowling haar de ring zien. 'Hebt u deze ring wel eens eerder gezien?'

Ashley bekeek nu de ring en schudde haar hoofd. 'Nee.'

'Hij zat in uw juwelenkistje.'

Ze keken allemaal hoe ze zou reageren. Ze was volkomen verbijsterd.

Met een zachte stem zei ze: 'Ik… iemand moet hem daarin hebben gestopt.'

'Wie zou dat nou doen?'

Met een bleek gezicht antwoordde ze: 'Dat weet ik niet.'

Er kwam een rechercheur het appartement binnenlopen. 'Sheriff?'

'Wat is er Baker?' De sheriff nam Baker mee naar een hoekje van de kamer. 'Heb je iets gevonden?'

'Op het tapijt in de hal en in de lift hebben we bloedsporen aangetroffen. Het lijkt erop alsof het lijk in een laken is gewikkeld en zo naar de lift is gesleept en daarna in de steeg is achtergelaten.'

'Verdomme!' Sheriff Dowling keerde zich om en zei tegen Ashley: 'Mevrouw Patterson, u hebt het recht om te zwijgen. Alles wat u zegt kan en zal tegen u worden gebruikt. U hebt recht op rechtskundige bijstand. Als u die niet kunt betalen, zal de rechter u een advocaat toewijzen. U staat onder arrest.'

Toen ze bij het kantoor van de sheriff aankwamen zei Dowling: 'Neem haar vingerafdrukken af en maak een procesverbaal op.'

Gelaten liet Ashley alles over zich heen komen. Toen ze klaar waren, zei sheriff Dowling: 'U mag één telefoontje plegen.'

Ashley keek hem aan en zei op matte toon: 'Ik heb niemand die ik kan bellen.' *Mijn vader kan ik niet bellen.*

Sheriff Dowling keek toe hoe Ashley Patterson achter de tralies werd gezet.

'Ik snap er verdomme geen snars van. Heb je de uitslag gezien van de test met de leugendetector? Ik zou zweren dat ze onschuldig was.'

Op dat moment liep rechercheur Kostoff binnen en zei: 'Sam is vlak voordat hij stierf nog met iemand naar bed geweest. Dat hebben we met behulp van röntgenstralen kunnen vaststellen. Er zaten vaginale sporen en spermasporen op zijn lichaam en op het laken waarin hij was gewikkeld. We…'

'Zo is het wel genoeg,' kreunde sheriff Dowling. Het moment waarop hij zijn zus het slechte nieuws zou moeten overbrengen, had hij tot nu toe voor zich uit geschoven. Hij kon het nu niet langer uitstellen. Hij zuchtte eens diep en zei: 'Tot zo.'

Een halfuurtje later belde hij aan bij het huis van Sam en Serena.

'Dat is nog eens een verrassing,' zei Serena ter verwelkoming. 'Heb je Sam meegebracht?'

'Nee. Serena, ik moet je wat vragen.' Nu werd het moeilijk. Verbaasd keek ze hem aan. 'Wat is er?'

'Ben jij gedurende de laatste vierentwintig uur nog met Sam naar bed geweest?'

Haar gezicht veranderde van uitdrukking. 'Nee. Waarom vraag je dat? Sam komt niet meer thuis, hè?'

'Ik vind het vreselijk om dit te zeggen, maar…'

'Hij heeft me in de steek gelaten voor een ander, hè? Ik wist het wel. Het moest er een keer van komen. Ik neem het hem niet kwalijk. Ik was helemaal geen goede vrouw voor hem. Ik…'

'Serena, Sam is dood.'

'Ik schreeuwde voortdurend tegen hem. Maar daar meende ik helemaal niets van. Ik weet nog…'

Hij pakte haar bij haar arm. 'Serena, Sam is dood.'

'Op een dag gingen we samen naar het strand, en…'

Hij schudde haar door elkaar. 'Serena, luister naar me. Sam is dood.'

'… we zouden er gaan picknicken.'

Toen hij haar aankeek, zag hij dat ze hem gehoord had.

'We liggen op het strand en er komt een man naar ons toe die zegt: 'Kom op met je geld.' En Sam zei: 'Laat me eerst je pistool maar eens zien.'

Sheriff Dowling liet haar maar wat aanpraten. Ze bevond zich in een shocktoestand, waarin ze alles glashard ontkende.

'Typisch Sam. Die vrouw met wie hij ervandoor is gegaan, is ze mooi? Sam zegt wel heel vaak dat ik mooi ben, maar ik weet wel beter. Hij zegt het om me een goed gevoel te geven. Maar dat komt doordat hij van me houdt. Hij zal me nooit in de steek laten. Hij komt wel weer terug. Let maar op. Hij houdt van me.' Ze praatte maar door.

Sheriff Dowling liep naar de telefoon en draaide een nummer. 'Stuur even een verpleegster hiernaartoe, wil je?' Hij liep weer naar zijn zus en sloeg zijn arm om haar heen. 'Alles komt goed, echt waar.'

'Heb ik je ooit wel eens verteld hoe Sam en ik…'

Nog geen kwartier later stond er een verpleegster op de stoep.

'Ik wil dat u heel goed voor haar zorgt,' zei sheriff Dowling.

In het kantoor van sheriff Dowling was een vergadering aan de gang. 'Ik heb iemand op lijn één voor u.'

Sheriff Dowling pakte de hoorn van het toestel. 'Met Dowling.'

'Sheriff, u spreekt met rechercheur Ramirez van de FBI. We

hebben nieuwe informatie in de zaak van de seriemoordenaar. We hadden de vingerafdrukken van Ashley Patterson niet in ons bestand zitten omdat ze geen strafblad heeft. En de staat Californië heeft de verplichte duimafdruk voor het verkrijgen van een rijbewijs pas vanaf 1988 ingevoerd.'

'Ga verder.'

'Eerst dachten we dat er een foutje in de computer zat, maar dat hebben we nagekeken en...'

Gedurende de vijf minuten die daarop volgden, zat sheriff Dowling met een ongelovige uitdrukking op zijn gezicht alleen maar te luisteren. Eindelijk zei hij iets terug: 'Daar bent u zeker van? Het lijkt er niet op dat...? Allemaal? Ja, ik begrijp wat u bedoelt. Dank u wel.'

Hij legde de hoorn neer en bleef even zwijgend zitten. Toen keek hij op. 'Dat was het laboratorium van de FBI in Washington. Ze zijn klaar met hun onderzoek waarin ze de vingerafdrukken en de DNA-sporen hebben vergeleken met de vaginale sporen die op de verschillende slachtoffers zijn aangetroffen. Jean Claude Parent uit Quebec had ten tijde van de moord een relatie met een Engelse dame, met de naam Toni Prescott.'

'Ja.'

'Richard Melton uit San Francisco had toen hij werd vermoord een relatie met een Italiaanse dame, met de naam Alette Peters.'

Ze knikten allemaal.

'Sam Blake heeft de afgelopen nacht bij Ashley Patterson geslapen.'

'Klopt.'

Sheriff Dowling haalde eens diep adem. 'Ashley Patterson...'

'Ja?'

'Toni Prescott...'

'Ja?'

'Alette Peters...'

'Ja?'

'... zijn een en dezelfde persoon.'

DEEL TWEE

11

Met een zwierig gebaar deed Robert Crowther, de makelaar van Bryant & Crowther, de deur open en riep: 'En dit is dan het terras. Vanaf dit punt kijkt u zo op Coit Tower.'

Hij keek hoe het pasgetrouwde stel naar buiten stapte en naar de balustrade liep. Het uitzicht was werkelijk schitterend: heel San Francisco spreidde zich onder hen uit. Robert Crowther zag hen heel even een blik wisselen en stiekem glimlachen. Ze probeerden vooral niet te laten merken hoe geweldig ze het vonden. Het was het oude liedje: aspirant-kopers dachten altijd dat de prijs omhoog zou gaan als ze hun enthousiasme te veel lieten blijken.

Maar de prijs voor dit halfvrijstaande penthouse is al hoog genoeg, dacht Crowther een beetje zuur. Hij vroeg zich af of ze het wel konden betalen. De man was advocaat en jonge advocaten verdienden nog niet zo heel veel.

Het was een leuk stel om te zien en het was duidelijk dat ze heel erg verliefd waren. David Singer was begin dertig, blond, had een intelligente uitstraling maar ook iets jongensachtigs over zich dat heel ontwapenend was. Sandra, zijn vrouw, was mooi om te zien en ze had iets warms over zich.

Dat haar buik wat dikker was, had Robert Crowther al gezien. Daarom had hij opgemerkt dat de tweede slaapkamer heel geschikt was als kinderkamer. 'Even verderop is een speeltuin en er zijn hier twee scholen in de buurt.' En weer was er die stiekeme glimlach geweest.

Het halfvrijstaande penthouse had op de bovenste verdieping een grote slaapkamer met bad en een logeerkamer. De enorme woonkamer, eetkamer, bibliotheek, keuken, tweede slaapkamer en de twee badkamers bevonden zich op de benedenverdieping. Vanuit bijna iedere kamer kon je over de stad heen kijken.

Robert keek hoe ze nog eens door het appartement liepen en zachtjes in een hoek stonden te praten.

'Ik vind het prachtig,' zei Sandra. 'Met de baby op komst zou het een geweldige uitkomst zijn. Maar lieverd, kunnen we het ons wel veroorloven? Het kost bijna 600.000 dollar!'

'Exclusief servicekosten,' voegde David eraan toe. 'Het slechte nieuws is dat we het ons vandaag niet kunnen veroorloven. Maar het goede nieuws is dat we het ons donderdag wel kunnen veroorloven. Dan komt de geest uit de fles en zal ons leven totaal veranderen.'

'Ik weet het,' zei ze blij. 'Is het niet heerlijk?'

'Denk je dat we het moeten doen?'

Sandra haalde diep adem en zei: 'We doen het gewoon.'

David moest grinniken. Met een weids gebaar zei hij: 'Welkom thuis, mevrouw Singer.'

Gearmd liepen ze naar Robert Crowther, die op hen stond te wachten. 'We nemen het,' zei David.

'Gefeliciteerd. Het is een van de beste locaties in San Francisco. U zult hier heel gelukkig worden.'

'Daar twijfel ik niet aan. Ik neem aan dat de prijs definitief is?' voegde hij er voorzichtig aan toe.

'Jazeker, en u betaalt er echt niet te veel voor, meneer Singer. U mag uzelf gelukkig prijzen. Er zijn namelijk nog meer mensen die veel belangstelling hadden voor dit appartement.'

'Hoe groot is de aanbetaling?'

'Op dit moment is een storting van tienduizend dollar voldoende. Ik zal de akte laten opmaken. Bij ondertekening van de koopakte moet u een bedrag van zestigduizend dollar storten. Uw bank kan het maandbedrag wel voor u vaststellen, afhankelijk van de looptijd van de hypotheek natuurlijk.'

David wierp even een blik op Sandra. 'Oké.'

'Ik zal de formulieren in orde laten maken.'

'Mogen we er nog één keertje doorheen lopen?' vroeg Sandra gretig.

'Zolang u maar wilt, mevrouw Singer,' antwoordde Crowther met een grootmoedige glimlach. 'Het is helemaal van u.'

'Het is net alsof ik droom, David,' zei Sandra. 'Ik kan het gewoon niet geloven.'

'Maar het is echt waar,' zei David en nam haar in zijn armen. 'Ik wil ervoor zorgen dat al je dromen uitkomen.'

'Dat doe je al, liefder.'

Op dit moment woonden ze nog in een tweekamerwoning in het Marina District. Maar nu er een baby op komst was, werd dat echt te klein. Zo'n halfvrijstaand penthouse op Nob Hill hadden ze zich tot nu toe niet kunnen veroorloven. Maar donderdag was het bij het internationale advocatenkantoor Kincaid, Turner, Rose & Ripley, waar David werkte, de Dag van de Compagnons. Uit vijfentwintig kandidaten zouden er op die dag zes worden gekozen, die dan toetraden tot het selecte gezelschap van compagnons. Iedereen was het erover eens dat David tot de uitverkorenen behoorde. Met kantoren in San Francisco, New York, Londen, Parijs en Tokio, was Kincaid, Turner, Rose & Ripley een van de meest prestigieuze advocatenkantoren ter wereld. Voor rechtenstudenten was dit het hoogste wat ze konden bereiken.

Het bedrijf hield jonge advocaten altijd een worst voor. Ze werden ongenadig door hun meerderen uitgebuit, die absoluut geen rekening hielden met werktijden of ziekte. Ze lieten de jonkies altijd het vuile werk opknappen waar ze zelf geen zin in hadden. Het werk was zwaar en je moest lange dagen maken. Dat was de onplezierige kant van het werken bij het bedrijf. Maar de jonkies die het volhielden, deden dat vanwege de worst. De compagnons hadden namelijk een hoger salaris, een deel van de enorme winst die het kantoor maakte, een ruime kamer met mooi uitzicht, een eigen toilet, buitenlandse reisjes en nog wat van die aantrekkelijke extraatjes.

Gedurende de laatste zes jaar had David zich bij Kincaid, Turner, Rose & Ripley voornamelijk toegelegd op bedrijfsrecht. Dat had zijn leuke en zijn vervelende kanten. Hij maakte vreselijk lange dagen en stond voortdurend onder een enorme druk. Maar David was gebleven en hij had zich voortreffelijk van zijn taken gekweten. Hij was vastbesloten het ooit tot compagnon te schoppen. En eindelijk was het dan zover.

Nadat ze afscheid genomen hadden van de makelaar, gingen Sandra en David samen winkelen. Ze gingen inkopen doen voor de baby: een wiegje, een kinderstoel, een wandelwagen, een box en wat kleertjes.

'Zullen we ook vast wat speelgoed voor hem kopen?' vroeg David.

'Nou, daar hebben we nog tijd genoeg voor,' zei Sandra lachend. 'Jeffrey komt pas over vier maanden.' Op de echo hadden ze kunnen zien dat Sandra in verwachting was van een jongetje.

Na het winkelen slenterden ze wat door de stad. Langs het water bij Ghiraradelli Square, de Cannery en Fisherman's Wharf. Bij American Bistro gingen ze lunchen.

Het was zaterdag, een uitgelezen dag in San Francisco voor dure attachékoffertjes, mooie pakken en stropdassen, een overhemd met een klein monogram, voor lunches met invloedrijke mensen en voor penthouses. Kortom, een echte dag voor advocaten.

David en Sandra hadden elkaar drie jaar terug tijdens een diner ontmoet. David was er in gezelschap van de dochter van een van zijn cliënten. Sandra werkte als rechtskundig adviseur voor een concurrent. Tijdens het diner zorgde een uitspraak in een politiek getinte zaak in Washington voor een fiks meningsverschil tussen David en Sandra. Voor de ogen van de andere gasten werden ze allebei steeds feller. Plotseling beseften ze allebei dat de uitspraak zelf ze eigenlijk niets kon schelen. Ze probeerden elkaar alleen maar te laten zien hoe goed ze waren. Het leek wel een verbale paringsdans.

De volgende dag belde David Sandra op. 'Ik wil graag onze discussie afmaken,' zei hij. 'Ik heb het gevoel dat dat belangrijk is.'

'Ja, dat gevoel heb ik ook,' zei Sandra.

'Kunnen we dat misschien vanavond doen, tijdens een etentje?'

106

Sandra aarzelde even. Ze had al een eetafspraak staan. 'Ja, dat is goed,' zei ze. 'Vanavond is prima.'

Vanaf dat moment waren ze altijd in elkaars gezelschap. Precies een jaar later trouwden ze.

Van Joseph Kincaid, de oudste compagnon, kreeg David het weekeinde vrijaf.

David verdiende zo'n 45.000 dollar per jaar bij Kincaid, Turner, Rose & Ripley. Sandra bleef werken als rechtskundig adviseur. Maar met de baby op komst, zouden hun kosten wel omhoog gaan.

'Over een paar maanden stop ik met werken,' zei Sandra. 'Lieverd, ik wil niet dat ons kind door een kindermeisje wordt grootgebracht. Ik wil er zelf voor hem zijn.'

'Het komt allemaal wel goed,' zei David geruststellend. De benoeming tot compagnon zou hun leven totaal op zijn kop zetten.

David was nog meer tijd in zijn werk gaan stoppen. Hij wilde er absoluut zeker van zijn dat ze hem op de Dag van de Compagnons niet over het hoofd zouden zien.

Op donderdagochtend stond David onder het aankleden naar het journaal te kijken.

Happend naar lucht zei de nieuwslezer: 'Zojuist is bekend geworden dat Ashley Patterson, de dochter van de vooraanstaande dokter Steven Patterson uit San Francisco, gearresteerd is op verdenking van moord. De FBI en de politie zijn van mening dat zij de seriemoordenares is naar wie ze al zo lang op zoek zijn.'

David bleef roerloos staan.

'Gisteravond verklaarde Matt Dowling, de sheriff van Santa Clara County, dat Ashley Patterson verdacht werd van een aantal moorden en bloedige castraties. Tegenover de verslaggevers zei sheriff Dowling dat er geen twijfel bestond over de identiteit van de dader. "Het bewijs is heel overtuigend."'

Dokter Steven Patterson. Die naam riep bij David herinneringen op...

Hij was eenentwintig en nog maar net begonnen aan zijn rechtenstudie. Toen hij op een dag thuiskwam, had hij zijn moeder bewusteloos in haar slaapkamer aangetroffen. Nadat hij 911 had gebeld, was zijn moeder met de ambulance overgebracht naar het San Francisco Memorial Ziekenhuis. Nadat David een tijdje op de eerste hulp had zitten wachten, was er een dokter naar hem toe gekomen.

'Komt ze... komt ze er weer bovenop?'

De dokter aarzelde wat. 'Een van onze hartspecialisten heeft haar onderzocht. Een van de pezen in haar hartklep is gescheurd.'

'Wat betekent dat?'

'Dat we niets voor haar kunnen doen. Ze zal een harttransplantatie niet overleven en de techniek van de minimale hartchirurgie is nog onderontwikkeld en te riskant.'

Opeens voelde David zich helemaal slap worden. 'Hoe lang...?'

'Een paar dagen, misschien een week. Het spijt me, jongen...'

De paniek sloeg bij David toe. 'Maar is er dan helemaal níémand die haar kan helpen?'

'Ik ben bang van niet. De enige die het misschien had kunnen doen, is Steven Patterson, maar hij is een erg druk...'

'Wie is Steven Patterson?'

'Dokter Steven Patterson is degene die als eerste de techniek van de minimaal invasieve hartchirurgie heeft toegepast. Maar zijn operatieschema en zijn onderzoek laten hem zo weinig tijd...'

David was al weg.

Vanuit de telefooncel in de hal van het ziekenhuis belde hij het kantoor van dokter Steven Patterson. 'Ik wil graag een afspraak maken met dokter Steven Patterson,' zei hij. 'Het is voor mijn moeder. Ze is...'

'Het spijt me. Ik kan nu geen afspraak voor u maken. De eerste mogelijkheid is pas over zes maanden.'

'*Maar ze heeft geen zes maanden meer,*' schreeuwde David.

'Het spijt me. Ik kan u wel doorverwijzen naar...'

David gooide de hoorn op de haak.

De volgende ochtend ging hij naar het kantoor van dokter

Steven Patterson. Hoewel de wachtkamer helemaal vol zat, liep David meteen door naar de assistente. 'Ik wil graag een afspraak maken met dokter Steven Patterson. Mijn moeder is ernstig ziek en...'

Ze keek hem aan en zei: 'U hebt gisteren gebeld.'

'Ja.'

'Ik kan u nu niets anders meedelen dan dat ik gisteren deed. We hebben op dit moment geen enkele ruimte en ik kan ook geen nieuwe afspraken maken.'

'Dan wacht ik wel,' antwoordde hij koppig.

'U kunt niet wachten. De dokter is...'

David ging zitten. Een voor een zag hij de patiënten naar binnen gaan en uiteindelijk was hij de laatste die er nog zat.

Om zes uur zei de assistente: 'Het heeft geen zin meer om te wachten. De dokter is al naar huis.'

Diezelfde avond bezocht David zijn moeder op de intensive care.

'U kunt maar heel even blijven,' zei de zuster. 'Ze is erg zwak.'

Toen David de kamer binnenstapte, voelde hij de tranen opkomen. Zijn moeder lag aan de beademing en er liepen allerlei slangetjes vanuit haar armen en haar neus naar verschillende apparaten. Ze lag aan het infuus. De kleur van haar huid was nog bleker dan die van haar lakens. Ze had haar ogen gesloten.

Voorzichtig ging David naast haar bed staan en zei: 'Ik ben het, mam. Ik laat je niet doodgaan, hoor. Het komt allemaal wel goed.' De tranen biggelden over zijn wangen. 'Hoor je me? We moeten er samen voor knokken. Maar ze krijgen ons niet klein, niemand. Ik zal ervoor zorgen dat je de allerbeste dokter krijgt die er is. Hou alsjeblieft vol. Morgen kom ik weer.' Hij boog zich voorover en gaf haar een kusje op haar wang.

Zou ze morgen nog halen?

De volgende middag ging David naar de parkeergarage van het gebouw waarin dokter Steven Patterson praktijk hield. De auto's werden er ingeparkeerd door een bewaker.

Hij liep naar David toe. 'Kan ik u soms van dienst zijn?'

'Ik sta te wachten op mijn vrouw,' zei David. 'Ze is nu bij dokter Steven Patterson.'

Er gleed een glimlach over het gezicht van de bewaker. 'Een geweldige vent.'

'Hij vertelde me dat hij zo'n mooie auto had,' zei David en hij deed net alsof hij het zich niet meer kon herinneren. 'Was het nou een Cadillac?'

'Nee,' zei de bewaker en schudde zijn hoofd. 'Het is die Rolls daar in de hoek.'

'Ja, klopt,' zei David. 'Ik dacht dat hij ook een Cadillac had.'

'Zou me niets verbazen,' antwoordde de bewaker, terwijl hij snel wegliep om een andere auto in te parkeren.

Op zijn gemak slenterde David in de richting van de Rolls-Royce. Toen hij zich ervan had overtuigd dat niemand naar hem keek, deed hij het portier open, glipte op de achterbank, en ging op de vloer liggen. Helemaal in elkaar gedoken wachtte hij in deze bepaald oncomfortabele houding totdat dokter Steven Patterson zijn auto zou komen ophalen.

Om kwart over zes 's avonds voelde David dat het voorportier geopend werd en dat er iemand op de plaats van de bestuurder ging zitten. De motor sloeg aan en de auto reed weg.

'Prettige avond, dokter Patterson.'

'Hetzelfde, Marco.'

De auto reed de garage uit en draaide de hoek om. David wachtte nog twee minuten, haalde toen diep adem en kwam overeind.

Dokter Patterson zag hem in zijn achteruitkijkspiegeltje. Heel kalm zei hij: 'Als dit een overval is, zeg ik je vast dat ik geen geld bij me heb.'

'Sla een zijstraat in en parkeer de auto langs de kant.'

Dokter Patterson knikte. David keek toe hoe de dokter een zijstraat inreed en de auto langs de kant parkeerde.

'Ik heb wel wat geld bij me,' zei dokter Patterson. 'Dat kun je krijgen. Je kunt ook de auto nog meenemen. Er is helemaal geen aanleiding om geweld te gebruiken. Als...'

David was voorin gaan zitten. 'Dit is geen overval en ik wil uw auto niet hebben.'

Van zijn stuk gebracht keek dokter Patterson hem aan. 'Wat wil je dan?'

'Ik heet Singer. Mijn moeder ligt op sterven. Ik wil dat u haar leven redt.'

Een zweem van opluchting gleed over het gezicht van dokter Patterson. Maar slechts om plaats te maken voor een uitdrukking van ergernis.

'U kunt een afspraak maken met mijn...'

'De tijd ontbreekt om een afspraak te maken,' beet David hem toe. 'Mijn moeder ligt op stérven en als het aan mij ligt, gaat dat niet gebeuren.' Hij probeerde zichzelf te beheersen. 'Alstublieft. Andere dokters vertelden me dat ik mijn hoop alleen maar op u kan vestigen.'

Dokter Patterson was nog steeds op zijn hoede. Hij keek David aan en vroeg: 'Wat heeft ze?'

'Ze heeft... een gescheurde pees in haar hartklep. De artsen durven haar niet te opereren. Ze zeggen dat u de enige bent die haar kan redden.'

Dokter Patterson schudde meewarig zijn hoofd. 'Het spijt me. Ik zit helemaal vol.'

'Dat kan me verdomme niks schelen! We hebben het over mijn moeder. U moet haar redden! Ze is het enige wat ik nog heb...'

De stilte die daarop volgde, duurde lang. David bleef stilzitten en kneep zijn ogen dicht. Toen hoorde hij dokter Patterson zeggen: 'Ik kan je niets beloven, maar ik zal haar onderzoeken. Waar ligt ze?'

David keek hem aan. 'Ze ligt op de intensive care van het San Francisco Memorial Ziekenhuis.'

'Kom me daar morgenochtend om acht uur opzoeken.'

David kon maar met moeite zijn stem terugvinden. 'Ik weet niet hoe...'

'Onthoud één ding heel goed: ik beloof niets. En ik hou er niet van als iemand me zo de stuipen op het lijf jaagt, jongeman. Ik raad je aan de volgende keer de telefoon te gebruiken.'

David verroerde zich niet.

Dokter Patterson keek hem aan en vroeg: 'Wat is er?'

'Ik heb nog een probleem.'

'O ja. Wat dan wel?'

'Ik... ik heb geen geld. Ik ben student rechten en ik heb alleen maar een bijbaantje, zodat ik mijn studie kan betalen.'

Dokter Pattersons mond viel open van verbazing.

'Ik zweer u dat ik een manier zal vinden om u terug te betalen. Echt waar. Al moet ik er mijn hele leven over doen,' bezwoer David hem hartstochtelijk. 'Ik zal erop toezien dat u betaald wordt. Ik weet dat u heel duur bent...'

'Ik geloof niet dat je dat weet, mijn jongen.'

'Maar ik heb verder helemaal niemand bij wie ik terechtkan, dokter Patterson. Ik... ik smeek het u.'

Er volgde opnieuw een stilte.

'In het hoeveelste jaar zit je nu?'

'Het eerste. Ik ben net begonnen.'

'Maar je verwacht wel dat je me ooit kunt terugbetalen?'

'Ik zweer het.'

'Nu mijn auto uit.'

Eenmaal thuis was David er heilig van overtuigd dat de politie ieder moment kon aanbellen om hem te arresteren voor ontvoering, dreigen met geweld, of god weet wat. Maar er gebeurde niets. Hij vroeg zich af of dokter Patterson echt zou komen opdagen in het ziekenhuis.

Toen David de volgende ochtend de intensive care op liep, was dokter Patterson al bezig zijn moeder te onderzoeken.

David keek toe. Zijn hart klopte in zijn keel.

Dokter Patterson keerde zich om en zei tegen een aantal dokters die erbij stonden: 'Al, Stat, zorg ervoor dat ze naar de operatiekamer wordt gebracht!'

David zag hoe zijn moeder op een brancard werd gelegd. Met hese stem vroeg hij: 'Denkt u dat ze...?'

'We zullen zien...'

Zes uur later kwam dokter Patterson naar de wachtkamer waar David al die tijd gezeten had.

David sprong op. 'Is ze...?' Hij durfde zijn vraag niet af te maken.

'Ze komt er wel bovenop. Je moeder is een sterke vrouw.'

112

Opluchting maakte zich van David meester. Hij deed gauw een schietgebedje: *Dank u wel, God.*

Dokter Patterson keek naar hem en zei: 'Ik weet je voornaam niet eens.'

'David, meneer.'

'Luister, David. Wil je weten waarom ik je geholpen heb?'

'Ja.'

'Om twee redenen. De eerste reden was dat ik het een uitdaging vond om je moeder in haar conditie te opereren. Ik hou wel van uitdagingen. Jij was de tweede reden.'

'Dat… dat begrijp ik niet.'

'Toen ik nog jong was, had ik ook iets dergelijks kunnen doen. Het getuigt van verbeeldingskracht. Maar….' Hier veranderde hij van toon. '… Je zei me dat je me zou terugbetalen.'

Davids hart zonk hem in zijn schoenen. 'Ja, meneer. Op een dag…'

'Wat is er mis met nu?'

'Nú?' David moest even slikken.

'Ik zal het goed met je maken. Kun je autorijden?'

'Ja.'

'Mooi. Ik ben het een beetje zat om zelf achter het stuur te zitten. Vanaf nu ga je me een jaar lang elke morgen naar mijn werk rijden en daar haal je me 's avonds om een uur of zes of zeven weer op. Als je dat een jaar lang hebt gedaan, acht ik de rekening vereffend.'

En zo gebeurde het. Een jaar lang reed David dokter Patterson naar en van zijn werk. In ruil daarvoor redde dokter Patterson het leven van Davids moeder.

In dat jaar leerde David dokter Patterson waarderen als de minst zelfzuchtige man die hij ooit had ontmoet. Hij deed heel veel aan vrijwilligerswerk en zijn vrije tijd ging op aan het geven van gratis lessen. In de auto ontsponnen zich lange gesprekken.

'David, welke richting studeer je?'

'Strafrecht.'

'Waarom strafrecht? Zodat je de smeerlappen kunt vrijpleiten?'

'Nee, meneer. Er zijn zoveel mensen die verstrikt raken en juridische bijstand nodig hebben. Die mensen wil ik graag helpen.'

Toen het jaar om was, schudden ze elkaar de hand. Dokter Patterson zei: 'Nu staan we quitte.'

David had dokter Patterson al in geen jaren meer gesproken, maar geregeld kwam hij zijn naam tegen.

'Dokter Patterson heeft een kliniek geopend waar kinderen die aids hebben gratis terechtkunnen...'

'Vanochtend heeft dokter Patterson in Kenia het Patterson Medisch Centrum geopend...'

'Vandaag is begonnen met de bouw van het Patterson Liefdadigheidscentrum...'

Het leek wel alsof hij niets anders deed dan zijn geld en tijd te besteden aan mensen in nood.

'David, is er iets?' De stem van Sandra rukte hem uit zijn overpeinzingen.

Hij draaide zich om en zei: 'Ze hebben vandaag de dochter van dokter Steven Patterson gearresteerd. Ze denken dat zij die moorden heeft gepleegd.'

'O, wat afschuwelijk!' zei Sandra. 'Wat vind ik dat nou sneu voor je, lieverd.'

'Hij heeft ervoor gezorgd dat mijn moeder nog zeven heerlijke jaren heeft gehad. Het is gewoon niet eerlijk dat hem zoiets overkomt. Hij is echt zo'n goede vent, Sandra. Dit verdient hij niet. Hoe is het toch mogelijk dat zijn dochter zo'n monster is?' Hij keek op zijn horloge. 'Verdomme, ik kom te laat.'

'Je hebt nog niet ontbeten.'

'Ik heb geen trek.' Hij wees in de richting van de televisie. 'Daardoor en omdat het vandaag de Dag van de Compagnons is.'

'Maak je maar geen zorgen. Je wordt het echt. Zeker weten.'

'Dat kun je nooit helemáál zeker weten, schat. Het gebeurt wel vaker dat iemand die huizenhoog favoriet is in het verdomhoekje terechtkomt.'

Ze knuffelde hem even en antwoordde: 'Ze moeten zich met jou gewoon gelukkig prijzen.'

Hij boog zich voorover en kuste haar. 'Dat is lief van je. Wat zou ik zonder jou toch moeten beginnen?'

'Dat hoeft ook niet. Bel je me zodra je het weet?'

'Natuurlijk. Dan gaan we eens lekker de bloemetjes buitenzetten.' Terwijl hij dat zei, herinnerde hij zich opeens dat hij diezelfde woorden jaren geleden eens tegen iemand anders had gezegd. *We gaan eens lekker de bloemetjes buitenzetten.* En toen had hij haar vermoord.

Het kantoor van Kincaid, Turner, Rose & Ripley bevond zich in de TransAmerica Pyramid in het centrum van San Francisco en nam daar drie verdiepingen in beslag. Toen David Singer naar binnen liep, werd hij overal met een goedkeurende glimlach begroet. Het leek wel alsof vandaag zelfs het 'goedemorgen' anders klonk. Ze wisten gewoon dat ze een toekomstig compagnon begroetten.

Op weg naar zijn eigen kamer kwam David langs de kamer die aan een nieuwe compagnon zou worden toegewezen. Hij was helemaal opnieuw gestoffeerd. David kon het niet nalaten even naar binnen te gluren. De kamer was mooi en ruim, had een eigen toilet en het bureau en een zitje waren voor het raam geplaatst. Het uitzicht over de baai was echt adembenemend. Hij liet het even allemaal op zich inwerken.

Toen hij zijn eigen kamer binnenliep, werd hij door zijn secretaresse begroet: 'Goedemorgen, meneer Singer,' zei Holly. Had ook haar stem niet iets vrolijks?

'Goedemorgen, Holly.'

'Er is een boodschap voor u.'

'Vertel eens.'

'Meneer Kincaid wil u graag om vijf uur spreken. Op zijn kamer.' Er kwam een brede glimlach op haar gezicht.

Dus toch. 'Fantastisch!'

Ze kwam wat dichterbij staan en zei: 'Ik denk dat u dit wel wilt horen. Vanochtend heb ik koffiegedronken met Dorothy, de secretaresse van meneer Kincaid. En zij vertelde me dat u boven aan de lijst stond.'

David moest grinniken. 'Dank je wel, Holly.'

'Wilt u koffie?'

'Heel graag.'

'Heet en sterk. Het komt er zo aan.'

David liep naar zijn bureau, dat bijna schuilging onder een grote stapel pleitnota's, contracten en mappen.

Vandaag ging het gebeuren. Eindelijk. *Meneer Kincaid wil u graag om vijf uur spreken. Op zijn kamer. U staat boven aan de lijst.*

Even had hij de neiging om de telefoon te pakken en het Sandra te vertellen. Maar er was iets dat hem tegenhield. *Laat ik het maar even afwachten*, dacht hij.

In de twee uur die daarop volgden, was David druk bezig met de spullen op zijn bureau. Om elf uur kwam Holly zijn kamer binnen. 'Er is hier ene dokter Patterson voor u. Hij heeft geen af...'

David keek verbaasd op. 'Dokter Patterson is híér?'

'Ja.'

David ging staan. 'Laat hem maar binnen.'

Toen Steven Patterson zijn kamer in kwam lopen, moest David zijn uiterste best doen niet te laten blijken dat dit bezoek hem verraste. De arts zag er oud en moe uit.

'Hallo, David.'

'Dokter Patterson, neemt u plaats.' David zag hoe hij langzaam ging zitten. 'Ik heb het vanochtend op het journaal gezien. Ik kan u niet zeggen hoezeer het me spijt.'

'Ja, het is een hele slag,' antwoordde dokter Patterson vermoeid. Hij keek op en zei: 'David, je moet me helpen.'

'Maar vanzelfsprekend,' zei David gretig. 'Zegt u het maar.'

'Ik wil dat jij de verdediging van Ashley op je neemt.'

Het duurde even voordat het goed en wel tot David doordrong. 'Maar... maar, dat kan helemaal niet. Ik doe geen strafrecht meer.'

Dokter Patterson keek hem aan en zei: 'Mijn dochter verdient geen straf.'

'Ik... U begrijpt me verkeerd, dokter Patterson. Ik ben gespecialiseerd in bedrijfsrecht. Ik kan u wel doorverwijzen naar...'

'Ik ben vanochtend al platgebeld door de beste advocaten. Ze willen het allemaal doen. Maar...' Hij boog voorover en voegde daaraan toe: '... ze zijn niet geïnteresseerd in mijn dochter, David. De pers zal aan deze zaak veel aandacht besteden. Ze willen zich gewoon profileren. Ze geven geen moer om mijn dochter, maar ik wel. Ze is het enige wat ik nog heb.'

Ik wil dat u het leven van mijn moeder redt. Ze is het enige wat ik nog heb. David antwoordde: 'Ik wil u heel graag helpen, maar...'

'Toen je afstudeerde, ben je gaan werken voor een kantoor dat zich wél toelegde op strafzaken.'

Davids hart begon sneller te kloppen. 'Ja, dat is waar. Maar...'

'Je hebt jarenlang strafrecht gedaan.'

David knikte. 'Ja, maar... daar ben ik mee gestopt. Het is al een hele tijd geleden en...'

'Niet zo lang geleden, David. En ik weet nog dat je me vertelde hoe leuk je het vond. Waarom ben je ermee gestopt en ben je bedrijfsrecht gaan doen?'

Het duurde even voordat David antwoordde: 'Dat doet er nu niet toe.'

Dokter Patterson haalde een handgeschreven brief tevoorschijn en gaf die aan David. Maar David wist allang wat erin stond.

Beste dokter Patterson,
    Woorden schieten tekort om te zeggen hoeveel ik u verschuldigd ben en hoezeer ik uw generositeit waardeer. Als er ook maar iets is wat ik voor u kan doen, hoeft u daar alleen maar om te vragen. Ik zal uw verzoek zonder meer inwilligen.

David staarde naar de brief, zonder hem te zien.

'David, wil je met Ashley praten?'

David knikte. 'Ja, vanzelfsprekend Maar...'

'Dank je wel.' Dokter Patterson stond op.

David keek hem na toen hij de kamer uit liep.

'*Waarom ben je ermee gestopt en ben je bedrijfsrecht gaan doen?*'

Omdat ik een fout heb gemaakt. Een onschuldige vrouw van wie ik heel veel hield, is dood. Ik heb mezelf bezworen nooit meer het leven van een ander in de hand te nemen. Nooit meer.

Ik kan niet optreden als de advocaat van Ashley Patterson.

David drukte op de intercom en vroeg: 'Holly, wil je aan meneer Kincaid vragen of hij me nu kan ontvangen?'

'Ja, meneer.'

Een halfuurtje later liep David de ruime vertrekken van Joseph Kincaid binnen. Kincaid was in de zestig en zowel lichamelijk, geestelijk als emotioneel gesproken een saaie man.

'Nou, jij bent ongeduldig, zeg,' zei hij toen David binnenkwam. 'We hadden toch een afspraak om vijf uur?'

David liep naar het bureau van Kincaid. 'Dat weet ik, Joseph. Maar ik ben hier om iets heel anders te bespreken.'

David had jaren geleden eens de fout gemaakt om hem met 'Joe' aan te spreken. Hij dacht dat de oude man erin zou blijven. '*Noem me nooit meer "Joe".*'

'Ga zitten, David.'

David nam plaats.

'Sigaartje? Echte Cubaanse.'

'Nee, dank je.'

'Vertel het eens.'

'Ik heb zojuist bezoek gehad van dokter Steven Patterson.'

'Hij was vanochtend op het journaal,' zei Kincaid. 'Verdomd jammer. Waarover wilde hij je spreken?'

'Hij wil dat ik zijn dochter ga verdedigen.'

Met grote ogen keek Kincaid David aan. 'Maar je bent helemaal geen strafpleiter.'

'Nee, dat heb ik hem ook verteld.'

Kincaid dacht even na. 'Tja, weet je. Ik zou dokter Patterson graag als cliënt hebben. Hij is heel invloedrijk. Hij zou ons een hoop klanten kunnen bezorgen. Met dat netwerk van hem bij al die medische instellingen…'

'Er is nog iets.'

'O?' vroeg Kincaid een beetje plagerig.

'Ik heb hem beloofd dat ik met zijn dochter zou praten.'

'Ik begrijp wat je bedoelt. Nou, dat kan toch geen kwaad? Praat gewoon eens met haar en dan kijken we of we een goede advocaat voor haar weten.'

'Ja, dat wilde ik ook voorstellen.'

'Mooi. Dan bouwen we wat krediet bij hem op. Doe maar.' Lachend voegde hij eraan toe: 'Ik zie je om vijf uur.'

'Afgesproken. Dank je, Joseph.'

Op weg naar zijn eigen kamer dacht David: *Waarom staat dokter Patterson er in 's hemelsnaam op dat ik zijn dochter verdedig?*

12

Omdat ze totaal niet begreep wat haar was overkomen, zat Ashley Patterson geheel getraumatiseerd in haar cel in de gevangenis van Santa Clara County. Ze was ontzettend blij dat ze achter tralies zat, want diezelfde tralies zouden haar beschermen tegen degene die haar dit allemaal aandeed. De cel fungeerde als een warme deken, waarmee ze zich kon afschermen tegen de verschrikkelijke dingen die haar overkwamen. Haar leven was in een afgrijselijke nachtmerrie veranderd. Opnieuw passeerden de merkwaardige gebeurtenissen de revue: iemand die haar appartement binnendrong en allerlei grapjes met haar uithaalde; het uitstapje naar Chicago; de woorden op de spiegel; en de politie die haar tot slot beschuldigde van daden die zo gruwelijk waren dat ze die niet onder woorden kon brengen. Bovendien wist ze er niets van af. Er moest wel sprake zijn van een of ander geheimzinnig complot tegen haar, maar ze had geen flauw idee wie daarachter zat.

Vroeg in de ochtend was er een bewaker naar haar cel gekomen. 'Bezoek.'

De bewaker had Ashley meegenomen naar de bezoekersruimte. Daar stond haar vader op haar te wachten.

Hij had haar met verdrietige ogen aangekeken. 'Schatje, ik weet niet wat ik zeggen moet.'

Fluisterend had Ashley geantwoord: 'Ik heb al die vreselijke dingen waarvan ze me verdenken niet gedaan.'

'Dat weet ik toch. Ze maken een ontzettende blunder, maar we komen er wel uit.'

Ashley keek naar haar vader. Hoe had ze ooit kunnen denken dat hij de schuldige was?

'... maar geen zorgen,' hoorde ze hem zeggen. 'Het komt allemaal goed. Ik ben al een advocaat voor je aan het regelen. Hij heet David Singer en hij is een van de beste die ik ken. Hij komt met je praten. Ik wil dat je hem alles vertelt.'

Ashley keek haar vader wanhopig aan en zei: 'Pap, ik weet niet wat ik hem moet vertellen. Ik weet niet eens wat er aan de hand is.'

'Schatje, we gaan dit tot op de bodem uitzoeken. Niemand mag jou pijn doen. Niemand! Nooit! Daarvoor beteken je te veel voor me. Je bent het enige dat ik nog heb, meisje.'

'U bent ook nog het enige dat ik heb,' antwoordde Ashley fluisterend.

Toen haar vader na een uur weer wegging, vernauwde Ashleys wereld zich opnieuw tot de kleine cel die haar was toebedeeld. Ze ging op de stretcher liggen en probeerde elke gedachte uit te bannen. *Nog even en dan is het allemaal voorbij. Dan word ik wakker en dan blijkt het allemaal maar een droom te zijn geweest. Alleen maar een droom...* Daarna viel ze in slaap.

Ashley schrok wakker van de stem van de bewaker. 'U hebt bezoek.'

Opnieuw werd ze naar de bezoekersruimte gebracht, waar dit keer Shane Miller op haar zat te wachten.

Zodra Ashley binnenkwam, ging hij staan. 'Ashley...'

Haar hart begon sneller te kloppen. 'O, Shane.' Nog nooit was ze zo blij geweest dat iemand haar opzocht. Ergens had ze wel geweten dat hij haar zou komen bevrijden, dat hij alles geregeld had en ze samen naar buiten konden lopen.

'O, Shane! Wat heerlijk je weer te zien!'

'Ik vind het ook heerlijk om jou weer te zien,' antwoordde hij slecht op zijn gemak. Hij keek eens om zich heen. 'Al zijn de omstandigheden niet ideaal. Ik... ik kon het niet geloven toen ik het hoorde. Wat is er gebeurd, Ashley? Waarom heb je het gedaan?'

Ze trok helemaal wit weg. 'Waarom heb je het...? Denk je dan dat...?'

'Geeft niet,' zei Shane snel. 'Stil maar. Eigenlijk zou je alleen maar met je advocaat moeten praten.'

Ashley bleef roerloos staan en staarde hem aan. Hij was ervan overtuigd dat ze schuldig was. 'Waarom ben je gekomen?'

'Nou, ik... ik vind het vreselijk te moeten zeggen, maar... gezien de omstandigheden, blijft er voor het bedrijf niets anders over dan je te ontslaan. Ik bedoel... het spreekt vanzelf dat we het ons niet kunnen veroorloven met iets als dit in verband gebracht te worden. Het is al erg genoeg dat de kranten schreven dat je bij Global werkte. Dat begrijp je toch wel? Het is niet persoonlijk bedoeld.'

David Singer was op weg naar San José. Hij zat te bedenken wat hij tegen Ashley Patterson zou zeggen. Hij zou proberen zo veel mogelijk te weten te komen en de informatie vervolgens doorspelen aan Jesse Quiller, een van de beste strafpleiters in het land. Als er iemand was die Ashley zou kunnen helpen, dan was het Jesse.

David werd in het kantoor van sheriff Dowling binnengelaten. Hij gaf de sheriff zijn kaartje. 'Ik ben advocaat. Ik kom voor Ashley Patterson en...'

'Ze verwacht u al.'

Verbaasd keek David hem aan. 'O ja?'

'Ja.' Sheriff Dowling knikte naar een van zijn assistenten.

De assistent zei: 'Volgt u mij maar.'

Hij ging David voor naar de bezoekersruimte, waar Ashley zich even later bij hem voegde.

David werd volkomen verrast. Hij had Ashley één keer gezien en dat was jaren geleden toen hij haar vader had rondgereden. Hij had haar destijds aantrekkelijk gevonden en ze had op hem een intelligente indruk gemaakt. Nu zag hij een mooie, jonge vrouw voor zich, die doodsbang was. Ze ging tegenover hem zitten.

'Hallo, Ashley. Ik ben David Singer.'

'Mijn vader had me al verteld dat je zou komen.' Haar stem klonk onzeker.

'Ik wil je alleen maar een paar vragen stellen.'

122

Ze knikte.

'Voordat ik daarmee begin, wijs ik je erop dat alles wat je me vertelt vertrouwelijk is. Het blijft tussen ons. Maar ik moet wel de waarheid weten.' Hij zweeg even. David was niet van plan geweest zover te gaan, maar hij wilde zo veel mogelijk informatie loskrijgen zodat hij Jesse Quiller kon overhalen de zaak op zich te nemen. 'Heb je deze mannen vermoord?'

'Nee!' klonk het overtuigend. 'Ik ben onschuldig!' riep Ashley.

David haalde een velletje papier tevoorschijn en wierp er een blik op. 'Was je bevriend met een zekere… Jim Cleary?'

'Ja. We… we zouden gaan trouwen. Ik had helemaal geen reden om Jim pijn te doen. Ik hield van hem.'

David keek haar even onderzoekend aan. Vervolgens keek hij weer op zijn blaadje en vroeg: 'En Dennis Tibble?'

'Dennis werkte bij hetzelfde bedrijf als ik. Ik heb hem nog gesproken op de avond dat hij werd vermoord. Maar ik had daar niets mee te maken. Op dat moment was ik in Chicago.'

David keek naar haar gezicht.

'Je moet me geloven. Ik… ik had toch helemaal geen reden om hem te vermoorden.'

'Goed,' zei David. Opnieuw keek hij naar zijn papiertje. 'Wat was je verhouding tot Jean Claude Parent?'

'De politie heeft me dat ook al gevraagd. Ik had nog nooit van hem gehoord. Hoe kan ik hem nou vermoorden als ik hem niet eens ken?' Smekend keek ze David aan. 'Begrijp je het? Ze hebben de verkeerde voor zich. Ze hebben gewoon de verkeerde persoon gearresteerd.' Vervolgens barstte ze in tranen uit. 'Ik heb ze niet vermoord. Niemand.'

'Richard Melton?'

'Ook hem ken ik niet.'

David wachtte totdat Ashley zichzelf weer een beetje onder controle had. 'En hulpsheriff Blake?'

Ashley schudde haar hoofd. 'Hulpsheriff Blake bleef bij me slapen om me te beschermen. Iemand zat me achterna, iemand bedreigde me. Ik sliep in mijn eigen kamer en hij sliep op de bank in de woonkamer. Ze… ze hebben zijn lichaam gevonden in het steegje achter.' Opnieuw begonnen haar lippen te trillen. 'Waarom zou ik hem vermoorden? Hij híélp me toch?'

Helemaal van zijn stuk gebracht, keek David haar aan. *Er zit hier iets goed fout*, dacht hij. *Of ze vertelt de waarheid, of ze kan verdomd goed toneelspelen*. Hij stond op. 'Ik kom zo terug, maar ik wil eerst even met de sheriff praten.'

Even later stond hij in het kantoor van de sheriff.

'En, hebt u met haar gesproken?' vroeg sheriff Dowling.

'Ja. Ik denk dat u zich in de nesten hebt gewerkt, sheriff.'

'Wat bedoelt u daar precies mee?'

'Ik bedoel daarmee dat u misschien te snel iemand hebt gearresteerd. U beschuldigt Ashley Patterson van het vermoorden van vijf personen, maar twee ervan kent ze helemaal niet!'

Een flauwe glimlach gleed over het gelaat van sheriff Dowling. 'Ze heeft u er mooi laten intuinen. Dat deed ze bij ons ook.'

'Waar hebt u het over?'

'Dat zal ik u laten zien.' Hij sloeg een map op zijn bureau open en overhandigde David enkele blaadjes. 'Dat zijn kopieën van de rapporten van de lijkschouwers. Dit is het rapport van de FBI, van het DNA-onderzoek, en dit zijn de rapporten van Interpol over de vijf mannen die zijn vermoord en gecastreerd. Elk van hen had vlak voordat hij vermoord werd gemeenschap gehad met een vrouw. Op de plaats van het misdrijf hebben we telkens vaginale sporen en vingerafdrukken aangetroffen. Eerst dachten we dat het om drie verschillende vrouwen ging, maar de FBI heeft al het bewijsmateriaal met elkaar vergeleken. En raad eens? Alledrie de vrouwen zijn één en dezelfde persoon: Ashley Patterson. In elk van de gevallen hebben we een positieve uitslag: het is haar DNA, het zijn haar vingerafdrukken.'

David keek hem met grote ogen aan. 'Bent u daar... helemaal zeker van?'

'Ja. Tenzij u wilt geloven dat de FBI, de vijf verschillende lijkschouwers en Interpol er allemaal op uit zijn om uw cliënt ervoor op te laten draaien. Het staat allemaal hierin. Mijn zwager was één van de mannen die ze vermoord heeft. Ashley Patterson staat terecht voor moord met voorbedachten rade en zal daarvoor veroordeeld worden. Nog iets van uw dienst?'

'Ja,' antwoordde David terwijl hij nog eens diep ademhaalde. 'Ik wil nog even met Ashley Patterson praten.'

Opnieuw werd ze naar de bezoekersruimte gebracht. Toen ze binnenkwam, snauwde David: 'Waarom heb je tegen me gelogen?'

'Wat? Ik heb niet gelogen. Ik ben onschuldig. Ik...'

'Ze hebben genoeg bewijzen tegen je verzameld om je wel tien keer op de elektrische stoel te zetten. Ik heb gezegd dat ik de waarheid wilde horen.'

Ashley keek hem lang aan. Toen ze uiteindelijk antwoord gaf, deed ze dat op een heel rustige toon. 'Ik heb je de waarheid verteld. Ik heb er niets meer aan toe te voegen.'

Toen David haar hoorde praten, dacht hij: *Ze gelooft echt wat ze zegt. Ze is gewoon gek. Wat moet ik nou tegen Jesse Quiller zeggen?*

'Heb je er bezwaar tegen eens met een psychiater te praten?'

'Ja... nee. Als jij dat wilt.'

'Ik zal een afspraak maken.'

Tijdens de terugreis naar San Francisco dacht David: *Ik heb me aan mijn woord gehouden. Ik heb met haar gesproken. Als ze werkelijk denkt dat ze de waarheid spreekt, zit er echt een schroefje los bij haar. Ik draag haar gewoon over aan Jesse. Die zal erop aansturen dat ze krankzinnig wordt verklaard en dat was het dan.*

Hij had echt medelijden met Steven Patterson.

In het ziekenhuis van San Francisco betuigden de collega's van Steven Patterson allemaal hun medeleven.

'Het is echt vreselijk, Steven. Je verdient dit niet...'

'Het moet een heel zware tijd voor je zijn. Als er iets is...'

'Ik weet niet wat die kinderen vandaag de dag hebben. Ashley leek toch altijd zo gewoon...'

Maar altijd zat er de gedachte achter: *Wat ben ik blij dat het niet mijn kind is.*

Eenmaal terug op kantoor liep David meteen door naar Joseph Kincaid.

Kincaid keek op en zei: 'Het is al over zessen, maar ik heb op je gewacht. En heb je met de dochter van dokter Patterson gesproken?'

'Ja.'

'Heb je al een advocaat voor haar gevonden?'

Hier aarzelde David even. 'Nee, nog niet, Joseph. Ik heb beloofd eerst een afspraak met een psychiater te zullen maken. Morgenochtend ga ik opnieuw even met haar praten.'

Verbaasd keek Joseph Kincaid hem aan. 'O? Eerlijk gezegd bevreemdt het me dat je er zo betrokken bij raakt. We moeten er vanzelfsprekend voor uitkijken dat de firma niet betrokken raakt bij dit proces, dat alleen maar heel slecht kan aflopen.'

'Joseph, ik ben er niet bij betrokken. Het komt doordat ik zoveel aan haar vader te danken heb. Ik heb hem ooit iets beloofd.'

'Toch niet zwart op wit, hoop ik?'

'Nee.'

'Dus we hebben het eigenlijk alleen maar over een morele verplichting.'

Even keek David hem aan. Hij wilde wat antwoorden, maar hield zich in. 'Ja, het is alleen maar een morele verplichting.'

'Mooi. Zodra je klaar bent met mevrouw Patterson, kom je terug naar kantoor en dan hebben wij ons gesprek.'

Geen woord meer over een eventueel compagnonschap.

Toen David 's avonds thuiskwam, was het appartement helemaal in duisternis gehuld.

'Sandra?'

Geen antwoord. Net op het moment dat David het licht in de gang wilde aandoen, kwam Sandra de keuken uit lopen. In haar handen hield ze een taart met brandende kaarsjes erop.

'Verrassing! We hebben iets te…' Zodra ze de uitdrukking op het gezicht van David zag, bleef ze staan. 'Is er iets, lieverd? David, ben je benoemd? Hebben ze iemand anders benoemd?'

'Nee, nee,' zei hij geruststellend. 'Er is niets misgegaan.'

Sandra zette de taart neer en liep naar hem toe. 'Er is iets.'

'Het is allemaal… een beetje uitgesteld.'

'Maar je gesprek met Joseph Kincaid was toch vandaag?'
'Ja. Ga even zitten, lieverd. Ik wil even met je praten.'
Toen ze samen op de bank zaten, zei David: 'Er is iets tussen gekomen, heel onverwacht. Steven Patterson kwam me vanmorgen opzoeken.'
'Patterson? Waarom?'
'Hij wil dat ik de verdediging van zijn dochter op me neem.'
Verwonderd keek Sandra hem aan. 'Maar, David, je bent helemaal geen...'
'Dat weet ik. Dat heb ik hem ook proberen duidelijk te maken. Maar ik ben het vroeger wel geweest.'
'Maar je bent er helemaal uit. Heb je hem verteld dat je op het punt stond om compagnon te worden?'
'Nee. Hij bleef maar volhouden dat ik de enige was die zijn dochter kon verdedigen. Het slaat natuurlijk allemaal nergens op. Ik stelde nog voor om de zaak aan Jesse Quiller te geven, maar daar wilde hij niets van horen.'
'Nou, hij zal toch naar een ander op zoek moeten gaan.'
'Ja, natuurlijk. Ik heb hem wel beloofd dat ik met zijn dochter zou praten. Dat heb ik gedaan.'
Sandra leunde achterover. 'Weet meneer Kincaid hiervan?'
'Ja. Ik heb het hem verteld. Hij was niet bepaald enthousiast.'
Met de stem van Kincaid zei hij: 'We moeten er vanzelfsprekend voor uitkijken dat de firma niet betrokken raakt bij dit proces, dat alleen maar heel slecht kan aflopen.'
'Wat is het voor type, die dochter van Patterson?'
'In medisch opzicht is ze krankzinnig.'
'Ik ben geen arts,' antwoordde Sandra. 'Wat bedoel je daarmee?'
'Ik bedoel dat ze ervan overtuigd is dat ze onschuldig is.'
'Maar dat kan toch?'
'De sheriff van Cupertino heeft me haar dossier laten zien. De plaats van elke moord zat vol met haar DNA-sporen en haar vingerafdrukken.'
'Wat ga je nu doen?'
'Ik heb Royce Salem gebeld. Dat is de psychiater die het kantoor van Quiller altijd inschakelt. Ik laat hem Ashley onder-

zoeken en de uitslag daarvan geef ik aan dokter Patterson. Dan kan hij al naargelang een andere psychiater inschakelen of het rapport aan een andere advocaat geven.'

'Ik begrijp wat je bedoelt.' Sandra keek naar het bezorgde gezicht van haar man. 'David, heeft meneer Kincaid nog iets gezegd over een eventueel compagnonschap?'

Hij schudde zijn hoofd. 'Nee.'

'Dat doet hij heus wel. Morgen, misschien,' antwoordde Sandra opgewekt.

Dokter Royce Salem was lang, dun en droeg een Sigmund Freud-baardje.

Gewoon toeval, dacht David. *Hij probeert er echt niet als Freud uit te zien.*

'Jesse heeft het vaak over u,' zei dokter Salem. 'Hij is erg op u gesteld.'

'Ik ook op hem, dokter Salem.'

'Die zaak van Patterson klinkt erg interessant. Duidelijk het werk van een psychopaat. U gaat het gooien op ontoerekeningsvatbaarheid?'

'Om eerlijk te zijn, ga ik de zaak niet doen,' antwoordde David. 'Ik wil graag een rapport over haar mentale conditie voordat ik de zaak aan een ander overdraag.' Hij vertelde dokter Salem alles wat hij over de zaak te weten was gekomen. 'Ze beweert dat ze onschuldig is, maar als we op het bewijsmateriaal afgaan, moeten we de conclusie trekken dat ze het toch heeft gedaan.'

'Laten we de dame eerst maar eens onderzoeken.'

De sessie zou plaatsvinden in een van de verhoorkamers van de gevangenis in Santa Clara County. Het gehele meubilair bestond uit een rechthoekige houten tafel met vier stoelen.

Ashley werd binnengebracht door een verpleegster. Ze zag er bleek en afgetobd uit.

'Ik wacht buiten,' zei de verpleegster en trok toen de deur achter zich dicht.

'Ashley, dit is dokter Salem,' zei David. 'Dokter Salem, Ashley Patterson.'

'Hallo, Ashley,' zei dokter Salem.

Ashley stond er alleen maar en keek nerveus van de een naar de ander. Ze zei echter niets. Volgens David kon ze ieder moment de kamer uit vluchten.

'Ik heb van meneer Singer gehoord dat u er geen bezwaar tegen hebt gehypnotiseerd te worden.'

Stilte.

'Mag ik je hypnotiseren, Ashley?' voegde dokter Salem eraan toe.

Ashley deed even haar ogen dicht en knikte. 'Ja.'

'Zullen we dan maar beginnen?'

'Ik ga ervandoor,' zei David. 'Als…'

'Wacht.' Dokter Salem liep naar David toe. 'Ik wil dat u blijft.'

David voelde zich gedwarsboomd. Hij had er spijt van dat hij het zover had laten komen. *Verder ga ik niet*, nam hij zich voor. *Hierna houd ik ermee op.*

'Goed,' zei hij met tegenzin. Hij wilde er zo snel mogelijk een eind aan maken en terug naar kantoor. Hij moest steeds maar denken aan het gesprek dat hij vandaag met Kincaid zou hebben.

'Ga hier maar zitten,' zei dokter Salem tegen Ashley.

Ashley nam plaats.

'Ashley, ben je wel eens eerder onder hypnose geweest?'

Even aarzelde ze, maar schudde vervolgens haar hoofd. 'Nee.'

'Het stelt niets voor. Het enige wat je moet doen is je ontspannen en luisteren naar mijn stem. Je hoeft je nergens zorgen over te maken. Niemand zal je pijn doen. Voel hoe je spieren zich ontspannen. Goed zo, ontspan je. Je ogen worden zwaar. Je hebt heel wat meegemaakt. Je lichaam is moe, heel erg moe. Je wilt alleen nog maar slapen. Doe je ogen dicht en ontspan je maar. Je wordt slaperig… heel erg slaperig…'

Al met al nam het vijf minuten in beslag. Dokter Salem liep naar Ashley toe. 'Ashley, kun je me zeggen waar je bent?'

'Ja, in de gevangenis.' Haar stem klonk hol, alsof ze heel ver weg was.

'Waarom zit je in de gevangenis?'
'Omdat de mensen denken dat ik iets heel ergs heb gedaan.'
'Is dat waar? Heb je ook iets heel ergs gedaan?'
'Nee.'
'Ashley, heb je wel eens iemand vermoord?'
'Nee.'

Verbaasd keek David naar dokter Salem *Als je onder hypnose stond, vertelde je toch altijd de waarheid?*

'Weet je wie die moorden zou kunnen hebben gepleegd?'

Ashley vertrok opeens haar gezicht en ze begon heel kort en zwaar te ademen. Verbijsterd keken de twee mannen toe hoe ze van persoonlijkheid veranderde. Haar lippen werden strak en haar gelaatstrekken leken totaal te veranderen. Ze ging rechtop zitten en haar gezicht nam een levendige uitdrukking aan. Toen ze haar ogen opendeed, glinsterden ze. Er had een ware transformatie plaatsgevonden. Zonder dat iemand dat verwachtte, begon ze met een zwoele stem en een Engels accent te zingen:

> *'Half a pound of tuppenny rice,*
> *Half a pound of treacle,*
> *Mix it up and make it nice,*
> *Pop! goes the weasel...'*

David luisterde met verbijstering. *Denkt ze soms dat ze ons in de maling kan nemen? Ze doet net alsof ze iemand anders is.*

'Ashley, ik wil je nog een paar vragen stellen.'

Ze wierp haar hoofd in haar nek en zei met een Engels accent: 'Ik ben Ashley niet.'

Dokter Salem wisselde even een blik van verstandhouding met David. Vervolgens richtte hij zich weer tot Ashley. 'Als je Ashley niet bent, wie ben je dan wel?'

'Ik ben Toni, Toni Prescott.'

En dat zegt ze zonder een spier te vertrekken, dacht David. *Hoe lang denkt ze hiermee te kunnen doorgaan?* Ze zit gewoon haar tijd te verknoeien.

'Ashley,' zei dokter Salem.

'Toni.'

Nou, ze weet wel van volhouden, dacht David.

'Goed dan, Toni. Wat ik graag wil is…'

'Ik zal je eens vertellen wat ík wil. Ik wil hier uit, weg uit dit rotgebouw. Kun je ons hier uit krijgen?'

'Dat hangt ervan af,' zei dokter Salem. 'Kun je ons wat meer vertellen…'

'… over die moorden waarvan Supertrut beschuldigd wordt? Ik kan je vertellen over…'

Plotseling onderging de gelaatsuitdrukking van Ashley opnieuw een verandering. Ze zagen haar voor hun ogen ineenschrompelen in de stoel, haar uitdrukking werd zachter en haar hele gezicht onderging zo'n verandering dat ze totaal iemand anders leek.

Een zachte stem met een Italiaans accent zei opeens: 'Toni, hou verder je mond, *per piacere.*'

David was verbijsterd.

'Toni?' Dokter Salem deed een stap in haar richting.

De zachte stem zei: 'Mijn excuses voor de onderbreking, dokter Salem.'

Dokter Salem vroeg: 'Wie ben je?'

'Ik ben Alette, Alette Peters.'

Dit is helemaal geen toneelspel, dacht David. *Dit is echt.* Hij keerde zich in de richting van dokter Salem, die hem tot stilte maande.

'We hebben hier met verschillende alter ego's te maken.'

Totaal in de war keek David hem aan. 'Met wat?'

'Ik leg het je later wel uit.'

Dokter Salem richtte opnieuw het woord tot Ashley. 'Ashley… ik bedoel Alette… Met z'n hoevelen zijn jullie daarbinnen?'

'Toni, ik en Ashley natuurlijk,' antwoordde Alette.

'Maar jij hebt een Italiaans accent.'

'Dat klopt. Ik ben ook in Rome geboren. Bent u wel eens in Rome geweest?'

'Nee, ik ben nog nooit in Rome geweest.'

Ik kan mijn eigen oren niet geloven, dacht David.

'*È molto bello.*'

'Ongetwijfeld. Ken je Toni?'

'*Sì, naturalmente.*'

'Zij heeft een *Engels* accent.'

'Toni is in Londen geboren.'

'Oké. Alette, ik wil je een paar vragen stellen over die moorden. Heb jij enig idee wie…?'

En opnieuw zagen David en dokter Salem het gezicht en de persoonlijkheid van Ashley voor hun ogen veranderen. Zonder dat ze een woord had uitgebracht, wisten ze dat ze nu weer naar Toni keken.

'Je verspilt je tijd als je met haar praat, mop.'

Opnieuw dat Engelse accent.

'Alette weet er helemaal niets van. Je moet mij hebben.'

'Goed, Toni. Dan zal ik met jou praten. Ik wil je een paar vragen stellen.'

'Ongetwijfeld. Maar ik ben moe.' Ze geeuwde. 'Die frigide trut heeft ons de hele nacht wakker gehouden. Ik moet echt even slapen.'

'Niet nu, Toni. Luister, je kunt ons helpen…'

Haar gezicht nam een harde uitdrukking aan. 'Waarom zou ik jullie helpen? Wat heeft Supertrut ooit voor mij of voor Alette gedaan? Het enige wat ze doet is voorkomen dat we plezier hebben. Nou, ik heb er schoon genoeg van. En ook van haar. Hoor je!' Haar gezicht was helemaal verwrongen en ze zat te schreeuwen.

Dokter Salem zei: 'Ik ga stoppen.'

David transpireerde over zijn hele lichaam. 'Ja.'

Dokter Salem bracht zijn gezicht dicht bij dat van Ashley. 'Ashley… Ashley… Er is niets aan de hand. Sluit je ogen. Ze worden zwaar, heel erg zwaar. Je bent volkomen ontspannen. Ashley, je komt helemaal tot rust. Je geest en je lichaam. Als ik tot vijf tel, word je wakker, helemaal verfrist. Eén…' Hij wierp een blik op David en toen weer op Ashley. 'Twee…'

Ashley bewoog zich. Ze zagen opnieuw haar gezichtsuitdrukking veranderen.

'Drie…'

Haar uitdrukking werd vriendelijker.

'Vier…'

Ze voelden hoe ze terugkwam en het was heel erg griezelig om te zien.

'Vijf.'

Ashley opende haar ogen en keek de kamer rond. 'Ik voel me… Ben ik in slaap gevallen?'

David keek haar stomverbaasd aan.

'Ja,' zei dokter Salem.

Ashley richtte zich tot David. 'Heb ik iets gezegd? Ik bedoel… was het nuttig?'

Mijn hemel, schoot het door David heen. *Ze weet er niets van af! Ze weet het niet eens!* David antwoordde: 'Je deed het prima, Ashley. Als je het niet erg vindt, wil ik even met dokter Salem spreken. Onder vier ogen.'

'Goed.'

'Tot straks.'

De twee mannen keken hoe Ashley door de verpleegster werd weggebracht.

David liet zich in een stoel zakken. 'Wat… wat gebeurde er in hemelsnaam allemaal?'

Dokter Salem zuchtte diep. 'In al die jaren ben ik in mijn praktijk nog nooit een duidelijker geval tegengekomen.'

'Wat voor geval? Wat is er dan aan de hand?'

'Heb je ooit wel eens van de meervoudige persoonlijkheidsstoornis, ofwel "MPS" gehoord?'

'Wat wil dat zeggen?'

'Het is een toestand waarin totaal verschillende persoonlijkheden in één en hetzelfde lichaam huizen. Het wordt ook wel de dissociatieve identiteitsstoornis genoemd. Het verschijnsel is al zo'n tweehonderd jaar bekend in de psychiatrische literatuur. Meestal ligt er een traumatische ervaring in de kindertijd aan ten grondslag. Het slachtoffer probeert het trauma te vergeten door een geheel andere identiteit aan te nemen. Er zijn mensen die wel tien verschillende persoonlijkheden of alter ego's hebben.'

'Weten ze van elkaars bestaan af?'

'Soms wel, soms niet. Toni en Alette kennen elkaar. Maar

Ashley kent hen blijkbaar niet. Alter ego's ontstaan omdat men de pijn die het trauma veroorzaakt niet kan verdragen. Het is een soort vlucht. Bij iedere nieuwe traumatische ervaring kunnen nieuwe alter ego's ontstaan. Uit de psychiatrische literatuur is bekend dat de alter ego's enorm van elkaar kunnen verschillen. Ze kunnen dom zijn, of juist briljant. Het komt ook wel voor dat ze andere talen spreken. Hun smaak en persoonlijkheid verschillen vaak ook van elkaar.'

'Komt dit eh... vaak voor?'

'Sommige onderzoeken tonen aan dat ongeveer één procent van de gehele wereldbevolking lijdt aan een vorm van MPS en dat twintig procent van alle psychiatrische patiënten eraan lijdt.'

'Maar Ashley lijkt toch heel normaal te zijn en...'

'Mensen die aan MPS lijden zíjn ook normaal, totdat een alter ego de overhand krijgt. De gastheer of -vrouw kan best een baan hebben, een gezin stichten en een heel normaal leven leiden, maar een alter ego kan altijd het roer overnemen. Dat kan dan een uur duren, een dag, of zelfs een paar weken. En de gastheer/vrouw kan zich daar later dan helemaal niets meer van herinneren; de periode dat het alter ego het roer in handen had, is voor hem of haar dan een zwart gat.'

'Wat u dus beweert is dat Ashley... de gastvrouw... zich helemaal niets herinnert van wat een alter ego doet.'

'Helemaal niets.'

David was een en al oor.

'Bridey Murphy was het meest bekende geval van MPS. Door haar heeft de ziekte ook publieke bekendheid gekregen. Sindsdien hebben we talloze gevallen gehad, maar geen daarvan was zo spectaculair en zo goed gedocumenteerd als dat van Bridey Murphy.'

'Het klinkt... echt ongelooflijk.'

'Het onderwerp fascineert me al jaren. Bepaalde patronen komen altijd weer terug. De meeste alter ego's hanteren bijvoorbeeld dezelfde initialen als hun gastheer. Ashley Patterson... Alette Peters... Toni Prescott.'

'Toni?' begon David vragend. Toen schoot het hem te binnen. 'Antoinette?'

'Precies. Je kent de uitdrukking "alter ego"?'

'Ja.'

'In zekere zin hebben we allemaal alter ego's, of verschillende persoonlijkheden. Een zachtaardig iemand kan best iets heel wreeds doen. Wrede mensen kunnen ook heel aardig zijn. De reikwijdte aan menselijke emoties kent geen grenzen. *Dr. Jekyll and Mr. Hyde* mag dan wel een verzonnen verhaal zijn, maar het is wel op waarheid gebaseerd.'

In gedachten maakte David nu heel grote sprongen. 'Als Ashley die moorden heeft gepleegd, dan…'

'… zou ze daar helemaal niets van af weten. Eén van haar alter ego's heeft het gedaan.'

'Mijn hemel! Hoe leg ik dat nou aan een rechter uit?'

Nieuwsgierig keek dokter Salem hem aan. 'Ik dacht dat u haar niet ging verdedigen?'

David schudde zijn hoofd. 'Dat ga ik ook niet. Ik bedoel, dat weet ik nog niet. Ik… op dit moment ben ik zelf een meervoudige persoonlijkheid.' Hij zweeg even. 'Is dit te genezen?'

'Vaak wel, ja.'

'En als dat niet gebeurt, wat dan?'

Dokter Salem zei even niets. 'Het percentage zelfmoorden ligt vrij hoog.'

'En Ashley weet hier helemaal niets van af?'

'Helemaal niets.'

'Wilt u het haar uitleggen?'

'Ja, natuurlijk.'

'Nee!' schreeuwde ze. Ze ging met haar rug tegen de muur van haar cel staan. In haar ogen stond pure angst te lezen. 'U liegt! Dat is niet waar!'

'Ashley,' zei dokter Salem, 'het is wel waar. Dit moet je onder ogen zien. Ik heb je uitgelegd dat je er niets aan kon doen. Ik…'

'Blijf staan!'

'Er is niemand die je wil kwetsen.'

'O, ik wil dood! Help me doodgaan!' Op dat moment liet ze haar tranen de vrije loop.

Dokter Salem richtte zich tot de verpleegster en zei: 'U kunt haar het beste een kalmeringsmiddel geven. En let er goed op dat ze geen zelfmoord pleegt.'

David belde dokter Patterson op. 'Ik moet u spreken.'
'Ik had gedacht dat je me al veel eerder zou bellen, David. Heb je met Ashley gesproken?'
'Ja. Kunnen we ergens afspreken?'
'Kom maar naar mijn kantoor. Ik wacht op je.'
Ik kan deze zaak onmogelijk aannemen, dacht David terwijl hij naar San Francisco reed. *Er staat echt te veel op het spel.*
Ik zal zorgen dat ze een goede advocaat krijgt en dat moet het dan zijn.
Dokter Patterson zat in zijn werkkamer op David te wachten. 'Heb je met Ashley gesproken?'
'Ja.'
'Is alles goed met haar?'
Wat moet ik daar nu weer op antwoorden? David zuchtte eens diep. 'Hebt u wel eens van de meervoudige persoonlijkheidsstoornis gehoord?'
Dokter Patterson fronste zijn wenkbrauwen. 'Vaag.'
'Dat houdt in dat er binnen één en hetzelfde lichaam verschillende persoonlijkheden of alter ego's kunnen huizen, die van tijd tot tijd het roer overnemen. De persoon in kwestie weet daar dan helemaal niets van af. Uw dochter lijdt aan MPS.'
Stomverbaasd keek dokter Patterson hem aan. 'Wát? Ik... ik kan mijn oren niet geloven. Weet je dat zeker?'
'Ik was erbij toen dokter Salem haar hypnotiseerde. Ashley heeft twee alter ego's, die haar van tijd tot tijd overheersen.' David begon nu steeds sneller te praten. 'De sheriff heeft me het bewijsmateriaal laten zien dat ze hebben verzameld. Het staat buiten kijf dat zij de moorden heeft gepleegd.'
'O, mijn god!' zei dokter Patterson: 'Dat betekent dat ze... schuldig is?'
'Nee. Ik geloof namelijk niet dat ze zich ervan bewust was dat ze die moorden pleegde. Ze stond op dat moment onder de invloed van een van haar alter ego's. Ashley had ook helemaal geen motief. Ze was op dat moment niet in staat zichzelf te zijn.

Ik denk dat het voor het Openbaar Ministerie heel moeilijk wordt om aan te tonen dat ze een motief had of dat ze de moorden met voorbedachten rade heeft gepleegd.'

'Dus, bij je verdediging ga je het erop gooien dat...'

David onderbrak hem. 'Ik ga haar niet verdedigen. Ik zorg ervoor dat u Jesse Quiller krijgt. Hij is een voortreffelijk strafpleiter. Ik heb ooit met hem samengewerkt en hij...'

'Nee,' klonk het scherp. 'Jij moet haar verdedigen.'

David probeerde het opnieuw, geduldig. 'U begrijpt me niet. Ik ben niet de juiste persoon om haar te verdedigen. Wat zij nodig heeft...'

'Ik heb het je al eerder gezegd: jij bent de enige in wie ik vertrouwen heb, David. Mijn dochter betekent alles voor me. En jij gaat haar leven redden.'

'Dat kan ik niet. Ik ben daarvoor helemaal niet geschikt.'

'Onzin, natuurlijk wel. Je bent toch ooit strafpleiter geweest?'

'Ja, maar...'

'Ik wil het niet horen.' David zag dat dokter Patterson moeite had zich in te houden.

Dit slaat nergens op, dacht David. Hij deed weer een poging. 'Jesse Quiller is de beste...'

Dokter Patterson boog zich naar voren. Hij was rood aangelopen. 'Luister, David. Het leven van jouw moeder betekende heel veel voor jou. Het leven van Ashley betekent evenveel voor mij. Ooit vroeg je mij om hulp en legde je het leven van je moeder in mijn handen. Nu vraag ik jou om hulp en leg ik het leven van Ashley in jouw handen. Ik wil dat jij Ashley verdedigt. Dat ben je me verschuldigd.'

Hij wil helemaal niet luisteren, dacht David wanhopig. *Wat is er toch met hem aan de hand?* Er schoten op dat moment wel tien bezwaren door hem heen, maar ze verdwenen allemaal als sneeuw voor de zon in het licht van die ene zin: *Dat ben je me verschuldigd*. David deed een laatste poging. 'Dokter Patterson...'

'Ja of nee, David?'

13

Toen David thuiskwam, zat Sandra op hem te wachten.

'Hallo, schat.'

Hij nam haar in zijn armen en dacht: *Mijn god, wat is ze toch mooi. Welke idioot heeft beweerd dat zwangere vrouwen niet mooi zouden zijn?*

Sandra was helemaal uitgelaten. 'De baby heeft vandaag alweer geschopt.' Terwijl ze dat zei, pakte ze zijn hand en legde die op haar buik. 'Kun je hem voelen?'

David wachtte even en zei toen: 'Nee, de kleine rakker is wel heel eigenwijs.'

'O, dat moet ik je nog vertellen. Meneer Crowther heeft gebeld.'

'Crowther?'

'Ja, je weet wel, de makelaar. We kunnen de akte tekenen.'

'O.' David voelde zich opeens helemaal niet goed worden.

'Ik moet je wat laten zien,' zei Sandra opgetogen. 'Niet weggaan, hoor.'

Terwijl hij keek hoe ze naar de slaapkamer liep, schoot het door David heen: *Wat moet ik doen? Ik moet een beslissing nemen!*

Toen Sandra de kamer weer binnen liep, had ze voorbeelden van verschillende rollen blauw behang bij zich. 'Kijk, in de babykamer doen we blauw behang. In de woonkamer blauw en wit, jouw lievelingskleuren. Welke kleur vind je mooier: de donkere of de lichte?'

David probeerde zijn gedachten erbij te houden: 'Doe de lichte maar.'

'Ja, die vind ik ook mooi. Maar de vloerbedekking wordt donkerblauw. Denk je dat dat dan bij elkaar past?'

Ik kan mijn benoeming als compagnon toch niet zomaar overboord gooien? Ik heb er te hard voor gewerkt; het betekent te veel voor me.

'David, wat denk je? Past het bij elkaar?'

Hij keek haar aan. 'Wat zeg je? O, ja. Wat jij het mooiste vindt, schat.'

'O, ik ben zo opgewonden. Het wordt vast prachtig!'

Als ik geen compagnon word, kunnen we het ons absoluut niet veroorloven.

Sandra keek eens om zich heen. 'Ik denk dat we een aantal spulletjes wel kunnen meenemen. Maar ik ben bang dat we toch ook een hoop nieuwe meubels moeten kopen.' Opgewonden keek ze hem aan. 'Dat gaat toch wel lukken, hè lieverd? Ik wil ook weer niet al te rigoureus te werk gaan.'

'Nee, dat is goed,' antwoordde David terwijl hij met zijn gedachten heel ergens anders zat.

Ze vlijde zich tegen hem aan. 'We gaan een heel nieuw leven tegemoet. De baby, jij als compagnon, het penthouse. Ik ben er vandaag nog even langs gelopen. Ik wilde de speeltuin en de school even zien. Die speeltuin is echt prachtig: er zijn glijbanen, schommels, klimrekken. Je moet zaterdag maar even met me meegaan. Jeffrey zal het prachtig vinden.'

Misschien kan ik Kincaid ervan overtuigen dat deze zaak juist heel goed zou zijn voor ons kantoor.

'De school ziet er ook leuk uit. Het is maar een paar minuten lopen van ons appartement en hij is ook niet te groot. Dat vind ik zelf erg belangrijk.'

Nu luisterde David wel naar wat ze zei. *Ik kan haar toch niet laten vallen? Ik kan haar haar dromen toch niet ontnemen. Morgenochtend vertel ik Kincaid dat ik de Patterson-zaak niet aanneem. Patterson moet maar op zoek gaan naar een andere advocaat.*

'We moeten opschieten, lieverd. We hebben om acht uur bij de Quillers afgesproken.'

Dit was het uur van de waarheid. David voelde de spanning in zijn lichaam. 'Ik wil even met je praten.'

'Zeg het maar.'

'Vanochtend heb ik een gesprek gehad met Ashley Patterson.'

'O? Hoe was dat? Is ze schuldig? Heeft ze echt al die vreselijke dingen gedaan?'

'Ja en nee.'

'Een echte advocaat. Wat bedoel je daarmee?'

'Ze heeft de moorden wel gepleegd, maar… ze is niet schuldig.'

'David…!'

'Ashley lijdt aan een medische afwijking. Ze heeft MPS. Ze heeft verschillende persoonlijkheden en ze is zich niet bewust van de dingen die de andere persoonlijkheden doen.'

Vol afgrijzen keek Sandra hem aan. 'Wat vreselijk.'

'Er zijn twee andere persoonlijkheden. Ik heb met allebei gesproken.'

'Heb je echt met ze gespróken?'

'Ja. En ze bestaan echt. Ik bedoel, Ashley fingeert ze niet.'

'En ze heeft geen flauw benul van…?'

'Nee.'

'Is ze dan schuldig of onschuldig?'

'Dat moet de rechter maar beslissen. Haar vader wil niet dat Jesse Quiller de zaak aanneemt. Dat betekent dat ik op zoek moet naar een andere advocaat.'

'Maar Jesse is juist zo goed. Waarom wil hij niet met hem in zee?'

Hier aarzelde David. 'Hij wil dat ik haar verdedig.'

'Maar je hebt hem verteld dat dat niet kan, of niet soms?'

'Ja, natuurlijk.'

'Dus…'

'Hij wil niet luisteren.'

'Wat heb je toen gezegd, David?'

Hij schudde zijn hoofd. 'Dat doet er niet toe.'

'Wat zei hij daarop?'

David antwoordde heel behoedzaam. 'Hij zei dat ik voldoende vertrouwen in hem had om het leven van mijn moeder in zijn handen te leggen. Hij heeft haar het leven gered. Nu vertrouwt hij mij het leven van zijn dochter toe. Hij vraagt of ik haar wil redden.'

140

Sandra keek hem bedachtzaam aan. 'Kun je dat ook?'

'Dat weet ik niet. Kincaid wil niet dat ik de zaak aanneem. Als ik dat wel zou doen, kan ik mijn benoeming als compagnon wel vergeten.'

'O.'

Er viel een lange stilte.

Uiteindelijk zei David: 'Ik sta voor een keus. Als ik nee zeg tegen dokter Patterson, word ik compagnon. Als ik besluit de verdediging van zijn dochter op me te nemen, dan zal het er waarschijnlijk op uitdraaien dat ik gedurende die tijd onbetaald verlof krijg en dan moeten we maar zien wat er verder van komt.'

Sandra zat zonder iets te zeggen te luisteren.

'Er zijn een heleboel advocaten die veel beter de verdediging van Ashley Patterson op zich kunnen nemen, maar om de een of andere reden wil hij er niet over praten. Ik weet niet waarom hij zo koppig is op dat punt. Als ik besluit de zaak aan te nemen en mijn compagnonschap verspeel, kunnen we niet verhuizen. Dan zullen we een heleboel plannen niet kunnen verwezenlijken, Sandra.'

Bedeesd antwoordde ze: 'Je hebt me eens over hem verteld, toen we nog niet getrouwd waren. Ondanks het feit dat hij een van de drukst bezette dokters ter wereld was, kon hij toch nog tijd vrijmaken om een arme, jonge sloeber te helpen. David, hij was jouw held. Je hebt altijd gezegd dat je wilde dat jouw zoon, mocht je die ooit krijgen, ook zo zou worden.'

David knikte bevestigend.

'Wanneer moet je een beslissing nemen?'

'Morgenochtend vroeg heb ik een gesprek met Kincaid.'

Sandra pakte zijn hand en zei: 'Zo veel tijd heb je niet nodig. Dokter Patterson heeft het leven van je moeder gered. Jij gaat het leven van zijn dochter redden. We kunnen het hier toch ook opnieuw behangen?' voegde ze er lachend aan toe.

Jesse Quiller was een van de beste strafpleiters van het land. Hij was lang en had een markant gezicht. Hij had iets eenvoudigs over zich, waarmee de meeste juryleden zich konden identificeren. Hij was één van hen en ze wilden hem helpen. Het was waarschijnlijk daarom dat hij zelden een zaak verloor. Maar dat kwam ook doordat hij een fotografisch geheugen had en een zeer scherpe geest.

Quiller ging tijdens de zomermaanden niet op vakantie, maar gebruikte ze om rechten te doceren. Jaren geleden was David een van zijn leerlingen geweest. Toen David was afgestudeerd, had Quiller gevraagd of hij als advocaat voor hem wilde komen werken. Nog geen twee jaar later was David zijn associé geworden. David vond het strafrecht heerlijk en hij was er ook erg goed in. Hij zag erop toe dat tien procent van zijn zaken pro Deo waren. Drie jaar na zijn associatie had David plotseling ontslag genomen en was hij gaan werken voor Kincaid, Turner, Rose & Ripley, waar hij bedrijfsrecht was gaan doen.

Door de jaren heen waren David en Quiller bevriend gebleven. Eens in de week gingen ze met hun respectieve vrouwen bij elkaar eten.

Jesse Quiller had altijd al een voorkeur gehad voor lange, feeërieke, erudiete, blonde vrouwen. Toen hij Emily ontmoette, was hij op slag verliefd op haar geworden. Emily was klein van postuur, vroeg grijs en stamde uit een boerengezin in Iowa. Ze was precies het tegenovergestelde van het soort vrouwen op wie hij altijd was gevallen. Ze kon heel goed voor mensen zorgen; ze was Moeder Aarde. Al pasten ze op het eerste gezicht niet bij elkaar, hun huwelijk was goed. Maar dat kwam waarschijnlijk doordat ze zo ontzettend veel van elkaar hielden.

De Singers en de Quillers gingen iedere dinsdagavond bij elkaar eten. Dan speelden ze na afloop altijd Liverpool, een heel ingewikkeld kaartspel. Toen Sandra en David het tuinpad naar het prachtige huis van de Quillers in Hayes Street opliepen, stond Jesse al in de deuropening.

Hij omhelsde Sandra en zei: 'Kom binnen. De champagne staat koud. Het is een grote dag voor jullie, of niet soms? Een nieuw penthouse en een compagnonschap. Of is het een compagnonschap en een nieuw penthouse?'

Even keken David en Sandra elkaar aan.

'Emily is nu voor jullie een feestmaal aan het bereiden.' Hij keek hen aan en zei: 'Tenminste, ik dénk dat het een feestmaal wordt. Of heb ik iets gemist?'

'Nee, Jesse,' zei David. 'We zitten gewoon ergens mee.'

'Kom binnen. Wil je wat drinken?' vroeg hij aan Sandra.

'Nee, dank je.' Ik wil de baby geen slechte gewoonten aanleren.'

'Hij mag zich gelukkig prijzen met zulke ouders,' zei Quiller vol genegenheid. Toen wendde hij zich tot David: 'Kan ik voor jou iets inschenken?'

'Nee, dank je,' antwoordde David.

Sandra liep naar de keuken. 'Ik ga even kijken of ik Emily kan helpen.'

'Ga zitten, David. Wat is er aan de hand?'

'Ik sta voor een dilemma,' zei David.

'Laat me raden. Is het het penthouse of het compagnonschap?'

'Allebei.'

'Allebéí?'

'Ja. Heb je van de zaak-Patterson gehoord?'

'Ashley Patterson? Nou en of. Wat heeft dat er nou…?' Op dat moment stokte hij. 'Wacht eens even. Je hebt me op de universiteit wel eens verteld over dokter Steven Patterson. Hij was het die het leven van je moeder redde.'

'Ja. En nu wil hij dat ik de verdediging van zijn dochter op me neem. Ik probeerde hem naar jou door te verwijzen, maar hij wil slechts mij als advocaat.'

Quiller fronste zijn wenkbrauwen. 'Hij weet toch wel dat je geen strafpleiter meer bent?'

'Ja. Dat maakt het ook zo vreemd. Er zijn tientallen advocaten die beter zijn dan ik.'

'Ja, maar hij weet wel dat je óóit een strafpleiter bent geweest.'

'Ja.'

Heel voorzichtig vroeg Quiller: 'Welke gevoelens koestert hij voor zijn dochter?'

Wat een rare vraag, dacht David. 'Hij zou haar voor geen goud willen missen.'

'Oké. Stel dat je de zaak zou aannemen. Welk risico loop je dan?'

'Het probleem is dat Kincaid niet wil dat ik de zaak aanneem. Als ik dat wel doe, loop ik zeer waarschijnlijk mijn benoeming als compagnon mis.'

'Ik begrijp wat je bedoelt. En dat is dan ook het punt waarop het penthouse om de hoek komt kijken.'

Boos zei David: 'Dat is het punt waarop mijn hele toekomst om de hoek komt kijken. Jesse, ik zou stom zijn als ik het deed. Hártstikke stom!'

'Waarom word je nou zo boos?'

David zuchtte diep en zei: 'Omdat ik het toch ga doen.'

Quiller moest lachen. 'Dat verbaast me niets.'

David streek met zijn hand over zijn voorhoofd. 'Stel dat ik hem niet te hulp zou komen en zijn dochter wordt veroordeeld en krijgt de doodstraf. Als ik dan niets had gedaan om dat te voorkomen, dan… dan zou ik dat mezelf voor de rest van mijn leven kwalijk nemen.'

'Ik begrijp wat je bedoelt. Wat vindt Sandra ervan?'

Ondanks alles moest David glimlachen. 'Ach, je kent Sandra.'

'Ja. Ze wil gewoon dat je het doet.'

'Precies.'

Quiller boog naar voren en zei: 'David, ik zal je aan alle kanten bijstaan.'

David zuchtte. 'Nee, dat is ook een deel van de overeenkomst. Ik moet het helemaal alleen doen.'

Quiller fronste zijn wenkbrauwen. 'Maar dat slaat nergens op.'

'Ja, dat weet ik. Ik heb geprobeerd het dokter Patterson aan het verstand te peuteren, maar hij wilde er niets over horen.'

'Heb je het hier al met Kincaid over gehad?'

'Morgenochtend.'

'Wat denk je dat er gaat gebeuren?'

'Ik weet wat er gaat gebeuren. Hij zal me het afraden om de zaak aan te nemen. Als ik voet bij stuk houd, zal hij me vragen onbetaald verlof te nemen.'

'We gaan morgen samen lunchen, oké? De Rubicon, één uur.'
David knikte. 'Afgesproken.'

Op dat moment kwam Emily de kamer binnenlopen, terwijl ze haar handen aan een keukendoek afdroogde. David en Quiller stonden op.

'Hallo David,' zei Emily. Enigszins gehaast liep ze naar hem toe. Hij kuste haar op haar wang.

'Ik hoop dat je trek hebt. Het eten is bijna klaar. Sandra, de schat, is me aan het helpen.' Ze pakte een schaal en liep snel de keuken weer in.

Quiller keerde zich weer tot David en zei: 'Je betekent heel veel voor mij en Emily. Laat me je een goede raad geven: je moet leren loslaten.'

Zwijgend ging David weer zitten.

'Het is nu een hele tijd geleden, David. En jij kon er helemaal niets aan doen. Het had iedereen kunnen overkomen.'

David keek hem aan en zei: 'Jesse, het is mij overkomen. Ik heb haar vermoord.'

Hij had een déjà vu, opnieuw. Helemaal opnieuw. David werd teruggevoerd naar een andere tijd en een andere plaats.

Het was een pro-Deo-zaak en David had tegen Jesse Quiller gezegd: 'Ik doe het wel.'

Helen Woodman was een prachtige vrouw die ervan beschuldigd werd haar rijke stiefmoeder van het leven te hebben beroofd. Ook al hadden ze in het openbaar enkele keren flink ruziegemaakt, het bewijs tegen Helen was alleen maar indirect. Nadat David met haar in de gevangenis had gesproken, was hij ervan overtuigd dat ze onschuldig was. Hij raakte, emotioneel gesproken, steeds meer betrokken bij de zaak. Toen het proces bijna was afgerond, had hij een van de grondregels gebroken: word nooit verliefd op een verdachte.

Het proces was heel goed verlopen. David had de bewijsvoering van het Openbaar Ministerie op alle onderdelen kunnen weerleggen en tegen het eind was zelfs de jury op zijn hand. In tweede termijn gebeurde er echter iets vreselijks. Helen had altijd volgehouden dat ze ten tijde van de moord met een vriendin naar het theater was geweest. Dat was haar alibi. Toen tijdens een kruisverhoor haar vriendin toe moest geven dat het alibi niet klopte en er ook nog een getuige naar voren kwam die beweerde Helen ten tijde van de moord in het appartement van de stiefmoeder te hebben gezien, toen was het helemaal gedaan met Helens geloofwaardigheid. De jury bevond haar schuldig en de rechter sprak het doodvonnis uit. David was totaal van zijn stuk gebracht.

'Hoe heb je dit in vredesnaam kunnen doen?' vroeg hij. 'Waarom heb je tegen me gelogen?'

'David, ik heb mijn stiefmoeder niet vermoord. Toen ik aankwam bij haar appartement, was ze al dood. Omdat ik bang was dat je me niet zou geloven, heb ik dat verhaal over het theater maar verzonnen.'

Hij luisterde ernaar met een cynische uitdrukking op zijn gezicht.

'David, wat ik je nu vertel is de waarheid.'

'O ja?' Hij draaide zich om en maakte dat hij wegkwam.

Helen pleegde in de loop van de nacht zelfmoord.

Een week daarna werd er tijdens een inbraak een voormalige bajesklant gearresteerd. Tijdens het verhoor bekende hij de moord op Helens stiefmoeder.

De dag daarop diende David zijn ontslag in. Jesse Quiller probeerde hem er nog van af te brengen, maar dat mocht niet baten.

'David, het is jouw schuld niet. Ze heeft tegen je gelogen en...'

'Dat is het hem nou juist. Ik heb dat toegelaten. Ik heb mijn werk gewoon niet goed gedaan. Ik heb haar verhalen niet gecontroleerd. Ik wilde haar geloven, en dat is de reden dat ik haar niet heb kunnen helpen.'

Nog geen twee weken daarna was David in dienst getreden bij Kincaid, Turner, Rose & Ripley.

Hij had gezworen nooit meer het leven van een ander in zijn handen te zullen nemen.

En nu nam hij dan de verdediging op zich van Ashley Patterson.

14

De volgende ochtend liep David het kantoor binnen van Joseph Kincaid. Het was tien uur. Kincaid zat op dat moment enkele stukken te tekenen. Toen David binnenkwam, keek hij op en zei: 'Goedemorgen, David. Ga zitten. Ik ben zo klaar.'

David nam plaats en wachtte.

Toen Kincaid klaar was, glimlachte hij naar David en zei: 'Dat was dat! En nu het goede nieuws, naar ik aanneem?'

Ja, maar voor wie? dacht David.

'David, je hebt binnen dit kantoor een prachtige toekomst voor je. Ik neem aan dat je die niet wilt verknallen. We zijn heel wat met je van plan.'

David zei niets. Hij zocht naar de juiste woorden. Kincaid zei: 'En? Heb je dokter Patterson verteld dat je voor hem op zoek gaat naar een andere advocaat?'

'Nee, ik heb besloten dat ik de zaak aanneem.'

De glimlach gleed van Kincaids gelaat. 'David, ga je die vrouw echt verdedigen? Ze is een gemene, zieke moordenares. Iedereen die het voor haar opneemt, zal met haar pek worden besmeurd.'

'Joseph, ik doe het niet omdat ik dat nou zo graag wil. Ik heb een verplichting na te komen. Ik heb heel veel aan dokter Patterson te danken en dit is de enige manier waarop ik iets voor hem kan terugdoen.'

Kincaid zweeg. Na een tijdje zei hij: 'Als je echt van plan bent om dit door te zetten, dan stel ik voor dat je verlof neemt. Onbetaald, uiteraard.'

Dag compagnonschap.

'Het spreekt vanzelf dat je na het proces weer bij ons terug-komt. Het compagnonschap zullen we voor je reserveren.'

David knikte instemmend. 'Vanzelfsprekend.'

'Ik zal ervoor zorgen dat Collins je zaken overneemt. Volgens mij wil je zo snel mogelijk al je aandacht op deze zaak richten.'

Een halfuur daarna kwamen de vennoten van Kincaid, Turner, Rose & Ripley in vergadering bijeen.

Henry Turner zei: 'We kunnen het ons niet veroorloven dat ons kantoor met deze zaak in verband wordt gebracht.'

Joseph Kincaid diende hem meteen van repliek: 'Henry, we worden er niet mee in verband gebracht. Hij is immers met on-betaald verlof.'

Albert Rose nam het woord: 'Volgens mij moeten we hem ontslaan.'

'Nog niet. Dat zou kortzichtig zijn. Dokter Patterson zou wel eens heel veel geld in het laatje kunnen brengen. Hij heeft een enorm netwerk en misschien is hij ons wel dankbaar dat we hem David even uitlenen. Het is een win-win-situatie, hoe het proces ook afloopt. Als het goed afloopt, hebben we er een nieuwe, grote klant bij en wordt Singer een compagnon. Loopt het slecht af, dan laten we Singer vallen en kunnen we de dok-ter misschien toch nog binnenhalen. Eigenlijk zitten er niet zo-veel risico's aan.'

Er viel een stilte. Uiteindelijk zei John Ripley grinnikend: 'Heel slim van je, Joseph.'

Zodra David het kantoor van Kincaid verlaten had, ging hij naar dokter Steven Patterson. Hij had zijn komst van tevoren al telefonisch aangekondigd.

'En, David?'

Wat ik nu ga zeggen zal mijn leven totaal veranderen, flitste er door David heen. *En niet in gunstige zin.* 'Dokter Patterson, ik neem de verdediging van uw dochter op me.'

Dokter Patterson glimlachte. 'Dat wist ik wel. Ik had er mijn hoofd om durven verwedden.' Aarzelend voegde hij eraan toe: 'Ik verwed er het leven van mijn dochter om.'

'Ik heb onbetaald verlof gekregen. Ik zal me laten bijstaan door een van de beste advocaten…'

Dokter Patterson hief zijn hand op en onderbrak hem. 'David, ik neem aan dat ik daarover heel duidelijk ben geweest. Ik wil niet dat anderen bij deze zaak worden betrokken. Ik leg haar lot in jouw handen en niet in die van iemand anders.'

'Dat begrijp ik wel,' antwoordde David, 'maar Jesse Quiller is echt…'

Op dat moment stond dokter Patterson op en zei: 'En nu hou je op over Jesse Quiller of wie dan ook. Ik wil er niets meer over horen. David, ik ken strafpleiters. Het enige waar ze op uit zijn is geld en publiciteit. Dit gaat niet om geld of publiciteit. Het gaat om Ashley.'

David wilde wat zeggen, maar hij bedacht zich. Dokter Patterson was op dit punt erg vasthoudend. *Maar ik kan iedere hulp gebruiken*, dacht hij. *Waarom wil hij dat nou niet hebben?*

'Ben ik duidelijk?'

'Ja.' David knikte.

'Het spreekt vanzelf dat ik je honorarium en je onkosten zal vergoeden.'

'Nee, dat hoeft niet. Ik doe dit pro Deo.'

Even keek dokter Patterson hem aan. Toen knikte hij. 'Quid pro quo?'

'Quid pro quo,' antwoordde David met een lachje. 'Kunt u autorijden?'

'David, luister. Gedurende het proces zul je toch geld nodig hebben om in leven te blijven. Ik sta erop.'

'Zoals u wilt,' zei David.

Dan hebben we tijdens het proces in ieder geval te eten.

Jesse Quiller zat al in Rubicon te wachten toen David binnenkwam.

'En, hoe ging het?'

David zuchtte. 'Zoals ik al voorspeld had. Ik ben met onbetaald verlof gestuurd.'

'De schoften. Hoe kunnen ze…?'

'Ik kan het ze niet kwalijk nemen,' antwoordde David. 'Ze zijn gewoon heel conservatief.'

'Wat ga je nu doen?'

'Hoe bedoel je?'

'Wat bedóél ik? Man, je hebt de zaak van de eeuw aangenomen. Maar je hebt geen kantoor om in te werken, je hebt geen toegang tot onderzoeksmateriaal of archieven, geen wetboeken en geen fax. Jij en Sandra beschikken alleen maar over die ouderwetse computer. Daarmee kun je niet eens een behoorlijk juridisch programma draaien of het Internet op.'

'Ach, het zal wel lukken,' zei David.

'En of! Ik heb op kantoor een kamer leegstaan die je kunt gebruiken. Alles wat je nodig hebt, staat er.'

Het duurde even voordat David wist wat hij daarop moest zeggen. 'Jesse, ik kan toch niet...?'

'Ja, natuurlijk wel,' grinnikte Quiller. 'Je vindt wel iets om me terug te betalen. Dat doe je toch altijd, of niet soms, David de Heilige?' Vervolgens pakte hij de menukaart en zei: 'Ik sterf van de honger. O, voordat ik het vergeet: jij betaalt.'

David zocht Ashley op in de gevangenis.

'Goedemorgen, Ashley.'

'Goedemorgen.' Ze zag er nog bleker uit dan gewoonlijk. 'Mijn vader was hier vanochtend en hij vertelde me dat jij ervoor zou zorgen dat ik vrijkwam.'

Had ík maar zoveel vertrouwen, dacht David. Zijn antwoord was heel behoedzaam. 'Ashley, ik zal mijn uiterste best doen. Maar het probleem is dat jouw ziekte nog niet zo heel erg bekend is. Maar we vertellen ze het gewoon. Ik zal ervoor zorgen dat de beste dokters ter wereld voor je gaan getuigen.'

'Ik ben bang,' fluisterde Ashley.

'Waarvoor?'

'Ik heb het gevoel dat er twee andere mensen in me wonen, die ik niet eens ken.' Haar stem sloeg over. 'Ze kunnen het roer overnemen, wanneer ze maar willen. Maar ik kan hen niet laten doen wat ik wil. Ik ben zo bang.' De tranen sprongen in haar ogen.

Kalm zei David: 'Het zijn geen echte mensen, Ashley. Ze bestaan alleen maar in je geest. Ze zijn een deel van jou en als we

150

je de juiste behandeling geven, word je weer helemaal beter.'

Toen David 's avonds thuiskwam, gaf Sandra hem een knuffel. 'Heb ik je al verteld dat ik ontzettend trots op je ben?'

'Omdat ik geen baan meer heb?' vroeg David.

'Ook dat. O, voordat ik het vergeet, meneer Crowther heeft gebeld.'

'Crowther?'

'De makelaar. Hij zei dat we de akte konden komen tekenen. Hij wil een aanbetaling van zestigduizend dollar. Ik ben bang dat we hem moeten opbellen en zeggen dat...'

'Niet zo snel! Ik heb natuurlijk al pensioen opgebouwd, voor ongeveer zestigduizend dollar. Als dokter Patterson nu onze onkosten betaalt, kunnen we het misschien toch nog redden.'

'Het doet er niet toe, David. We willen de baby toch ook niet met een penthouse verwennen, of wel soms?'

'Ik heb goed nieuws. Jesse wil me zijn...'

'Dat weet ik al. Ik heb Emily gesproken. We trekken in het kantoor van Jesse.'

'Wé?' vroeg David.

'Je vergeet dat je met een rechtskundig adviseur bent getrouwd. Heus schat, je zult zien hoe goed ik je van dienst zal zijn. Ik werk met je samen totdat...' ze klopte zachtjes op haar buik, '... Jeffrey komt en dan zien we wel verder.'

'Mevrouw Singer, weet u wel dat ik ontzettend veel van u hou?'

'Nee, maar neem gerust de tijd ervoor. We eten pas over een uur.'

'Maar aan een uur heb ik niet genoeg,' zei David.

Ze sloeg haar armen om hem heen en mompelde: 'Trek je kleren uit, tijger.'

'Wat zeg je?' Hij deed een stapje naar achteren en keek haar bezorgd aan. 'Maar hoe moet het dan met...? Wat vindt dokter Bailey ervan?'

'De dokter zegt dat je je heel snel moet uitkleden. Anders grijp ik je.'

David grinnikte. 'Nou, als hij het zegt...'

De volgende ochtend trok David in de achterste kamer van het kantoor van Jesse Quiller. Het kantoor telde vijf werkkamers en de kamer die David betrok, kon er goed mee door.

'Sinds je ons verlaten hebt, zijn we gegroeid,' zei Jesse. 'Je zult hier alles vinden. De bibliotheek bevindt zich in de kamer hiernaast. Je hebt verder alles wat je nodig hebt: faxen en computers. Als je iets niet kunt vinden, moet je er gewoon om vragen.'

'Dank je wel, Jesse,' zei David. 'Ik kan je niet zeggen hoe dankbaar ik je ben.'

Jesse glimlachte. 'Je betaalt me toch terug, of niet soms?'

Even later kwam Sandra binnen. 'Goed, ik ben zover. Waar zullen we beginnen?'

'We beginnen met het opzoeken van alle eerdere processen waarbij een meervoudige persoonlijkheid een rol speelde. Op Internet zullen we wel heel veel kunnen vinden, denk ik. We gaan kijken bij de Californian Criminal Law Observer, de site van Court TV en alle andere links die we kunnen vinden. Vervolgens halen we onze informatie bij Westlaw en bij Lexis-Nexis. Daarna proberen we zo veel mogelijk artsen te pakken te krijgen die ons van alles over meervoudige persoonlijkheden kunnen vertellen en we proberen ze meteen te strikken als mogelijke getuige. We zullen met hen moeten praten; misschien kan hun getuigenis onze zaak wat sterker maken. Ik zal mijn kennis over strafvordering wat moeten ophalen en me op *voir dire* moeten voorbereiden. We moeten ook een lijst te pakken zien te krijgen van de getuigen die het OM gaat oproepen, evenals hun verklaringen. Ik wil al hun bewijsmateriaal inzien.'

'We zullen hun ook moeten sturen wat wij te weten komen. Ga je Ashley als getuige oproepen?'

David schudde zijn hoofd. 'Nee, daarvoor is ze te kwetsbaar. Het OM laat waarschijnlijk niets van haar heel.' Hij keek Sandra aan en zei: 'Hier krijgen we een heel harde dobber aan.'

Sandra glimlachte en zei: 'Maar je gaat de zaak winnen. Dat weet ik gewoon zeker.'

David belde Harvey Udell op, de accountant van Kincaid, Turner, Rose & Ripley.

'Harvey, David Singer.'

'Hallo, David. Ik heb gehoord dat je ons een tijdje gaat verlaten.'

'Ja.'

'Volgens mij is het een heel interessante zaak die je hebt aangenomen. De kranten staan er bol van.' Maar vertel eens, wat kan ik voor je doen?'

David antwoordde: 'Harvey, ik heb bij jullie ongeveer zestigduizend dollar aan pensioen opgebouwd. Ik ben nooit van plan geweest om het voortijdig op te nemen, maar Sandra en ik hebben een penthouse gekocht en we hebben het geld nodig voor een eerste aanbetaling.'

'Een penthouse, gefeliciteerd!'

'Dank je. Wanneer kan ik over het geld beschikken, denk je?'

Het bleef even stil. 'Kan ik je terugbellen?'

'Natuurlijk,' zei David en hij gaf hem zijn telefoonnummer op.

'Ik bel je zo terug.'

'Bedankt alvast.'

Harvey Udell legde de hoorn neer, maar pakte hem onmiddellijk weer op. 'Zeg tegen meneer Kincaid dat ik hem onmiddellijk wil spreken.'

Een halfuur later zat hij bij Joseph Kincaid. 'Vertel het eens, Harvey.'

'Meneer Kincaid, ik werd net opgebeld door David Singer. Hij heeft een penthouse gekocht en hij wil de zestigduizend dollar uit zijn opgebouwde pensioen opnemen om een aanbetaling te doen. Volgens mij zijn we niet verplicht hem het geld nu te geven. Hij is met verlof en…'

'Weet hij wel hoe duur een penthouse eigenlijk is?'

'Volgens mij niet. Ik zeg hem gewoon dat…'

'Geef hem het geld.'

Verbaasd keek Harvey hem aan. 'Maar we hoeven hem het geld…'

Kincaid boog zich naar Udell toe en zei: 'We helpen hem gewoon, Harvey. Zodra hij een aanbetaling heeft gedaan, hebben we hem in onze macht.'

Even later belde Harvey Udell David op. 'David, ik heb goed

nieuws voor je. Je kunt je opgebouwde pensioen gewoon opnemen. Meneer Kincaid zegt dat we je alles moeten geven waar je maar om vraagt.'

'Meneer Crowther, David Singer.'
'Meneer Singer, ik zat al een tijdje op uw telefoontje te wachten.'
'De aanbetaling is onderweg. Morgen staat het geld op uw rekening.'
'Prachtig. Zoals ik u al zei, zijn er ook nog andere mensen die belangstelling hebben. Maar volgens mij zijn u en uw vrouw er wel geknipt voor. U zult er heel gelukkig worden.'
Daar zijn dan wel een stuk of wat wonderen voor nodig, dacht David.

De officiële aanklacht tegen Ashley Patterson werd ingediend bij het gerechtshof van Santa Clara County in North First Street van San Francisco. De juridische strijd over de plaats waar de zaak zou dienen, had weken geduurd. De kwestie was ook zeker niet gemakkelijk, tenslotte waren de moorden gepleegd in twee landen en in twee verschillende staten. In San Francisco werd daarover een vergadering gehouden die werd bijgewoond door rechercheur Guy Fontaine van het politiebureau in Quebec, sheriff Dowling uit Santa Clara County, rechercheur Eagan uit Bedford, Pennsylvania, districtscommandant Rudford uit San Francisco en door Roger Toland, de commissaris uit San José.
Rechercheur Fontaine zei: 'We zouden graag zien dat ze in Quebec terechtstaat. We beschikken namelijk over onweerlegbaar bewijs dat ze schuldig is. Er is totaal geen kans op dat ze het proces bij ons kan winnen.'
'Maar dat geldt ook voor ons,' zei rechercheur Eagan. 'Jim Cleary was haar eerste slachtoffer en volgens mij moet dat de doorslag geven.'
Districtscommandant Rudford uit San Francisco zei: 'Heren, we kunnen ongetwijfeld allemaal haar schuld aantonen. Maar drie van de vijf moorden vonden plaats in Californië. We staan

veel sterker als we haar hier voor alle moorden laten terecht-
staan.'

'Dat ben ik geheel met u eens,' zei sheriff Dowling. 'Daarbij
zijn twee van de vijf moorden gepleegd in Santa Clara County.
Dat is dus de plek waar de zaak moet dienen.'

Gedurende de twee uren die daarop volgden, probeerde iedereen zijn standpunt te verdedigen, maar uiteindelijk werd besloten de rechtszaak voor de moorden op Dennis Tibble, Richard Melton en Sam Blake te houden in het paleis van justitie
van San José. De moorden die in Bedford en Quebec waren gepleegd, werden aangehouden.

Tijdens het indienen van de aanklacht stond David aan Ashleys
zijde.

De rechter vroeg: 'Hoe luidt uw pleidooi?'

'Niet schuldig en niet schuldig op grond van ontoerekeningsvatbaarheid.'

De rechter knikte. 'Goed.'

'Edelachtbare, ik verzoek u de verdachte op borgtocht vrij te
laten.'

De advocaat van het Openbaar Ministerie kwam tussenbeide. 'Edelachtbare, ik protesteer met klem. De verdachte wordt
beschuldigd van het plegen van drie gruwelijke moorden en ze
loopt de kans veroordeeld te worden tot de doodstraf. Als ze op
borgtocht wordt vrijgelaten, bestaat de kans dat ze het land uit
vlucht en…'

'Dat is absoluut niet waar,' zei David. 'Er bestaat volstrekt
geen…'

Daarop kwam de rechter tussenbeide. 'Ik heb het dossier
doorgenomen en ook het attest van het Openbaar Ministerie
waarin zij tegen vrijlating op borgtocht pleiten. Het verzoek om
vrijlating op borgtocht wordt niet ingewilligd. De zaak is trouwens toegewezen aan rechter Williams. De verdachte blijft tot
de dag van de rechtszaak in hechtenis in de gevangenis van Santa Clara County.

David zuchtte. 'Zoals u wilt, edelachtbare.' Hij wendde zich
tot Ashley en zei: 'Maak je maar geen zorgen. Het komt alle-

maal wel goed. Als je maar één ding goed onthoudt: je bent onschuldig.'

Toen David weer op kantoor kwam, zei Sandra: 'Heb je de kranten al gezien? De roddelbladen noemen Ashley "de Slagersdochter". Het is ook al uitgebreid op de televisie geweest.'

'We wisten van tevoren dat we hier een harde dobber aan zouden krijgen,' zei David. 'En we zijn nog niets eens begonnen. Kom op, we gaan aan de slag.'

De zaak zou over acht weken dienen.

In de weken die daarop volgden werd er koortsachtig gewerkt: vaak tot in de kleine uurtjes. Alle verslagen van rechtszaken waarin MPS een rol speelde, werden boven tafel gehaald en uitgeplozen. Het waren er tientallen. De aanklacht verschilde van zaak tot zaak: moord, verkrachting, diefstal, drugs, brandstichting... Niet in alle gevallen kwam het tot een veroordeling: sommige verdachten werden vrijgesproken.

'We zorgen ervoor dat Ashley ook wordt vrijgesproken,' zei David.

Sandra stelde een lijst op met namen van mogelijke getuigen en belde ze vervolgens allemaal op.

'Dokter Nakamoto, ik werk voor David Singer. Volgens mij hebt u een getuigenis afgelegd in de zaak van de staat Oregon versus Bohannan. Meneer Singer is de advocaat van Ashley Patterson... O, echt waar? Ja. We zouden u willen vragen om naar San José te komen om voor haar te getuigen...'

'Dokter Booth, ik bel u namens David Singer. Hij is de advocaat van Ashley Patterson. U hebt een getuigenis afgelegd in de zaak-Dickerson. We zouden u graag oproepen als getuige. Wilt u naar San José komen en voor mevrouw Patterson getuigen? We hebben uw deskundigheid...'

'Dokter Jameson, u spreekt met Sandra Singer. We zouden u willen vragen...'

En zo ging het maar door, van de vroege morgen tot de late avond. Uiteindelijk rolde er een lijst uit waarop de namen stonden van een tiental getuigen. Toen David de lijst onder ogen kreeg, zei hij: 'Ik ben diep onder de indruk! Een dokter, een decaan, schooldirecteuren.' Hij keek Sandra glimlachend aan en zei: 'Volgens mij zijn we wel in vorm.'

Van tijd tot tijd kwam Jesse Quiller even binnenlopen. 'Hoe gaat het?' vroeg hij. 'Kan ik iets doen?'

'Het gaat prima.'

Quiller keek eens om zich heen en vroeg: 'Zijn er nog dingen die jullie nodig hebben?'

'Mijn beste vriend, we hebben hier alles wat ons hartje begeert,' antwoordde David met een glimlach.

Op maandagochtend ontving David het bewijsmateriaal dat het OM had verzameld. Hij zou zijn pakketje de dag daarop naar Brennan sturen. Toen David het lijstje doornam, zonk hem de moed in de schoenen.

Bezorgd keek Sandra hem aan. 'Wat is er?'

'Moet je hier eens naar kijken. Hij laat een hele stoet zwaargewichten opdraven die allemaal een verklaring tegen MPS zullen afleggen.'

'Wat kunnen we daar nu tegenoverstellen?' vroeg Sandra.

'We gaan toegeven dat Ashley inderdaad ter plaatse was op de tijd van de moorden, maar dat die moorden niet door haar maar door haar alter ego's werden gepleegd.' *Zal er een jury zijn die dat slikt?*

Vijf dagen voordat de rechtszaak zou beginnen, kreeg David een telefoontje dat rechter Williams hem graag wilde spreken.

David liep naar de werkkamer van Jesse Quiller en vroeg: 'Jesse, kun je me iets over rechter Williams vertellen?'

Jesse legde zijn handen achter zijn hoofd en leunde achterover. 'Tessa Williams... Ben je bij de padvinders geweest, David?'

'Ja...'

'Dan weet je vast het motto van de padvinders nog wel: wees op alles voorbereid.'

'Nou en of.'

'Als je de rechtszaal van Tessa Williams binnenloopt, moet je op alles voorbereid zijn. Ze is briljant. Ze heeft zich op eigen kracht opgewerkt. Haar ouders waren eenvoudige pachters uit

Mississippi. Om de middelbare school te kunnen doen, kreeg ze een beurs. De mensen uit haar geboortedorp waren zo trots op haar dat ze geld voor haar hebben ingezameld zodat ze haar rechtenstudie kon bekostigen. Het gerucht gaat dat ze een heel mooie baan in Washington heeft afgewezen omdat ze het naar haar zin heeft. Ze is echt een levende legende.'

'Klinkt interessant,' zei David.

'Waar dient de zaak? In Santa Clara County?'

'Ja.'

'Dan zul je mijn oude vriend, Mickey Brennan, tegenover je vinden.'

'Kun je me iets over hem vertellen?'

'Een rasechte Ier: opvliegend, hard vanbinnen, hard vanbuiten. Brennan stamt uit een milieu van echte strebers: zijn vader is directeur van een grote uitgeverij, zijn moeder is arts en zijn zus is professor aan de universiteit. Brennan zelf was in zijn jonge jaren een heel goede voetballer en toen hij rechten ging studeren, behoorde hij ook tot de besten.' Hij boog naar voren en zei: 'David, voor Brennan moet je oppassen. Hij is echt heel goed. Hij stelt getuigen eerst op hun gemak en maakt ze vervolgens helemaal af. Hij bespringt ze vanuit een hoek die niemand verwacht. Maar vertel me eens, waarover wil rechter Williams je spreken?'

'Dat weet ik niet. Het enige wat aan me werd doorgegeven is dat ze de zaak-Patterson met me wil doornemen.'

Jesse Quiller fronste zijn wenkbrauwen. 'Dat is heel ongewoon. Wanneer heb je dat gesprek met haar?'

'Woensdagochtend.'

'Wees op je hoede.'

'Dat zal ik doen. Dank je, Jesse.'

Het paleis van justitie van Santa Clara County is gehuisvest in een wit gebouw van vier verdiepingen in North First Street. Bij binnenkomst ziet men meteen de balie, waarachter een geüniformeerde wacht zit, de metaaldetector met bijbehorend hekwerk en een lift. Er zijn zeven rechtszalen en iedere zaal is toegewezen aan een rechter, die over een eigen staf beschikt.

David Singer werd woensdagochtend om tien uur binnengelaten in de werkkamer van rechter Williams. Mickey Brennan, de hoofdofficier van justitie, was er al. Hij was klein van stuk, gezet, een jaar of vijftig en had een Iers accent. Tessa Williams was een slanke, aantrekkelijke vrouw van achter in de veertig, met een Afro-Amerikaans uiterlijk. Ze had iets autoritairs over zich.

'Goedemorgen, meneer Singer. Ik ben rechter Williams. Dit is de heer Brennan.'

De twee mannen schudden elkaar de hand.

'Gaat u zitten, meneer Singer. Ik wil de zaak-Patterson met u doornemen. Volgens mijn gegevens luidt uw pleidooi "niet schuldig en niet schuldig op grond van ontoerekeningsvatbaarheid". Klopt dat?'

'Ja, edelachtbare.'

'Ik heb u allebei laten komen omdat ik van mening ben dat we onszelf heel veel tijd kunnen besparen en de staat heel veel geld. Ik ben er niet zo'n voorstander van om over de strafmaat te onderhandelen, maar in dit geval is het wel gerechtvaardigd.'

David luisterde, maar hij wist niet waar ze naartoe wilde.

De rechter wendde zich tot Brennan. 'Ik heb het verslag van het vooronderzoek gelezen en ik zie geen reden waarom we de zaak moeten laten voorkomen. Ik zou graag zien dat de staat de eis van de doodstraf laat vallen en genoegen neemt met een veroordeling zonder de mogelijkheid van vroegtijdige voorwaardelijke vrijlating.'

'Wacht eens even, daar komt niets van in!' riep David.

Ze keken hem allebei aan.

'Meneer Singer…'

'Mijn cliënte is niet schuldig. Ashley Patterson heeft vrijwillig een test met een leugendetector ondergaan die bewijst dat…'

'Die bewijst helemaal niets. En de uitslag ervan zal ook niet als bewijs worden toegelaten. Deze zaak trekt veel aandacht van de media. Hij zal dan ook heel lang gaan duren en heel veel ellende brengen.'

'Maar ik ben ervan overtuigd dat…'

'Meneer Singer, ik ben al een hele tijd rechter. Ik heb alle mogelijke pleidooien al gehoord: zelfverdediging, heel aanvaardbaar; moord op grond van tijdelijke ontoerekeningsvatbaarheid, heel redelijk; verminderde toerekeningsvatbaarheid, idem dito. Maar, geachte collega, het pleidooi "ik ben niet schuldig omdat niet ik maar mijn alter ego het gedaan heeft" is voor mij volstrekt onaanvaardbaar. Om het maar eens aan te duiden met een term die u niet in Blackstone zult vinden: ik vind dat "flauwekul". Uw cliënte heeft het gedaan, of ze heeft het niet gedaan. Als u uw pleidooi nu verandert in schuldig, kunnen we ons…'

'Nee, edelachtbare. Dat doe ik niet.'

Rechter Williams keek David aandachtig aan. 'U bent wel heel koppig. Er zijn mensen die dat een goede eigenschap vinden.' Ze boog naar voren en voegde eraan toe: 'Maar ik niet.'

'Edelachtbare…'

'U dwingt ons een zaak te laten voorkomen die minstens drie maanden gaat duren. Misschien wel langer.'

Brennan knikte instemmend. 'Daar ben ik het mee eens.'

'Nou, het spijt me dat…'

'Meneer Singer, ik probeer u een dienst te bewijzen. Als uw cliënte terechtstaat, wordt ze ter dood veroordeeld.'

'Wacht eens even! U hebt nu al een oordeel, voordat de zaak…'

'Een oordeel? Hebt u het bewijsmateriaal gezien?'

'Ja, ik…'

'Mijn hemel, collega. Op de plek van iedere moord zijn de DNA-sporen en de vingerafdrukken van Ashley Patterson aangetroffen. Een meer overtuigend bewijs van schuld ben ik nog nooit tegengekomen. Als u dit echt wilt doorzetten, zou het wel eens op een circus kunnen uitdraaien. Ik laat dat niet toe. Ik hou er niet van als mijn rechtszaal in een circus verandert. Ik stel voor de zaak hier en nu te sluiten. Ik vraag het u nog één keer: bent u bereid uw cliënte tot een levenslange gevangenisstraf te laten veroordelen, zonder de mogelijkheid tot een vroegtijdige, voorwaardelijke vrijlating?'

'Nee,' was het koppige antwoord van David.

Woedend keek ze hem aan. 'Goed, tot volgende week dan.'

Hij had er een vijand bij gekregen.

15

Het duurde niet lang of er hing een ware kermissfeer in San José. Vanuit de hele wereld toonden de media belangstelling voor dit proces. Er was geen hotelkamer meer te krijgen. Enkele journalisten moesten zelfs genoegen nemen met kamers in de hotels van nabijgelegen stadjes als Sunnyvale en Palo Alto. David werd door de pers achtervolgd.

'Meneer Singer, mogen we u wat vragen? Gaat u echt pleiten dat uw cliënte niet schuldig is?'

'Gaat u Ashley Patterson oproepen als getuige?'

'Is het waar dat de hoofdofficier bereid was om over de strafmaat te onderhandelen?'

'Zal dokter Patterson voor zijn dochter getuigen?'

'Mijn blad is bereid vijftigduizend dollar te betalen voor een interview met uw cliënte.'

Ook Mickey Brennan werd belaagd.

'Meneer Brennan, een korte reactie graag.'

Brennan draaide zich om, keek recht in de camera en zei: 'Maar natuurlijk. Het hele proces is in drie woorden samen te vatten: we gaan winnen. Verder geen commentaar.'

'Meneer Brennan, denkt u dat ze krankzinnig is?'

'Gaat de staat de doodstraf eisen?'

'Is het waar dat u hebt gezegd dat voor u de uitspraak al vaststond?'

David huurde in de buurt van het gerechtsgebouw kantoorruimte, zodat hij daar zijn getuigen kon ondervragen en ze kon voorbereiden op wat komen ging. Sandra zou, tot de start van het proces, vanuit het kantoor van Jesse Quiller blijven werken. Dokter Salem kwam naar San José.

'Ik wil dat u Ashley opnieuw onder hypnose brengt,' zei David. We moeten zo veel mogelijk informatie uit haar en haar alter ego's te pakken zien te krijgen, nog voordat het proces begint.'

De ontmoeting met Ashley vond plaats in een arrestantenkamer van het plaatselijke huis van bewaring. Ze deed heel erg haar best niet te laten merken dat ze gespannen was. In Davids ogen had Ashley veel weg van een hert dat midden op de weg stijf van angst stilstond en door de koplampen van een grote vrachtwagen gevangen werd.

'Goedemorgen, Ashley. Herinner je je dokter Salem nog?'

Ashley knikte.

'Hij gaat je opnieuw hypnotiseren. Vind je dat goed?'

'Gaat hij weer… met de anderen praten?' vroeg Ashley.

'Ja. Heb je daar bezwaar tegen?'

'Nee… maar ik wil niet met ze praten.'

'Dat hoeft ook niet.'

'Ik vind het vreselijk!' schreeuwde Ashley vol woede.

'Dat weet ik,' antwoordde David sussend. 'Je hoeft nergens over in te zitten. Het duurt maar even.' Hij gaf dokter Salem een knikje, ten teken dat hij kon beginnen.

'Zit je lekker, Ashley? Het ging de vorige keer heel gemakkelijk. Weet je dat nog? Ik vraag je alleen maar je ogen te sluiten en je te ontspannen. Probeer je geest leeg te maken. Je hele lichaam ontspant zich. Luister maar naar mijn stem, de rest is niet belangrijk. Je wordt slaperig. Je oogleden worden zwaar, heel zwaar. Je wilt slapen… slapen…'

Ashley was binnen tien minuten volledig onder hypnose. Dokter Salem gaf David een teken dat hij erbij kon komen staan.

'Ik wil Alette graag spreken,' zei David. 'Alette, ben je daar?'

Net als voorheen zagen ze Ashleys gelaatstrekken veranderen, ze werden vriendelijker. En opeens klonk er die zachte, melodieuze Italiaanse stem.

'*Buon giorno.*'

'Goedemorgen, Alette. Hoe voel je je?'

'*Male*. Het zijn zware tijden.'

'Het is voor ons allemaal zwaar,' antwoordde David. 'Maar alles komt goed.'

'Dat hoop ik.'

'Alette, ik wil je een paar vragen stellen.'

'*Si...*'

'Kende je Jim Cleary?'

'Nee.'

'Kende je Richard Melton?'

'Ja.' Ze klonk diepbedroefd. 'Het is... heel erg wat hem is overkomen.'

David keek eens naar dokter Salem. 'Ja, het is heel erg. Wanneer heb je hem voor het laatst gezien?'

'Ik heb hem opgezocht in San Francisco. We hebben een museum bezocht en 's avonds zijn we uit eten gegaan. Vlak voordat ik weer naar huis ging, vroeg hij of ik nog even met hem meeging, naar zijn appartement.'

'En?'

'Ik wou dat ik het gedaan had,' antwoordde Alette met spijt in haar stem. 'Misschien had hij dan nu nog geleefd.' Ze zeiden even allemaal niets. 'Toen hebben we afscheid genomen en ben ik weer naar Cupertino gegaan.'

'En dat is de laatste keer dat je hem hebt gezien?'

'Ja.'

'Dank je wel, Alette.'

David ging vlak naast Ashley staan en zei: 'Toni? Waar ben je, Toni? Ik wil even met je praten.'

Opnieuw zagen ze het gezicht van Ashley veranderen. Voor hun ogen nam ze een geheel andere persoonlijkheid aan. Ze straalde een bepaalde zelfverzekerdheid uit, alsof ze zich ervan bewust was dat ze heel aantrekkelijk was. Opnieuw klonk er die heldere, diepe stem:

> '*Up and down the city road,*
> *In and out of the eagle,*
> *That's the way the money goes.*
> *Pop! goes the weasel...*'

Ze keek David aan en zei: 'Weet je waarom ik zo graag dat liedje zing, schatje?'

'Nee.'

'Omdat mijn moeder er een hekel aan had. Ze had een hekel aan mij.'

'Waarom had ze een hekel aan je?'

'Dat kunnen we haar nu niet meer vragen, hè?' Toni lachte. 'Ze is nu ergens anders. Ik kon helemaal niets goed doen bij haar. Wat heb jij voor moeder gehad, David?'

'Mijn moeder was een fantastische vrouw.'

'Dan mag je jezelf wel gelukkig prijzen. Gewoon een kwestie van geluk. God speelt spelletjes met ons, of niet soms?'

'Geloof je in God? Ben je religieus aangelegd, Toni?'

'Dat weet ik niet. Misschien bestaat hij wel, misschien ook niet. Maar als hij bestaat, dan heeft hij maar een raar gevoel voor humor. Alette, dat is pas een religieus type. Ze gaat elke zondag naar de kerk, wist je dat?'

'En jij?'

Toni moest even lachen. 'Nou, als zij in de kerk zit, zit ik er ook.'

'Toni, vind je dat moorden is toegestaan?'

'Nee, natuurlijk niet.'

'Maar...'

'Tenzij het noodzakelijk is, natuurlijk.'

David en dokter Salem keken elkaar even aan.

'Wat bedoel je daarmee te zeggen?'

De toon van haar stem veranderde. Opeens klonk ze defensief. 'Nou, je weet wel. Als je jezelf moet beschermen, of zo. Als iemand je pijn doet.' Ze begon langzaamaan hysterisch te worden.

'Toni...'

Ze barstte in tranen uit. 'Waarom laten ze me niet met rust? Waarom moeten ze nou altijd...' Ze zat te schreeuwen.

'Toni...'

Stilte.

'Toni...'

Niets.

'Ze is weg,' zei dokter Salem. 'Als je het goedvindt, laat ik Ashley nu weer ontwaken.'

'Ja, dat is goed,' zei David met een zucht.

Niet lang daarna deed Ashley haar ogen weer open.

'Hoe voel je je?' vroeg David.

'Moe. Ging het... ging het goed?'

'Ja, we hebben met zowel Alette als Toni gepraat. Ze...'

'Ik wil het niet horen.'

'Oké. Ashley, het lijkt me beter als je nu wat gaat rusten. Ik kom vanmiddag weer langs.'

Ze keken hoe Ashley door een vrouwelijke bewaker werd weggeleid.

'David, ik ben bang dat je haar zult moeten oproepen als getuige,' zei dokter Salem. 'Iedere jury zal hierdoor overtuigd worden.'

'Ik heb er lang over nagedacht,' antwoordde David, 'maar ik geloof niet dat ik het moet doen.'

Even keek dokter Salem hem aan. 'Waarom niet?'

'De officier van justitie, Brennan, is meedogenloos. Hij zou niets van haar heel laten. Ik geloof niet dat ik dat risico durf te nemen.'

Een paar dagen voor het begin van het proces aten David en Sandra bij de Quillers.

'We hebben een kamer in het Wyndham Hotel gehuurd,' zei David. 'Tegen een zacht prijsje. Sandra gaat ook mee. Het is echt ongelooflijk druk in de stad.'

'Kun je nagaan hoe druk het wordt als het proces eenmaal begonnen is,' zei Emily.

Quiller keek naar David en vroeg: 'Kan ik je misschien nog ergens mee helpen?'

David schudde zijn hoofd. 'Ik sta voor een grote beslissing. Moet ik Ashley oproepen als getuige, of niet?'

'Ja, daar vraag je me wat,' zei Quiller. 'Als je het wel doet ben je de pineut, maar als je het niet doet ook. Brennan zal Ashley namelijk proberen af te schilderen als een harteloos, wreed en moorddadig monster. Als je haar niet laat getuigen, is dat het beeld dat de juryleden van haar zullen hebben als ze zich terugtrekken om te beraadslagen. Als ik daarentegen afga op wat jij me vertelt, dan zal Brennan haar zeker afmaken als je haar wel oproept.'

'Brennan zal een stoet van medische experts laten opdraven om het bestaan van MPS te ontkennen.'

'Jij moet ze laten zien dat het wel bestaat.'

'Dat ben ik ook van plan,' antwoordde David. 'Jesse, weet je wat me dwarszit? De grapjes. De nieuwste luidt dat ik eigenlijk wel een verzoek wil indienen om het proces ergens anders te laten plaatsvinden, maar dat ik dat niet durf omdat Ashley overal wel een moord pleegt. Heb je de Johnny Carson-show gezien? Hij was nog wel grappig en hij bleef tenminste netjes. Maar al die andere shows zijn echt kwaadaardig. Hun grapjes gaan ten koste van andere mensen. Ze zijn gewoon gemeen.'

'David?'

'Ja.'

'Het zal nog erger worden,' zei Jesse Quiller voorzichtig.

David Singer kon de avond voor het proces de slaap niet vatten. Hij kon de negatieve gedachten die door zijn hoofd spookten maar niet opzijzetten. Toen hij eindelijk in slaap viel, hoorde hij een stem zeggen: *Je hebt je laatste cliënte niet kunnen redden. Als je deze nou ook niet kunt redden, wat dan?*

Badend in het zweet, ging hij rechtop zitten.

Sandra werd wakker en vroeg: 'Is er iets?'

'Ja, nee. Wat doe ik hier in vredesnaam? Ik had gewoon nee moeten zeggen tegen dokter Patterson.'

Sandra pakte zachtjes zijn arm en vroeg: 'Waarom heb je dat dan niet gedaan?'

'Je hebt gelijk. Ik kon het niet,' kreunde hij.

'Juist. Wat vind je ervan als je nu gaat slapen? Dan ben je morgen tenminste fris en uitgerust.'

'Goed idee.'

En hij deed geen oog meer dicht.

Rechter Williams had over de media niets te veel gezegd. De

pers was meedogenloos. Vanuit de gehele wereld kwamen de journalisten op de zaak af. Ze wilden allemaal het verhaal brengen van de mooie, jonge vrouw die haar slachtoffers seksueel verminkte en vermoordde.

Mickey Brennan vond het heel frustrerend dat hij de namen van Jim Cleary en Jean Claude Parent niet in dit proces mocht noemen, maar de pers loste dat mooi voor hem op. In alle talkshows, tijdschriften en kranten ging het om vijf moorden en vijf castraties. Mickey Brennan was in zijn nopjes.

Toen David bij het paleis van justitie aankwam, zag het er zwart van de journalisten. Hij werd bestormd.

'Meneer Singer, bent u nog steeds in dienst van Kincaid, Turner, Rose & Ripley?'

'Meneer Singer, wilt u even deze kant op kijken?'

'Meneer Singer, wat is er waar van het gerucht dat u uw ontslag hebt gekregen?'

'Kunt u iets zeggen over Helen Woodman? U hebt toch ook haar zaak behandeld?'

'Heeft Ashley Patterson al gezegd waarom ze het heeft gedaan?'

'Laat u haar getuigen?'

'Geen commentaar,' luidde het korte antwoord van David.

Ook Mickey Brennan werd bij aankomst meteen belegerd.

'Meneer Brennan, wat is volgens u de uitkomst van dit proces?'

'Hebt u wel eens eerder een zaak gehad waarin werd aangevoerd dat een alter ego het had gedaan?'

Brennan lachte vriendelijk. 'Nee, ik zit te popelen om met alle verdachten te praten.' Zoals verwacht, kreeg hij hiermee de lachers op zijn hand. 'Als er genoeg zijn, kunnen ze een eigen club oprichten.' Nog meer hilariteit. 'Excuseert u mij, ik moet naar binnen. Ik wil geen van de verdachten laten wachten.'

De *voir dire* werd geopend door rechter Williams, die aan potentiële juryleden enkele vragen in het algemeen stelde. Toen ze klaar was, was de verdediging aan de beurt. Daarna pas kwam het Openbaar Ministerie.

Voor een leek lijkt het simpel: je kiest gewoon de juryleden die aardig overkomen en de rest stuur je naar huis. Maar in feite is *voir dire* een heel ritueel. Ervaren strafpleiters stellen geen vragen waarop met een simpel 'ja' of 'nee' kan worden geantwoord. Ze stellen open vragen, die de juryleden uitnodigen wat meer te zeggen en zo wat van zichzelf en hun ware gevoelens laten zien.

In dit opzicht verschilde de agenda van Mickey Brennan hemelsbreed van die van David Singer. Brennan was erop uit zo veel mogelijk mannen in de jury te krijgen. Mannen zouden het idee dat een vrouw andere mannen doodstak en castreerde namelijk verafschuwen. Brennan wilde voornamelijk die mensen eruit pikken die er conservatieve ideeën op na hielden, die niet geloofden in het bestaan van geesten, kabouters of alter ego's.

David daarentegen koos een geheel andere benadering.

'Harris, zo heet u toch nietwaar? Ik ben David Singer. Ik ben de advocaat van de verdachte. Meneer Harris, hebt u wel eens eerder in een jury gezeten?'

'Nee.'

'Ik waardeer het heel erg dat u zich zoveel moeite getroost.'

'Het lijkt me wel interessant, zo'n grote moordzaak.'

'Ja, het zal wel interessant worden.'

'Ik kijk er ook eigenlijk wel naar uit.'

'O?'

'Ja.'

'Waar werkt u, meneer Harris?'

'Bij United Steel.'

'U hebt het met uw collega's zeker vaak over de zaak Patterson, of niet soms?'

'Ja, dat kunt u wel zeggen.'

'Dat begrijp ik,' zei David. 'Iedereen heeft het erover. Hoe zijn de meningen verdeeld? Zijn uw collega's van mening dat Ashley Patterson schuldig is?'

'Ja. Eigenlijk wel, ja.'

'En wat denkt u?'

'Nou, het lijkt er wel op.'

'Maar bent u wel bereid eerst alles aan te horen voordat u voor uzelf tot een beslissing komt?'

'Ja, ik wil wel eerst alles aanhoren.'

'Wat leest u zoal, meneer Harris?'

'Ik hou niet zo van lezen. Ik ben wel gek op kamperen, vissen en jagen.'

'U bent echt iemand die graag buiten is. Als u 's nachts in uw tentje naar de sterren ligt te kijken, vraagt u zich dan wel eens af of er ook nog andere beschavingen bestaan?'

'U bedoelt dat belachelijke UFO-gedoe? Nee, sorry, daar geloof ik niet in.'

David wendde zich tot rechter Williams en zei: 'Edelachtbare, getuige is aanvaardbaar.'

Een andere ondervraging:

'Meneer Allen, welke hobby's hebt u zoal?'

'Lezen. En ik kijk graag televisie.'

'Daar hou ik ook van. Waar kijkt u naar op de televisie?'

'Op donderdagavond zijn er altijd wel een paar leuke programma's. Ik vind het moeilijk om te kiezen. Dat komt door die omroepen, die alle goede shows op hetzelfde tijdstip uitzenden.'

'U hebt helemaal gelijk. Dat is echt jammer. Kijkt u wel eens naar de *X-Files*?'

'Ja, mijn kinderen zijn er weg van.'

'En *Sabrina, The Teenage Witch*?'

'Ja, daar kijken we ook naar. Dat is een heel leuk programma.'

'Welke boeken leest u graag?'

'Anne Rice, Stephen King...'

Hebbes.

Nog een ondervraging:

'Meneer Mayer, naar wat voor soort programma's kijkt u het liefst?'

'*Sixty Minutes*, *News Hour* met Jim Lehrer, documentaires...'

'Wat voor soort boeken leest u graag?'

'Voornamelijk over geschiedenis en politiek.'

'Dank u wel.'

Nee.

Rechter Williams zat op haar stoel te luisteren. Aan haar gezicht viel absoluut niets af te lezen, maar telkens als ze naar hem keek, kon David haar afkeuring voelen.

Toen ze eindelijk klaar waren met het selecteren van de juryleden, bleken er zeven mannen en vijf vrouwen in te zitten. Triomfantelijk keek Brennan naar David. *Dit werd een slachtpartij.*

16

Op de eerste dag van het proces ging David al vroeg in de ochtend naar het huis van bewaring. Ashley was helemaal in paniek.

'Ik hou het niet meer vol! Ik kan niet meer! Zeg dat ze me met rust moeten laten.'

'Ashley, alles komt goed. We pakken de handschoen op en we gaan dit proces gewoon winnen.'

'Ach, je hebt er geen flauw idee van. Je hebt geen flauw idee van wat ik allemaal doormaak. Het lijkt wel alsof ik in de hel ben beland.'

'En ik zorg ervoor dat je eruit komt. Dit is de eerste stap.'

Ze rilde als een rietje. 'Ik ben bang... dat ze me iets gaan aandoen.'

'Ik zal het niet toelaten,' zei David standvastig. 'Ik wil dat je in me gelooft. Je moet één ding goed onthouden: je bent niet verantwoordelijk voor wat er allemaal is gebeurd. Je hebt niemand iets misdaan. Kom, ze wachten op ons.'

Ze haalde diep adem. 'Goed, alles komt goed. Alles komt goed. Alles komt goed.'

Dokter Steven Patterson zat op de publieke tribune. Hij had maar één antwoord op alle vragen van het leger journalisten dat hem voor de ingang van het paleis van justitie had staan opwachten: 'Mijn dochter is onschuldig.'

Een paar rijen verderop zaten Jesse en Emily Quiller. Ze waren gekomen om David moreel te steunen.

Achter de tafel van het Openbaar Ministerie werd Mickey

Brennan bijgestaan door Susan Freeman en Eleanor Tucker, twee van zijn collega's.

Achter de tafel van de verdediging zat David, met Sandra en Ashley aan weerszijden. De twee vrouwen hadden elkaar een week terug voor het eerst ontmoet.

'David, als je naar Ashley kijkt, dan zíé je gewoon dat ze onschuldig is.'

'Sandra, als je het bewijsmateriaal in ogenschouw neemt dat ze bij al haar slachtoffers heeft achtergelaten, dan weet je gewoon dat ze hen vermoord heeft. Maar een moord plegen is heel iets anders dan er schuldig aan zijn. Het enige wat mij te doen staat, is de jury daarvan zien te overtuigen.'

Rechter Williams kwam binnenlopen en liep naar haar stoel. De griffier zei met luide stem: 'Gaat u allen staan. De zitting is geopend. De edelachtbare Tessa Williams zit voor.'

Rechter Williams zei: 'U kunt gaan zitten. Dit is de zaak van de staat Californië versus Ashley Patterson. We gaan beginnen.' Ze keek naar Brennan en vroeg: 'Het woord is aan het Openbaar Ministerie.'

Mickey Brennan stond op. 'Dank u, edelachtbare.' Hij richtte zich tot de jury en liep in hun richting. 'Goedemorgen. Geachte leden van de jury, u weet dat de verdachte beschuldigd wordt van het plegen van drie bloedige moorden. Moordenaars zijn er in verschillende soorten en maten,' vervolgde hij met een knikje in de richting van Ashley. 'Deze keer betreft het een kwetsbare, jonge vrouw die er op het eerste gezicht onschuldig uitziet. Maar het Openbaar Ministerie zal proberen aan te tonen dat de verdachte met voorbedachten rade en bij haar volle bewustzijn drie onschuldige mannen niet alleen heeft vermoord, maar ook nog eens heeft verminkt.

Toen ze deze moorden pleegde, heeft ze gebruikgemaakt van een schuilnaam, in de hoop dat ze niet zou worden ontdekt. Ze wist precies wat ze aan het doen was. We hebben hier te maken met een koelbloedige moord met voorbedachten rade. Ik zal u in de loop van het proces laten zien hoe alle lijntjes uiteindelijk uitkomen bij de verdachte. Dank u wel.'

Hij ging weer zitten.

Rechter Williams keek naar David: 'Het openingsrequisitoir van de verdediging, graag.'

'Dank u wel, edelachtbare.' David stond op en keek de jury recht aan. Hij haalde eens diep adem en begon. 'Dames en heren, tijdens dit proces zal ik aantonen dat Ashley Patterson geen verantwoording draagt voor hetgeen is gebeurd. Ze had voor geen van de moorden een motief en ze weet zich er ook helemaal niets meer van te herinneren. Mijn cliënte is een slachtoffer. Ze is een slachtoffer van MPS, de meervoudige persoonlijkheidsstoornis. Ik zal u in de loop van dit proces vertellen wat dit precies inhoudt.'

Hij wierp een zijdelingse blik op rechter Williams en zei vervolgens: 'MPS is een medisch gegeven. In het kort komt het erop neer dat er binnen één persoon verschillende persoonlijkheden kunnen bestaan, die van hun gastheer of -vrouw bezit kunnen nemen en zelf de touwtjes in handen nemen. De dokter en ondertekenaar van de Onafhankelijkheidsverklaring, Benjamin Rush, heeft in zijn colleges enkele bekende MPS-gevallen besproken. Zowel in de negentiende als in deze eeuw zijn er gevallen van MPS bekend en in al die gevallen werd de gastheer of -vrouw verdrongen door een van de alter ego's.'

Brennan wierp David een cynische blik toe.

'We zullen aantonen dat in het geval van Ashley Patterson een van haar alter ego's de touwtjes in handen nam om de moorden te plegen, waarvoor zij geen enkel motief had. Geen enkel. Ze kon geen invloed uitoefenen op wat er zich afspeelde. Om die reden kan ze er ook niet voor verantwoordelijk worden gehouden. Ik zal in de loop van dit proces enkele vooraanstaande artsen als getuigen oproepen. Ze kunnen u alles over MPS vertellen. Gelukkig is genezing mogelijk.'

David keek de jury strak aan. 'Ashley Patterson kon haar daden niet beïnvloeden. We vragen u Ashley Patterson niet te veroordelen voor misdaden waarvoor ze niet verantwoordelijk kan worden gehouden.'

David ging zitten.

Rechter Williams wendde zich tot Brennan. 'Is het OM zover?'

173

'Natuurlijk, edelachtbare.' Hij glimlachte naar zijn collega's en liep naar de jurybank. Brennan bleef daar even staan en liet plotseling een harde boer. Geschokt staarde men hem aan.

Brennan keek hen aan alsof hij er niets van begreep. Vervolgens deed hij net alsof er bij hem een lichtje opging en hij zei: 'O, nou begrijp ik het. U zit te wachten totdat ik mijn excuses maak. Maar ik hoef mijn excuses niet te maken omdat ik geen boer heb gelaten. Dat was mijn alter ego, Pete.'

Woest sprong David overeind. 'Edelachtbare, ik protesteer. Dit is het meest schandalige...'

'Toegekend.'

Maar het leed was al geschied.

David kreeg een neerbuigend lachje van Brennan, die zich weer tot de jury wendde. 'Volgens mij is dit pleidooi sinds het proces tegen de drie heksen van Salem, zo'n driehonderd jaar geleden, niet meer gehouden.' Hij keek in Ashleys richting en voegde daaraan toe: 'Nee meneer, ik heb het niet gedaan. De duivel dwong me ertoe.'

Opnieuw vloog David overeind. 'Ik protesteer. De...'

'Afgewezen.'

Nijdig ging David weer zitten.

Brennan ging wat dichter bij de jurybank staan en vervolgde zijn betoog. 'Ik heb u toegezegd dat ik zou aantonen dat de verdachte koelbloedig en met voorbedachten rade drie mannen heeft vermoord en verminkt: Dennis Tibble, Richard Melton en hulpsheriff Samuel Blake. *Drie mannen!* Het maakt niet uit wat de verdediging zegt.' Met die woorden draaide hij zich om en wees hij in de richting van Ashley. 'Ik zie daar maar één verdachte zitten. En zij is degene die de moorden heeft gepleegd. Hoe noemde meneer Singer het ook al weer? De meervoudige persoonlijkheidsstoornis? Ik zal een aantal vooraanstaande artsen als getuige oproepen, die allemaal onder ede zullen verklaren dat er helemaal niet zoiets als MPS bestaat! Maar eerst wil ik een aantal deskundigen oproepen die de verdachte met de misdaden in verband zullen brengen.'

Brennan wendde zich tot rechter Williams. 'Ik wil nu graag mijn eerste getuige oproepen: inspecteur Vincent Jordan.'

Er stond een kleine, kale man op, die naar de getuigenbank liep.

De griffier zei: 'Wilt u hardop uw naam zeggen en hem spellen voor het verslag?'

'Inspecteur Vincent Jordan. J-o-r-d-a-n.'

Brennan wachtte even totdat hij de eed had afgelegd en was gaan zitten. 'Werkt u bij het Federal Bureau of Investigation in Washington, D.C.?'

'Dat klopt.'

'Vertel eens, inspecteur Jordan, wat is uw taak binnen de FBI?'

'Ik geef leiding aan de afdeling Vingerafdrukken.'

'Hoe lang doet u dat werk al?'

'Vijftien jaar.'

'Vijftien jaar. Bent u in al die vijftien jaar wel eens vingerafdrukken van verschillende mensen tegengekomen die met elkaar overeenkwamen?'

'Nee, nog nooit.'

'Hoeveel vingerafdrukken zitten er op dit moment in het archief van de FBI?'

'Volgens de laatste tellingen zo'n tweehonderdvijftig miljoen. Maar we krijgen iedere dag zo'n vierendertigduizend vingerafdrukken binnen.'

'En ze zijn allemaal verschillend?'

'Dat klopt.'

'Hoe identificeert u een vingerafdruk?'

'Voor identificatiedoeleinden gebruiken we zeven vingerafdrukpatronen. Vingerafdrukken zijn uniek. Ze worden voor de geboorte al gevormd en gaan een heel leven lang mee. Geen enkele vingerafdruk lijkt op een ander, afgezien van een toevallige of opzettelijke verminking natuurlijk.'

'Inspecteur Jordan, u kreeg de vingerafdrukken toegestuurd die zijn aangetroffen op drie verschillende plaatsen. En op elk van die plaatsen is een man vermoord. De verdachte wordt ervan beschuldigd die moorden te hebben gepleegd. Klopt dat?'

'Ja, die vingerafdrukken hebben we inderdaad gekregen.'

'En u hebt ook de vingerafdrukken gekregen van de verdachte, Ashley Patterson?'

'Ja.'

'Hebt u die vingerafdrukken zelf onderzocht?'

'Ja.'

'En wat was uw conclusie?'

'Dat de vingerafdrukken die op de verschillende plaatsen van het misdrijf zijn aangetroffen overeenkwamen met de vingerafdrukken van Ashley Patterson.'

Dit veroorzaakte enig rumoer in de rechtszaal.

'Stilte! Stilte!'

Brennan wachtte even totdat het weer stil was. 'Ze kwamen overeen. Inspecteur Jordan, bent u daar zeker van? Is het mogelijk dat u zich vergist?'

'Nee, meneer. De vingerafdrukken waren heel duidelijk en ze konden zonder enige moeite geïdentificeerd worden.'

'Ik wil hierover geen misverstanden laten bestaan. We hebben het toch over de vingerafdrukken die gevonden zijn op de plaats van de moord op Dennis Tibble, Richard Melton en hulpsheriff Samuel Blake?'

'Dat klopt.'

'En de vingerafdrukken van de verdachte, Ashley Patterson, zijn ook aangetroffen op de plaatsen van het misdrijf?'

'Inderdaad.'

'En hoe groot is de kans op vergissing?'

'Geen enkele.'

'Dank u wel, inspecteur Jordan.' Brennan wendde zich tot David. 'Uw getuige.'

David bleef even zitten, maar stond vervolgens op en liep naar de getuigenbank. 'Inspecteur Jordan, komt het wel eens voor dat vingerafdrukken opzettelijk worden weggeveegd, of dat men probeert ze in een of ander opzicht onherkenbaar te maken, zodat u de identiteit van de dader niet zult kunnen achterhalen?'

'Ja, dat komt wel eens voor. Maar meestal kunnen we ze met behulp van lasertechniek wel corrigeren.'

'Was dat ook het geval bij de vingerafdrukken van Ashley Patterson?'

'Nee.'

'Waarom niet?'

'Zoals ik daarnet al zei, de vingerafdrukken waren heel duidelijk.'

David keek naar de jury en vroeg: 'Dus u beweert dat de verdachte geen enkele poging heeft ondernomen om haar vingerafdrukken weg te vegen of onherkenbaar te maken?'

'Dat klopt.'

'Dank u wel. Ik heb verder geen vragen meer.' David wendde zich tot de jury. 'Ashley Patterson ondernam geen enkele poging haar vingerafdrukken te verdoezelen omdat ze onschuldig is en...'

'Zo is het wel genoeg, raadsman!' was het bitse commentaar van rechter Williams. 'U krijgt in een later stadium nog wel de kans uw pleidooi te houden.'

David ging terug naar zijn plaats.

Brennan wendde zich tot inspecteur Jordan. 'U kunt gaan.' Waarop de FBI-agent het getuigenbankje verliet.

'Als volgende getuige roep ik op Stanley Clarke,' zei Brennan.

Er kwam een jongeman met lang haar de rechtszaal in en liep naar de getuigenbank. Toen hij de eed aflegde en ging zitten was het doodstil in de rechtszaal.

'Meneer Clarke,' vroeg Brennan, 'waar werkt u?'

'Ik werk bij het Nationaal Biotechnisch Laboratorium. Ik werk daar met desoxyribonucleïnezuur.'

'Bij leken beter bekend als DNA?'

'Dat klopt.'

'Hoe lang werkt u al bij het Nationaal Biotechnisch Laboratorium?'

'Zeven jaar.'

'En welke functie bekleedt u daar?'

'Ik ben supervisor.'

'Mag ik aannemen dat u in die zeven jaar veel ervaring met DNA-proeven hebt opgedaan?'

'Jazeker, die doe ik elke dag.'

Brennan wierp een blik in de richting van de jury. 'Ik geloof dat we allemaal wel bekend zijn met het belang van DNA. Zijn er naar uw mening in deze rechtszaal,' hij maakte een weids gebaar in de richting van de publieke tribune, 'tien mensen die een identiek DNA hebben?'

'Nee, dat is uitgesloten. Als we afgaan op de gegevens die we tot nu toe hebben verzameld, dan hebben slechts twee op de vijfhonderd miljard mensen die geen familie van elkaar zijn een identiek DNA-profiel.'

Brennan leek onder de indruk te zijn. 'Slechts twee op de vijfhonderd miljard. Meneer Clarke, hoe komt u aan DNA-sporen op een plaats van misdrijf?'

'Op verschillende manieren. We kunnen DNA-sporen vinden in speeksel, sperma, vaginaal vocht, bloed, een plukje haar, een tand, beenmerg...'

'En het DNA dat afkomstig is van *elk* van die bronnen kunt u herleiden tot een enkel individu?'

'Dat klopt.'

'Hebt u zelf het DNA onderzocht dat is aangetroffen op de plaatsen waar Dennis Tibble, Richard Melton en Samuel Blake zijn vermoord?'

'Ja.'

'Hebt u later nog wat plukjes haar ontvangen die afkomstig zijn van de verdachte, Ashley Patterson?'

'Ja.'

'Tot welke conclusie kwam u nadat u het DNA dat op de verschillende plaatsen van misdrijf was aangetroffen had vergeleken met het DNA dat afkomstig was van de verdachte?'

'Ze waren identiek.'

Ditmaal was het rumoer nog heftiger.

Met een klap liet rechter Williams haar hamer neerkomen. 'Stilte! Als u niet stil bent, laat ik de zaal ontruimen.'

Brennan wachtte totdat de rust was weergekeerd. 'Meneer Clarke, heb ik het goed gehoord dat u zei dat de DNA-sporen die zijn aangetroffen op elk van de drie plaatsen van misdrijf identiék waren aan het DNA dat afkomstig is van de verdachte?' Brennan legde een sterke nadruk op het woord 'identiek'.

'Dat klopt.'

Brennan keek even naar de tafel waarachter Ashley zat. Vervolgens richtte hij zich weer tot zijn getuige. 'Hoe zit het dan met besmetting? We kennen allemaal het proces waar het DNA-materiaal ogenschijnlijk besmet leek te zijn. Kon het in deze zaak verkregen materiaal op de een of andere manier…'

'Absoluut niet. Met het DNA-materiaal dat we in deze zaak op elk van de drie plaatsen van het misdrijf hebben verzameld, is bijzonder zorgvuldig omgesprongen. We hebben het zelfs verzegeld.'

'Er is dus geen twijfel over mogelijk dat de verdachte deze drie mannen heeft vermoord en…?'

David sprong overeind. 'Edelachtbare, ik protesteer! Het OM legt de getuige woorden in de mond en…'

'Toegekend.'

David ging weer zitten.

'Dank u wel, meneer Clarke,' zei Brennan en hij wendde zich tot David. 'Ik heb geen vragen meer.'

'Uw getuige, meneer Singer,' zei rechter Williams.

'Ik heb geen vragen.'

Verbaasd keken de juryleden hem aan.

Ook Brennan was verbaasd. *'Geen vragen?'* Tegen de getuige zei hij: 'U kunt gaan.'

Brennan keek de jury aan en zei: 'Het verbaast me dat de verdediging het geleverde bewijs niet in twijfel trekt. Volgens mij wijst dat erop dat er geen twijfel meer bestaat dat de verdachte drie onschuldige mannen vermoord en gecastreerd heeft en…'

'David stond alweer. 'Edelachtbare…'

'Toegekend. Meneer Brennan, u gaat te ver!'

'Het spijt me, edelachtbare. Ik heb geen vragen meer.'

Bang keek Ashley David aan.

'Maak je maar geen zorgen,' fluisterde hij. 'Onze beurt komt nog.'

Gedurende de middag werden er nog meer getuigen gehoord die het OM had opgeroepen en hun verklaringen waren vernietigend.

'Rechercheur Lightman, het was de conciërge die u naar het appartement van Dennis Tibble liet komen?'

'Ja.'

'Wilt u ons vertellen wat u daar aantrof?'

'Het was een vreselijke rotzooi. Alles zat onder het bloed.'

'Hoe trof u het slachtoffer aan?'

'Hij was doodgestoken en gecastreerd.'

Met een blik vol afgrijzen keek Brennan in de richting van de jury. 'Doodgestoken en gecastreerd. Hebt u op de plaats van het misdrijf ook bewijsmateriaal kunnen verzamelen?'

'Jazeker. Voordat hij stierf, heeft het slachtoffer nog geslachtsgemeenschap gehad. We troffen vaginale sporen aan en enkele vingerafdrukken.'

'Waarom hebt u niet meteen iemand gearresteerd?'

'Omdat de vingerafdrukken niet overeenkwamen met vingerafdrukken uit ons bestand. We waren op zoek naar vingerafdrukken die hiermee overeenkwamen.'

'Maar toen u de vingerafdrukken van Ashley Patterson nam, paste het allemaal mooi in elkaar?'

'Nou en of. Het paste naadloos in elkaar.'

Dokter Steven Patterson woonde het proces iedere dag bij. Hij zat op de publieke tribune, vlak achter de tafel van de verdachte. Telkens als hij naar binnen of naar buiten ging, werd hij belaagd door journalisten.

'Dokter Patterson, wat is uw mening over het proces?'

'Het gaat goed.'

'Wat is volgens u de uitkomst?'

'Mijn dochter wordt vrijgesproken.'

Toen David en Sandra laat op een middag terugkeerden in hun hotel, was er een boodschap voor hen binnengekomen. 'Neem alstublieft contact op met de heer Kwong van uw bank.'

David en Sandra keken elkaar eens aan. 'Is er alweer een maand voorbij?' vroeg Sandra.

'Ja, de tijd gaat snel. Vooral als je lol hebt,' antwoordde David droogjes. Hij dacht even na en voegde er toen aan toe: 'Luister eens, liever. Het proces is bijna afgelopen. We hebben nog genoeg geld op de bank om ook deze termijn te betalen.'

Enigszins bezorgd keek Sandra hem aan. 'David, wat gebeurt er als we niet alle termijnen kunnen betalen? Zijn we dan alles wat we wel hebben betaald kwijt?'

'Ja. Maar maak je nou maar geen zorgen. Iedereen krijgt wat hem toekomt.'

En op datzelfde moment zag hij het beeld van Helen Woodman voor zich.

Nadat hij de eed had afgelegd, had Brian Hill in de getuigenbank plaatsgenomen. Mickey Brennan glimlachte vriendelijk naar hem.

'Meneer Hill, wilt u ons vertellen wat uw beroep is?'

'Jazeker, ik ben suppoost in het De Young Museum.'

'Dat lijkt me een heel interessante baan.'

'Dat is het ook, als je van kunst houdt. Ikzelf ben maar een heel matige schilder.'

'Hoe lang werkt u daar al?'

'Vier jaar.'

'Bezoeken steeds dezelfde mensen het museum? Ik bedoel, komen bepaalde bezoekers keer op keer terug?'

'Jazeker. Sommigen wel.'

'Dus ik mag aannemen dat u ze na een tijdje leert kennen, of dat u ze in ieder geval gaat herkennen?'

'Dat klopt.'

'Als ik het goed heb, is het toegestaan dat kunstenaars sommige schilderijen kopiëren?'

'O, ja. Er komen een heleboel kunstenaars over de vloer.'

'Hebt u wel eens met een van hen kennisgemaakt, meneer Hill?'

'Ja, na een tijdje... kom je op vriendschappelijke voet met elkaar te staan.'

'Hebt u wel eens iemand ontmoet die Richard Melton heette?'

Met een zucht antwoordde Brian Hill: 'Ja, hij had erg veel talent.'

'Had hij zo veel talent dat u hem na een poosje vroeg of hij u geen les wilde geven?'

181

'Dat klopt.'

David stond op en zei: 'Edelachtbare, dit is allemaal heel interessant, maar ik zie niet in wat dit met het proces te maken heeft. Als meneer Brennan...'

'Edelachtbare, het is wel degelijk relevant. Ik probeer aan te tonen dat meneer Hill de verdachte kende, niet alleen van gezicht maar ook van naam. En dat hij ons ook kan vertellen met wie het slachtoffer zoal omging.'

'Protest afgewezen. Meneer Brennan, u kunt doorgaan.'

'En heeft hij u ook lesgegeven?'

'Jazeker, als hij er de tijd voor kon vinden.'

'Hebt u meneer Melton in het museum wel eens in het gezelschap van jongedames gezien?'

'In het begin niet, nee. Maar op een gegeven moment toonde hij belangstelling voor een meisje met wie ik hem regelmatig zag.'

'Hoe heette ze?'

'Alette Peters.'

Brennan keek verbaasd. 'Alette Peters? Vergist u zich niet?'

'Nee, absoluut niet. Zo stelde hij haar aan me voor.'

'U kunt haar zeker nu niet aanwijzen, meneer Hill, of wel!'

'Jawel hoor,' antwoordde hij en wees in de richting van Ashley. 'Daar zit ze.'

'Maar dat is Alette Peters helemaal niet,' zei Brennan, 'dat is Ashley Patterson, de verdachte.'

David ging staan en zei: 'Edelachtbare, we hebben al in een eerder stadium gezegd dat Alette Peters ook deel uitmaakt van dit proces. Ze is een van de alter ego's van Ashley Patterson en...'

'Meneer Singer, u loopt te veel op de zaken vooruit. Meneer Brennan, u kunt doorgaan.'

'Meneer Hill, bent u er zeker van dat Richard Melton de verdachte, Ashley Patterson, kende onder de naam Alette Peters?'

'Ja.'

'En zij is zonder twijfel één en dezelfde vrouw?'

Hier aarzelde Brian Hill even: 'Nou... eh... ja, het is dezelfde vrouw.'

'En u hebt haar in het gezelschap van Richard Melton gezien op de dag dat Melton werd vermoord?'

'Dat klopt.'

'Dank u wel,' zei Brennan. Hij wendde zich tot David en zei: 'Uw getuige.'

David stond op en liep op zijn gemak naar de getuigenbank. 'Meneer Hill, volgens mij brengt het een grote verantwoordelijkheid met zich mee om suppoost te zijn in een museum waar voor honderden miljoenen dollars aan kunst tentoon wordt gesteld. Of niet soms?'

'Ja, daar hebt u gelijk in.'

'En als u uw werk goed wilt doen, moet u uw ogen niet in uw zak hebben.'

'Dat klopt.'

'U moet altijd alert zijn.'

'Nou en of.'

'Meneer Hill, durft u over uzelf te beweren dat u een geoefend waarnemer bent?'

'Ja, dat durf ik wel.'

'Ik vraag dit om de volgende reden. Toen meneer Brennan u vroeg of het Ashley Patterson was die u gezien hebt in het gezelschap van Richard Melton, twijfelde u enigszins. Was u daar niet helemaal zeker van?'

Er viel een korte stilte. 'Nou, ze lijkt er wel erg veel op, maar op de een of andere manier ziet ze er anders uit.'

'Op wat voor manier, meneer Hill?'

'Alette Peters was meer een Italiaans type. Ze had ook een Italiaans accent… en volgens mij was ze iets jonger dan de verdachte.'

'U hebt gelijk, meneer Hill. In San Francisco zag u een alter ego van Ashley Patterson. Dit alter ego is in Rome geboren, toen Ashley Patterson acht jaar oud was…'

'Ik protesteer!' riep Brennan woest.

'Edelachtbare,' zei David tot rechter Williams, 'ik probeerde…'

'Wilt u beiden even bij me komen?' David en Brennan liepen naar Williams toe. 'Meneer Singer, ik zeg u dit maar één keer:

nu is de beurt aan het Openbaar Ministerie. Straks bent u. Bewaar uw pleidooi tot dan.'

In de getuigenbank zat Bernice Jenkins.
'Mevrouw Jenkins, wat is uw beroep?'
'Ik ben serveerster.'
'Waar werkt u?'
'In het café van het De Young Museum.'
'Wat was uw relatie met Richard Melton?'
'We waren goede vrienden van elkaar.'
'Kunt u daar wat meer over zeggen?'
'Nou, op een gegeven moment was onze relatie intiem. Maar dat ging voorbij. Zulke dingen gebeuren nu eenmaal.'
'Dat ben ik met u eens. En daarna?'
'Daarna werden we als een broer en een zus voor elkaar. Ik bedoel... als ik een probleem had, ging ik naar hem toe. En andersom.'
'Heeft hij het ooit met u gehad over de verdachte?'
'Ja... maar ze noemde zich anders.'
'Hoe noemde ze zich dan?'
'Alette Peters.'
'Maar hij wist dat ze eigenlijk Ashley Patterson heette?'
'Nee, hij dacht echt dat ze Alette Peters heette.'
'Bedoelt u te zeggen dat ze hem daarin bedroog?'
'Ik protesteer!' riep David woest.
'Toegewezen. Meneer Brennan, ik verzoek u de getuige geen woorden in de mond te leggen.'
'Het spijt me, edelachtbare.' Brennan keerde zich weer tot zijn getuige. 'Dus hij heeft het met u wel eens over Alette Peters gehad. Maar hebt u ze ooit in elkaars gezelschap gezien?'
'Ja, hij nam haar een keertje mee naar het restaurant en stelde haar aan me voor.'
'En u hebt het nu over de verdachte, Ashley Patterson?'
'Ja, alleen noemde ze zichzelf Alette Peters.'

In de getuigenbank zat Gary King.
'Huurde u samen met Richard Melton een kamer?' vroeg Brennan.

'Ja.'

'Was u bevriend met hem? Trok u privé wel eens met elkaar op?'

'Ja hoor. Het gebeurde heel vaak dat we samen met twee meisjes uitgingen.'

'Toonde meneer Melton belangstelling voor één vrouw in het bijzonder?'

'Ja.'

'Weet u ook hoe ze heette?'

'Ze noemde zichzelf Alette Peters.'

'Kunt u haar in deze zaal aanwijzen?'

'Ja, daar zit ze.'

'Voor het verslag meld ik dat u de verdachte, Ashley Patterson, aanwees.'

'Dat klopt.'

'Toen u op de avond van de moord thuiskwam, trof u in het appartement het lijk van Richard Melton aan, of niet soms?'

'Nou en of.'

'Hoe zag het lichaam eruit?'

'Bloederig.'

'Was hij gecastreerd?'

'Ja, vreselijk man,' antwoordde hij terwijl de rillingen over zijn rug liepen.

Brennan keek in de richting van de jury en zag dat ze precies zo reageerden als hij gehoopt had.

'Meneer King, wat hebt u toen gedaan?'

'Toen heb ik de politie gebeld.'

'Dank u wel.' Hij wendde zich tot David en zei: 'Uw getuige.'

David stond op en liep naar Gary King.

'Kunt u ons iets over Richard Melton vertellen. Hoe was hij?'

'Hij was geweldig.'

'Had hij altijd een weerwoord? Zocht hij vaak ruzie?'

'Richard? Nee, integendeel. Hij was altijd heel rustig, op de achtergrond eigenlijk.'

'Maar hij was altijd wel graag in het gezelschap van vrouwen, sterke, fysiek gerichte vrouwen?'

185

Niet-begrijpend keek Gary hem aan. 'Helemaal niet. Richard viel altijd op aardige, rustige vrouwen.'

'Hadden hij en Alette Peters vaak ruzie? Schreeuwde ze vaak tegen hem?'

Gary werd hierdoor helemaal in de war gebracht. 'U zit er helemaal naast. Ze schreeuwden nooit naar elkaar. Het was een fantastisch stel.'

'Hebt u ooit iets opgemerkt dat erop zou kunnen duiden dat Alette Peters Richard Melton zou willen...?'

'Ik protesteer! Hij legt de getuige woorden in de mond.'

'Toegewezen.'

'Geen vragen meer,' zei David.

Toen David ging zitten zei hij tegen Ashley: 'Maak je maar geen zorgen, ze spelen ons goed in de kaart.'

Hij klonk zelfverzekerder dan hij zich in werkelijkheid voelde.

Toen David en Sandra op een avond zaten te dineren in het restaurant van hun hotel, kwam de maître d'hôtel op een gegeven moment naar hun tafeltje toe. 'Meneer Singer, er is telefoon voor u. Het is dringend.'

'Dank u wel. Sandra, ik ben zo terug,' zei David.

Hij liep achter de maître d'hôtel aan en pakte de telefoon. 'Met Singer.'

'David? Je spreekt met Jesse. Ga naar je kamer en bel me onmiddellijk terug. Het stort allemaal als een kaartenhuis in elkaar.'

17

'Jesse?'

'David, ik weet dat ik me er niet mee zou moeten bemoeien, maar volgens mij moet je een verzoek indienen om dit proces nietig te laten verklaren.'

'Wat is er dan gebeurd?'

'Ben je de afgelopen dagen nog op Internet geweest?'

'Nee, daar heb ik het te druk voor gehad.'

'Nou, in de chatrooms hebben ze het over niets anders dan het proces.'

'Logisch toch? Maar wat…?'

'David, alle reacties zijn negatief. Iedereen is van mening dat Ashley schuldig is en dat ze ter dood moet worden veroordeeld. En de manier waarop ze het zeggen spreekt tot de verbeelding. Je kunt je niet voorstellen hoe gemeen mensen kunnen zijn.'

Opeens drong het tot David door. 'O, mijn god. Als ook maar één van de juryleden op Internet…'

'Precies. En de kans is heel groot dat een of twee inderdaad op Internet hebben gezeten en zich daardoor hebben laten beïnvloeden. Ik zou om een nietigverklaring vragen, of ten minste om afzondering van de jury.'

'Dank je wel, Jesse. Dat zal ik zeker doen,' zei David en legde de hoorn neer.

Toen hij terugkwam, vroeg Sandra. 'Slecht nieuws?'

'Heel slecht.'

De volgende dag, voordat de zitting weer zou worden geopend, vroeg David of hij rechter Williams kon spreken. Samen met Mickey Brennan werd hij in haar kamer binnengelaten.

'U wilde me spreken?'

'Ja, edelachtbare. Gisteravond kreeg ik te horen dat dit proces hét onderwerp van gesprek op Internet is. Ze hebben het over niets anders en iedereen is van mening dat de verdachte de doodstraf moet krijgen. Dat schaadt mijn zaak. Ik ben ervan overtuigd dat enkele leden van de jury over een computer beschikken waarmee ze Internet op kunnen, of tenminste vrienden hebben die met hun computer zo Internet op kunnen. Dit is schadelijk voor mijn bewijsvoering. Ik dien dan ook een verzoek in om dit proces nietig te laten verklaren.'

Rechter Williams dacht heel even na en antwoordde toen: 'Uw verzoek wordt afgewezen.'

David probeerde uit alle macht zichzelf in bedwang te houden. 'Dan dien ik een verzoek in om de jury af te zonderen, zodat...'

'Meneer Singer, de pers is elke dag op volle sterkte bij dit proces aanwezig. Op de televisie, de radio en in de kranten is dit het gesprek van de dag. Ik heb u van tevoren gewaarschuwd dat dit een circus zou worden, maar u wilde niet luisteren.' Ze boog zich naar voren en voegde eraan toe: 'Het is nu úw circus. Als u wilt dat de jury wordt afgezonderd, had u dat verzoek moeten indienen voordat het proces begon. Het is maar de vraag of ik het dan had toegekend. Verder nog iets van uw dienst?'

'Nee, edelachtbare,' zei David met een knoop in zijn maag.

'Laten we dan maar gauw beginnen.'

Sheriff Dowling werd ondervraagd door Mickey Brennan.

'Hulpsheriff Blake belde u op met de mededeling dat hij in het appartement van de verdachte zou blijven slapen om haar bescherming te bieden. Ze beweerde dat iemand haar naar het leven stond. Klopt dat?'

'Dat klopt.'

'Wanneer was de volgende keer dat u hem sprak?'

'Die... die was er niet. De volgende ochtend kreeg ik een telefoontje. Men had zijn lichaam gevonden in het steegje achter het gebouw waarin mevrouw Patterson haar appartement had.'

'En u bent er meteen naartoe gegaan?'

'Vanzelfsprekend.'

'Wat trof u aan?'

Hij moest even slikken. 'Sam was in een laken gewikkeld dat doordrenkt was van het bloed. Hij was, net als de andere twee slachtoffers, neergestoken en gecastreerd.'

'Net als de ándere twee slachtoffers. Dus u bedoelt dat de andere twee moorden op precies dezelfde manier hadden plaatsgevonden?'

'Ja.'

'Alsof ze door één en dezelfde persoon waren vermoord?'

'Ik protesteer!'

'Toegewezen.'

'Ik trek dat terug. Wat hebt u toen gedaan, sheriff?'

'Ashley Patterson was tot op dat moment geen verdachte. Maar nadat dit gebeurd was, namen we haar mee naar het bureau en daar hebben we haar vingerafdrukken genomen.'

'En toen?'

'Toen hebben we die opgestuurd naar de FBI. De uitslag was positief.'

'Wilt u de jury uitleggen wat u bedoelt met "positief"?'

Sheriff Dowling richtte zich tot de jury en zei: 'Haar vingerafdrukken kwamen overeen met vingerafdrukken uit hun bestand die waren aangetroffen op de andere plaatsen van het misdrijf en die ze probeerden te identificeren.'

'Dank u, sheriff.' Brennan wendde zich tot David en zei: 'Uw getuige.'

David ging staan en liep naar de getuigenbank. 'Sheriff, we hebben horen verklaren dat er in de keuken van mevrouw Patterson een bloederig mes is aangetroffen. Klopt dat?'

'Ja, dat klopt.'

'Waar had ze het gelaten? Had ze het in een krant gewikkeld, of iets dergelijks? Had ze het verstopt, zodat niemand het zou vinden?'

'Nee, het lag er gewoon open en bloot.'

'Open en bloot. Ongetwijfeld achtergelaten door iemand die niets te verbergen had. Iemand die onschuldig was, omdat...'

'Ik protesteer!'

'Toegewezen.'

'Ik heb geen vragen meer.'

'De getuige kan gaan.'

'Als de rechtbank het goedvindt, zou ik graag...' zei Brennan terwijl hij iemand achter in de rechtszaal een teken gaf, waarop een man in een overall kwam aanlopen. Hij droeg de spiegel uit de badkamer van Ashley Patterson. Daar stond met rode lippenstift geschreven: 'JIJ GAAT ERAAN'.

David ging staan. 'Wat heeft dit te betekenen?'

Rechter Williams keerde zich naar Mickey Brennan en vroeg: 'Meneer Brennan?'

'Dit is het aas waarmee de verdachte hulpsheriff Blake overhaalde naar haar appartement te komen, zodat ze hem kon vermoorden. Ik wil dit graag inbrengen als bewijsstuk nummer D. De spiegel is afkomstig van het medicijnkastje van de verdachte.'

'Edelachtbare, ik protesteer! Ik zie geen enkel verband...'

'Ik zal aantonen dat het verband er wel degelijk is.'

'Dat wachten we dan maar af. Voorlopig kunt u doorgaan.'

Brennan zette de spiegel zo neer dat de jury hem goed kon zien. 'Deze spiegel is afkomstig uit de badkamer van de verdachte.' Hij keek de juryleden aan en vervolgde: 'Zoals u kunt zien, staat erop geschreven: JIJ GAAT ERAAN. Hiermee lokte de verdachte hulpsheriff Blake die avond naar haar appartement onder het voorwendsel dat hij haar moest beschermen.' Tegen rechter Williams zei hij: 'Ik zou nu graag mijn volgende getuige willen oproepen, mevrouw Laura Niven.'

Een vrouw van middelbare leeftijd die met een stok liep, kwam naar de getuigenbank en legde de eed af.

'Mevrouw Niven, waar werkt u?'

'Ik ben adviseur van het district San José.'

'En wat doet u daar voor werk?'

'Ik ben handschriftdeskundige.'

'Hoe lang werkt u al voor het district?'

'Tweeëntwintig jaar.'

Brennan knikte in de richting van de spiegel en vroeg: 'Hebt u deze spiegel al eens eerder gezien?'

'Ja.'

'Hebt u hem onderzocht?'

'Ja.'

'Hebt u ook een proeve gezien van het handschrift van de verdachte?'

'Ja.'

'En hebt u die ook onderzocht?'

'Ja.'

'Hebt u de twee vergeleken?'

'Ja.'

'Tot welke conclusie bent u gekomen?'

'Dat het allebei door een en dezelfde persoon is geschreven.'

Een golf van verbazing ging door de rechtszaal.

'U zegt dus dat Ashley Patterson deze bedreiging zelf heeft geschreven.'

'Inderdaad.'

Mickey keek naar David en zei: 'Uw getuige.'

David aarzelde. Hij wierp een blik op Ashley, die naar de tafel zat te staren en met haar hoofd schudde. 'Geen vragen.'

Verbaasd keek rechter Williams hem aan. 'Geen vragen, meneer Singer?'

David ging staan en zei: 'Nee, edelachtbare. Deze getuigenverklaring is irrelevant.' Hij wendde zich tot de jury. 'Het Openbaar Ministerie zal moeten aantonen dat Ashley Patterson de slachtoffers kende en ook een motief had om...'

Boos kapte rechter Williams hem af. 'Ik heb u gewaarschuwd. Het is niet uw taak de jury te vertellen wat ze wel en niet moeten doen. Als...'

'Iemand moet het doen,' antwoordde David nijdig. 'U laat hem gewoon maar zijn gang...'

'Zo is het wel genoeg, meneer Singer. Wilt u even hier komen?'

David liep naar haar toe.

'Ik acht u schuldig aan belediging van het Hof en ik veroordeel u tot één nacht gevangenisstraf zodra dit proces is afgelopen.'

'Maar edelachtbare, dat kunt u niet...'

'U hebt nu één nacht te pakken,' snauwde ze. 'Wilt u er soms twee?'

Woedend keek David haar aan. Hij haalde een paar keer diep adem en zei: 'In het belang van mijn cliënte zal ik mijn mening maar voor me houden.'

'Een wijs besluit,' antwoordde rechter Williams kort. 'De zitting is geschorst.' Tegen de gerechtsdienaar zei ze: 'Zodra dit proces is afgelopen, wil ik dat meneer Singer in hechtenis genomen wordt.'

'Ja, edelachtbare.'

Ashley draaide zich naar Sandra en vroeg: 'O, mijn god. Wat gebeurt hier?'

Sandra gaf haar een geruststellend kneepje in haar arm en zei: 'Zit er maar niet over in. Vertrouw maar op David.'

Sandra belde Jesse Quiller op.

'Ik heb het gehoord,' zei hij. 'Iedereen heeft het erover, Sandra. Ik neem het hem helemaal niet kwalijk. Ze heeft hem van het begin af al zitten uitlokken. Maar hoe heeft hij haar zover gekregen dat ze zo de pik op hem heeft?'

'Ik weet het niet, Jesse. Het is gewoon afschuwelijk. Je had de gezichten van de juryleden eens moeten zien. Ze haten Ashley. Ze kunnen niet wachten om haar ter dood te veroordelen. Maar goed, straks is het onze beurt. David zal ze wel van gedachten laten veranderen.'

'Hou je daar maar aan vast.'

'Sandra, rechter Williams heeft gewoon de pest aan me en dat komt Ashleys zaak niet ten goede. Als ik er nu niet iets aan doe, wordt Ashley ter dood veroordeeld. Dat kan ik niet laten gebeuren.'

'Maar wat kun je eraan doen, David?' vroeg Sandra.

Hij zuchtte diep en zei: 'Me terugtrekken.'

Ze wisten allebei wat dat betekende. De kranten zouden schrijven dat hij gefaald had.

'Ik had de zaak ook nooit moeten aannemen,' zei David bitter. 'Dokter Patterson heeft me het leven van zijn dochter toevertrouwd en ik...' Hij kon de zin niet afmaken.

Sandra sloeg haar arm om hem heen en drukte hem tegen zich aan. 'Je kunt er niets aan doen, lieverd. Je zult zien dat alles op zijn pootjes terechtkomt.'

Ik stel iedereen teleur, dacht David. *Ashley, Sandra... Ik word vast ontslagen. En dan heb ik geen werk meer. En straks komt de baby. En dan moet ík geloven dat alles op zijn pootjes terechtkomt. Ja, hoor.*

De volgende ochtend vroeg David of hij rechter Williams kon spreken. In haar werkkamer trof hij ook Mickey Brennan aan.

'U wilde me spreken, meneer Singer?' vroeg rechter Williams.

'Ja, edelachtbare. Ik wil me terugtrekken.'

'O? Om wat voor reden?'

David koos zijn woorden heel voorzichtig. 'Ik geloof niet dat ik voor dit proces de meest geschikte advocaat ben. Dat werkt in het nadeel van mijn cliënte. Ik wil graag vervangen worden.'

Het antwoord van rechter Williams was heel rustig. 'Meneer Singer, als u soms denkt dat ik u laat gaan, waardoor ik weer helemaal opnieuw moet beginnen en er nog meer tijd en geld verloren gaat, hebt u het mis. Het antwoord is nee. Hebt u me begrepen?'

David deed heel even zijn ogen dicht en dwong zichzelf kalm te blijven. Toen hij weer opkeek, zei hij: 'Ja, edelachtbare, ik heb u begrepen.'

Hij zat in de val.

18

Het proces was nu drie maanden aan de gang en David kon zich niet meer herinneren wanneer hij voor het laatst eens lekker lang had geslapen.

Toen ze een keer 's middags terugkwamen uit de rechtszaal, zei Sandra: 'David, ik geloof dat het tijd wordt dat ik terugga naar San Francisco.'

David keek haar met grote ogen aan. 'Waarom? We zitten midden in... O, mijn god. De baby. Komt hij?' Hij sloeg zijn armen om haar heen.

Sandra glimlachte. 'Hij kan elk moment komen. Ik voel me wat meer op mijn gemak als ik thuis ben. Dan heb ik dokter Bailey in de buurt. Mijn moeder heeft beloofd dat ze me komt helpen.'

'Natuurlijk moet je terug,' zei David. 'Ik ben gewoon de tijd vergeten. Je bent toch over drie weken uitgerekend, of niet?'

'Ja.'

'Ik kan er niet eens bij zijn,' zei hij met een grimas.

Sandra pakte zijn hand beet. 'Trek het je niet aan, lieverd. Het proces zit er bijna op.'

'Dit proces verknalt ons leven.'

'David, alles komt goed. Ik kan weer terug naar mijn oude baan. Zodra de baby er is, kan ik...'

'Het spijt me, Sandra,' zei David. 'Ik wou...'

'David, je moet je niet verontschuldigen omdat je iets doet waar je in gelooft.'

'Ik hou van je.'

'Ik hou ook van jou.'

Met zijn hand streelde hij haar buik: 'Ik hou van jullie beiden.' Hij zuchtte eens. 'Goed, ik zal je helpen met het inpakken van je koffer. Dan breng ik je morgenavond…'

'Nee,' klonk het vastberaden antwoord van Sandra. 'Je kunt hier niet weg. Ik vraag het wel aan Emily.'

'Vraag dan meteen of ze vanavond komt eten.'

'Oké.'

Emily was in haar nopjes. 'Natuurlijk haal ik je op.' Twee uur later was ze in San José.

Diezelfde avond gingen ze met zijn drieën uit eten bij Chai Jane.

'Jullie houden er wel een timing op na, zeg,' zei Emily. 'Ik vind het geen prettig idee dat jullie op dit moment niet bij elkaar kunnen zijn.'

'Ach, het proces loopt op zijn eind,' zei David hoopvol. 'Misschien is het wel afgelopen voordat de baby er is.'

'Dan hebben we dubbel feest,' zei Emily met een lach.

Het was tijd om te gaan. David hield Sandra nog even stevig vast. 'Ik bel je iedere avond op, goed?' zei hij.

'Maak je over mij maar geen zorgen. Ik ben in goede handen. Ik hou heel veel van je.' Sandra keek hem recht in de ogen en zei: 'David, zul je goed op jezelf passen? Je ziet er moe uit.'

Pas toen Sandra weg was, besefte David hoe alleen hij was.

De zitting.

Mickey Brennan stond op van zijn plaats en sprak de rechtbank toe: 'Als getuige roep ik dokter Lawrence Larkin op.'

Een gedistingeerde heer met zilvergrijs haar legde de eed af en nam plaats in de getuigenbank.

'Meneer Larkin, wat fijn dat u kon komen. Ik weet hoe druk u het hebt. Kunt u ons iets meer over uzelf vertellen?'

'Ik heb een goedlopende praktijk in Chicago. Ik ben voormalig voorzitter van de Psychiatrische Vereniging van Chicago.'

'Hoe lang hebt u die praktijk al, dokter?'

'Ongeveer dertig jaar.'

'En in uw loopbaan bent u als psychiater ongetwijfeld veel gevallen van MPS tegengekomen?'

'Nee.'

Brennan fronste zijn wenkbrauwen. 'Als u "nee" zegt bedoelt u ongetwijfeld dat u er niet veel bent tegengekomen. Maar toch wel een stuk of tien?'

'Ik ben nog nooit een geval van MPS tegengekomen.'

Met gespeeld ongeloof keek Brennan in de richting van de jury. Hij richtte zich weer tot de arts. 'In al die dertig jaar waarin u met geestelijk gestoorden hebt gewerkt, bent u nog nooit één enkel geval van MPS tegengekomen?'

'Dat klopt.'

'Ik sta versteld. Hebt u daar een verklaring voor?'

'Ja hoor, die is heel eenvoudig. Ik ben van mening dat MPS gewoon niet bestaat.'

'Nu brengt u me toch in de war, dokter. Er zijn toch gevallen van MPS beschreven?'

'Maar dat ze beschreven zijn, wil nog niet zeggen dat ze ook werkelijk voorkomen,' antwoordde dokter Larkin minachtend. 'Kijk, sommige artsen verwarren MPS met ziekten als schizofrenie, depressies of allerlei andere stoornissen.'

'Dat is heel interessant. U bent een zeer vooraanstaand psychiater, en u zegt nu dat MPS helemaal niet bestaat?'

'Dat klopt.'

'Dank u wel dokter,' zei Brennan. Hij richtte zich tot David en zei: 'Uw getuige.'

David stond op en liep naar de getuigenbank. 'Dokter Larkin, u vertelde ons dat u voormalig voorzitter was van de Psychiatrische Vereniging van Chicago?'

'Ja.'

'Dan zult u wel heel veel uitmuntende psychiaters kennen?'

'Ja, en daar ben ik trots op.'

'Kent u dokter Salem?'

'Ja, die ken ik heel erg goed.'

'Is hij volgens u een goede psychiater?'

'Ja, een uitstekende psychiater. Hij is een van de beste.'

'Hebt u dokter Clyde Donovan wel eens ontmoet?'

'Ja, heel vaak.'

'Is hij volgens u een goede psychiater?'

'Nou ikzelf zou,' zei hij gniffelend, 'zijn hulp niet inroepen.'

'En dokter Ingram? Kent u die?'

'Ray Ingram? Jazeker. Fijne kerel.'

'Goede psychiater?'

'O ja.'

'Zegt u me eens. Zijn al deze psychiaters het altijd eens?'

'Nee, natuurlijk zijn er meningsverschillen. Psychiatrie is nu eenmaal geen exacte wetenschap.'

'Dat is heel interessant, dokter. Dokter Salem, dokter Donovan en dokter Ingram zullen namelijk in deze rechtszaal komen vertellen dat ze wel gevallen van MPS hebben behandeld. Maar misschien zijn ze geen van allen zo goed als u. Dank u wel. U kunt gaan.'

'Tweede termijn?' vroeg rechter Williams aan Brennan.

Brennan stond op en liep naar de getuigenbank.

'Dokter Larkin, gelooft u dat u het bij het verkeerde eind hebt omdat al die andere artsen over het bestaan van MPS met u van mening verschillen?'

'Nee, ik kan wel tien collega's laten opdraven die evenmin in het bestaan van MPS geloven.'

'Dank u wel, dokter. Ik heb geen vragen meer.'

'Dokter Upton,' zei Mickey Brennan, 'we hebben in deze rechtszaal iemand onder ede horen verklaren dat MPS soms verward wordt met andere ziektebeelden. Kunnen we er door middel van een test achter komen of we wel of niet met MPS te maken hebben?'

'Daarvoor bestaat helemaal geen test.'

Terwijl hij naar de jury keek, viel Brennans mond open van verbazing. 'Daarvoor bestaat helemaal geen test? Wilt u beweren dat we *op geen enkele manier* kunnen nagaan of iemand echt aan MPS lijdt of dat hij maar wat verzint om onder een misdrijf uit te komen waarvoor hij de verantwoordelijkheid niet wenst te dragen?'

'Zoals ik al zei, er bestaat geen test.'

197

'Het komt er in feite dus op neer dat het er helemaal van af-
hangt of iemand erin gelooft of niet? De ene psychiater denkt
dat het wel bestaat en de andere niet?'

'Dat klopt.'

'Ik wil u één ding vragen, dokter. Als u iemand hypnotiseert,
dan bent u toch wel in staat om te zeggen of iemand wel degelijk aan MPS lijdt of dat hij het allemaal maar simuleert?'

Dokter Upton schudde meewarig zijn hoofd. 'Ik ben bang
van niet. Hypnose, noch het gebruik van natrium amytal, kunnen ons vertellen of iemand echt lijdt aan MPS of dat hij het alleen maar simuleert.'

'Dat is heel interessant. Dank u wel dokter. Ik heb geen vragen meer.' Brennan wendde zich tot David: 'Uw getuige.'

David stond op en liep naar de getuigenbank. 'Dokter Upton, hebt u wel eens patiënten gehad van wie andere artsen beweerden dat ze aan MPS leden?'

'Jazeker, verschillende keren.'

'Hebt u die patiënten vervolgens behandeld?'

'Nee.'

'Waarom niet?'

'Ik kan geen ziekte behandelen die niet bestaat. Een van die
patiënten was een oplichter die van mij een verklaring eiste dat
hij niet verantwoordelijk was voor zijn daden omdat zijn alter
ego die verrichtte. De ander was een huisvrouw die haar kinderen aftuigde. Ze beweerde dat degene die in haar huisde
haar daartoe dwong. Ik heb er nog een paar gehad die ook dergelijke smoesjes ophingen, maar ze probeerden zich allemaal
ergens voor te verbergen. Met andere woorden, ze simuleer-
den het allemaal.'

'Het komt me voor dat u er een uitgesproken mening over
hebt, dokter.'

'Dat is zo, maar ik weet dat ik gelijk heb.'

'U weet dat u gelijk hebt?' zei David.

'Ja, nou ik bedoel…'

'… dat anderen ongelijk hebben? Al die andere artsen die er
wel van overtuigd zijn dat MPS bestaat, hebben het allemaal bij
het verkeerde eind?'

'Nee, dat bedoelde ik niet...'

'En u bent de enige die gelijk heeft. Dank u wel, dokter. U kunt gaan.'

In de getuigenbank zat dokter Simon Raleigh, klein, kaal en in de zestig.

'Fijn dat u gekomen bent, dokter,' zei Brennan. 'U hebt een lange en prachtige carrière achter de rug. U bent arts, professor, u bent op...'

David ging staan en zei: 'De verdediging zal de rechtszaal wijzen op de prachtige loopbaan van deze getuige.'

'Dank u wel,' zei Brennan en hij wendde zich weer tot zijn getuige. 'Dokter Raleigh, kunt u me vertellen wat bedoeld wordt met een introgene aandoening?'

'Dat is het verschijnsel dat een bestaande ziekte verergert door geneeskundige behandeling of door het gebruik van psychotherapie.'

'Kunt u daar wat meer over zeggen?'

'Het komt in de psychotherapie heel vaak voor dat de therapeut door zijn vraagstelling de patiënt beïnvloedt. Hij kan de patiënt het gevoel geven dat hij aan de verwachtingen van de therapeut moet voldoen.'

'Geldt dat ook voor MPS?'

'Als de therapeut vraagt of er ook andere persoonlijkheden zijn, kan het voorkomen dat de patiënt deze verzint, louter en alleen om de therapeut een plezier te doen. We bevinden ons hier op glad ijs. Hypnose en het gebruik van amytal kunnen het effect hebben dat de patiënt aan MPS lijkt te lijden, maar in feite volkomen gezond is.'

'Met andere woorden, kan de psychiater onder hypnose de condities van de patiënt zo veranderen dat deze iets gelooft wat helemaal niet bestaat?'

'Ja, dat kan voorkomen.'

'Dank u wel dokter.' Hij keek naar David. 'Uw getuige.'

'Dank u wel,' zei David terwijl hij opstond en naar de getuigenbank liep. Op zijn meest ontwapenende manier zei David: 'Uw referenties zijn heel indrukwekkend. U bent niet alleen psychiater, maar u geeft ook nog les aan een universiteit.'

'Ja.'

'Hoe lang geeft u al les, dokter?'

'Ruim vijftien jaar.'

'Dat is niet mis. Vertelt u eens, hoe verdeelt u uw tijd? Geeft u bijvoorbeeld de ene helft van de week les en bent u in de andere helft bezig in uw praktijk als psychiater?'

'Nee, op dit moment geef ik de hele week les.'

'O? Hoe lang is het geleden dat u echt in de praktijk hebt gewerkt?'

'Zo'n acht jaar geleden. Maar ik hou alle ontwikkelingen op medisch gebied bij.'

'Ik moet zeggen dat ik dat bewonderingswaardig vind. Dus u leest al uw vakliteratuur. Dat is ook de reden dat u zo veel van introgene aandoeningen afweet?'

'Ja.'

'U hebt in het verleden heel veel patiënten gehad die beweerden aan MPS te lijden?'

'Nou, nee...'

'Niet heel veel? Maar in al die jaren dat u praktijk hebt gehouden, hebt u vast wel zo'n tien patiënten binnengekregen die beweerden aan MPS te lijden.'

'Nee.'

'Zes dan?'

Dokter Raleigh schudde ontkennend zijn hoofd.

'Vier misschien?'

Geen antwoord.

'Dokter, hebt u óóit wel eens een patiënt gehad die beweerde aan MPS te lijden?'

'Nou, dat is moeilijk...'

'Ja of nee, dokter?'

'Nee.'

'Dus uw kennis over MPS hebt u alleen maar uit de artikelen die u hebt gelezen? Geen vragen meer.'

Het Openbaar Ministerie liet nog eens zes deskundigen opdraven en bij ieder van hen verliep het proces hetzelfde. Mickey Brennan liet bekende psychiaters uit alle windstreken verklaren dat MPS niet bestond.

Het Openbaar Ministerie was zijn zaak aan het afronden.

Toen de laatste getuige uit het getuigenbankje stapte, vroeg rechter Williams: 'Meneer Brennan, was dat uw laatste getuige?'

'Nee, edelachtbare. Maar ik zou de jury graag enkele politiefoto's laten zien die gemaakt zijn op de plaats...'

'Over mijn lijk,' riep David woedend.

'Wat zei u, meneer Singer?' vroeg rechter Williams terwijl ze zich naar hem omdraaide.

'Ik zei,' zei David, en hier herstelde hij zich, 'dat ik daartegen protesteer. Het OM probeert de jury te beïnvloeden door...'

'Afgewezen. Dit verzoek is reeds voorafgaand aan dit proces ingediend.' Tegen Brennan zei ze: 'U mag de foto's laten zien.'

Woedend ging David weer zitten.

Brennan liep naar zijn tafel, pakte er een stuk of tien foto's van af en deelde ze uit aan de juryleden. 'Dames en heren, dit zijn geen prettige foto's. Maar ze laten wel zien waar het hier om gaat. Dit zijn geen woorden, theorieën of smoesjes. Ze laten geen geheimzinnige alter ego's zien die mensen vermoorden, maar drie echte mensen die op brute wijze zijn vermoord. De wet zegt dat iemand voor die misdaden zal moeten boeten. Het is aan u om het recht te laten zegevieren.' Het afgrijzen was duidelijk van de gezichten van de diverse juryleden af te lezen.

Brennan wendde zich tot rechter Williams en zei: 'Het OM heeft niets meer aan de bewijsvoering toe te voegen.'

Rechter Williams keek op haar horloge en zei: 'Het is nu vier uur. De zitting wordt geschorst tot maandagochtend tien uur.'

19

Ashley Patterson stond op het punt om te worden opgehangen toen er een politieagent kwam aanhollen die riep: 'Stop! Het is de bedoeling dat ze geëlektrocuteerd wordt.'

De situatie veranderde: nu zat ze in de elektrische stoel. Een van de cipiers zou net de hendel overhalen toen rechter Williams naar binnen holde en riep: 'Nee! Ze krijgt een dodelijke injectie.'

Met een bonkend hart ging David rechtop in bed zitten. Zijn pyjama was doornat van het zweet. Hij probeerde op te staan, maar werd plotseling duizelig. Zijn hoofd klopte en hij voelde zich koortsig. Toen hij zijn hand op zijn voorhoofd legde, voelde dat warm aan.

Op het moment dat David opstond, werd hij heel erg duizelig. 'O, nee,' kreunde hij. 'Niet nu, niet vandaag.'

Dit was de dag waarop hij al die tijd had gewacht, de dag waarop hij zou starten met zijn bewijsvoering. Hij strompelde naar de badkamer en gooide wat koud water op zijn gezicht. Hij keek in de spiegel en zei: 'Je ziet er vreselijk uit.'

Toen hij het paleis van justitie binnenliep, zat rechter Williams al in de rechtszaal. Iedereen zat op hem te wachten.

'Mijn excuses dat ik zo laat ben,' zei hij met hese stem. 'Mag ik u even spreken?'

'Ja.'

David liep naar rechter Williams. Brennan liep vlak achter hem. 'Edelachtbare,' zei hij, 'ik zou om een dag uitstel willen vragen.'

'Waarom?'

'Ik... ik voel me niet zo goed, edelachtbare. Als ik van een dokter een pilletje krijg ben ik morgen vast weer beter.'

'Waarom laat u uw compagnon het niet van u overnemen?'

David keek haar met grote ogen aan. 'Ik heb helemaal geen compagnon.'

'Waarom niet, meneer Singer?'

'Omdat...'

'Nog nooit van mijn leven heb ik zo'n amateuristische verdediging meegemaakt. U wilt echt met alle eer gaan strijken, hè? Nou, denkt u maar niet dat u die in deze rechtszaal krijgt. Ik zal u eens wat zeggen: volgens mij denkt u dat ik mezelf moet wraken omdat ik niet overtuigd ben van uw verdedigingsmethode. Nou, van wraking is geen sprake. We laten het gewoon aan de jury over om te beslissen of uw cliënte wel of niet schuldig is. Had u verder nog iets, meneer Singer?'

Toen David haar aankeek, begon de hele kamer te tollen. Waarom sodemieterde ze niet op? Hij wou haar op zijn knieën smeken nu toch eindelijk eens fair te zijn. Hij wilde naar huis en gaan slapen. Maar met een hese stem antwoordde hij: 'Nee, dank u wel, edelachtbare.'

Met een kort knikje zei ze: 'Meneer Singer, we gaan beginnen. Ik zou het op prijs stellen als u geen tijd meer verknoeide.'

Toen David naar de jurybanken liep, probeerde hij zijn hoofdpijn en zijn koorts te vergeten. Zijn woorden kwamen er langzaam uit.

'Dames en heren, u hebt gehoord hoe het Openbaar Ministerie MPS in het belachelijke heeft proberen te trekken. Ik ga ervan uit dat meneer Brennan daar geen kwade bedoelingen mee had. Hij deed zijn uitspraken omdat hij niet beter wist. Blijkbaar is hij totaal niet op de hoogte van MPS. Hetzelfde geldt voor enkelen van zijn getuigen. Maar ik zal een aantal getuigen oproepen dat er wél wat van afweet. Het zijn allemaal heel bekende dokters, met een grote reputatie op dit terrein. Ik ben ervan overtuigd dat u heel anders zult aankijken tegen datgene wat de heer Brennan naar voren heeft gebracht, nadat u naar hun verklaringen hebt geluisterd. De heer Brennan had het steeds over het feit dat mijn cliënte schuldig was aan deze verschrikkelijke moorden. Dat is een heel belangrijk detail: *schuld*. Als u mijn cliënte wilt veroordelen voor moord in de eerste graad, moet ze niet alleen schuldig worden bevonden aan de daad, maar ook de intentie hebben gehad die daad te plegen. Ik zal aantonen dat het laatste niet het geval was. Op het tijdstip van de moorden had Ashley Patterson namelijk geen controle over zichzelf. Ze was er zich zelfs helemaal niet van bewust. Ik zal enkele vooraanstaande geleerden oproepen, die zullen verklaren dat Ashley Patterson twee andere persoonlijkheden in zich heeft. Twee alter ego's, waarvan er één dominant is.'

Toen David naar de juryleden keek, dansten ze voor zijn ogen. Heel even deed hij zijn ogen dicht. 'De Amerikaanse Psychiatrische Vereniging erkent het bestaan van MPS. Zo ook enkele vooraanstaande dokteren uit alle windstreken die allemaal mensen hebben behandeld die aan deze ziekte leden. Een van de persoonlijkheden van Ashley Patterson pleegde de moorden. Het was een *persoonlijkheid*, een *alter ego*, dat haar op dat moment domineerde.' Zijn stem werd wat luider. 'Om het helemaal helder te krijgen, moet u goed bedenken dat de wet het niet toestaat dat iemand die onschuldig is veroordeeld wordt. We zitten hier dus met een paradox. U moet zich voorstellen dat een Siamese tweeling terechtstaat voor moord. De wet zegt dat u iemand die schuldig is niet mag veroordelen omdat u dan ook degene moet veroordelen die niet schuldig is.'

De juryleden zaten ingespannen te luisteren.

Met een knikje in de richting van Ashley zei David: 'In dit geval hebben we niet te maken met twee, maar met drie persoonlijkheden.'

Hij wendde zich tot rechter Williams en zei: 'Ik zou nu graag mijn eerste getuige oproepen, dokter Joel Ashanti.'

'Dokter Ashanti, waar houdt u praktijk?'
'In het Madison Ziekenhuis in New York.'
'Bent u hier omdat ik u dat gevraagd heb?'
'Nee. Ik heb iets over het proces gelezen en ik wil graag ge-

tuigen. Ik heb patiënten behandeld die leden aan MPS en, als het mogelijk is, wil ik graag mijn bijdrage leveren. MPS komt vaker voor dan men denkt en ik wil graag de gelegenheid aangrijpen een aantal misverstanden uit de weg te ruimen.'

'Dat stel ik heel erg op prijs, dokter. Komt het vaak voor dat patiënten met MPS twee persoonlijkheden of alter ego's hebben?'

'Het is mijn ervaring dat deze mensen vaak een groot aantal persoonlijkheden hebben. Het kan zelfs oplopen tot honderd.'

Eleanor Tucker draaide zich om en fluisterde Mickey Brennan iets in het oor. Brennan moest glimlachen.

'Dokter Ashanti, hoe lang werkt u al met patiënten die aan MPS lijden?'

'Vijftien jaar.'

'Domineert er bij patiënten met MPS meestal één alter ego?'

'Ja.'

Sommige juryleden maakten notities.

'Kunt u ons vertellen of de gastheer of -vrouw zich bewust is van die andere persoonlijkheden?'

'Nou, dat hangt ervan af. Het komt voor dat een aantal alter ego's alle andere alter ego's kent, maar soms kennen ze er maar een paar. De gastheer of -vrouw is zich echter meestal niet bewust van de alter ego's, tenminste tot het moment dat hij of zij onder behandeling komt.'

'Dat is heel interessant wat u daar vertelt. Kan men van MPS genezen?'

'O ja. Je moet er dan wel vaak heel lang voor onder psychiatrische behandeling staan. Dat kan wel zo'n zes tot zeven jaar duren.'

'Bent u er wel eens in geslaagd mensen die aan MPS leden te genezen?'

'Jazeker.'

'Dank u wel, dokter.'

David keek even naar de jury. *Wel geïnteresseerd, maar niet overtuigd.*

Hij richtte zich tot Mickey Brennan en zei: 'Uw getuige.'

Brennan stond op en liep naar de getuigenbank. 'Dokter Ashanti, volgens uw eigen zeggen bent u helemaal vanuit New York hiernaartoe gekomen om een verklaring af te leggen. Klopt dat?'

'Dat klopt.'

'Uw komst heeft niets te maken met het feit dat deze zaak veel publiciteit trekt en dat die publiciteit u wellicht...?'

David vloog overeind. 'Ik protesteer!'

'Afgewezen.'

Kalm antwoordde dokter Ashanti. 'Ik heb verteld waarom ik hiernaartoe ben gekomen.'

'Goed. Dokter, hoeveel patiënten met geestelijke problemen hebt u tot nu toe in uw praktijk gehad?'

'Ongeveer tweehonderd.'

'En hoeveel van hen leden aan het MPS?'

'Een stuk of tien.'

Quasi verbaasd keek Brennan hem aan. 'Op tweehonderd patiënten?'

'Ja, maar u moet begrijpen...'

'Wat ik niet begrijp, dokter Ashanti, is dat u durft te beweren dat u een expert bent op dit gebied als u er maar een stuk of tien hebt behandeld. Ik zou het heel erg op prijs stellen als u ons klip en klaar bewijs kon leveren dat MPS bestaat, of niet natuurlijk.'

'Nou, als u het hebt over bewijs...'

'Dokter, we bevinden ons in een rechtszaal. De jury zal haar beslissing niet baseren op theorieën en op speculaties. Stel nu eens dat de getuige gewoon een ontzettende pesthekel had aan de mannen die ze vermoord heeft en als ze nu eens na afloop gewoon de smoes verzon dat niet zij maar een alter ego hen had vermoord, zodat zij...'

David sprong overeind. 'Ik protesteer! Het Openbaar Ministerie lokt de getuige uit en legt hem woorden in de mond.'

'Afgewezen.'

'Maar, edelachtbare...'

'Meneer Singer, ga zitten.'

Terwijl hij zijn plaats weer innam, keek David rechter Williams woedend aan.

'Wat u dus eigenlijk zegt, dokter, is dat er geen bewijzen geleverd kunnen worden die aantonen dat MPS wel of niet bestaat?'

'Ja, maar…'

'Dank u wel. Dat is alles.'

In de getuigenbank zat dokter Royce Salem.

'Dokter Salem, u hebt Ashley Patterson onderzocht, nietwaar?' vroeg David.

'Ja.'

'Tot welke conclusie bent u gekomen?'

'Mevrouw Patterson lijdt aan MPS. Ze heeft twee alter ego's: de een noemt zich Toni Prescott en de ander heet Alette Peters.'

'Heeft Ashley Patterson enige controle over deze twee alter ego's?'

'Geen enkele. Zodra de alter ego's het overnemen, bevindt mevrouw Patterson zich in een staat van fugue amnesie.'

'Kunt u dat nader uitleggen?'

'Fugue amnesie is de toestand waarin de patiënt niet meer weet waar hij zich bevindt of wat hij aan het doen is. Dat kan een paar minuten duren, maar ook een paar dagen of weken.'

'Zou u zeggen dat iemand in een dergelijke toestand verantwoordelijk gehouden moet worden voor zijn of haar daden?'

'Nee.'

'Dank u wel, dokter.' David wendde zich tot Brennan en zei: 'Uw getuige.'

'Dokter Salem,' zei Brennan, 'u bent aan verschillende ziekenhuizen verbonden en u geeft colleges over de hele wereld. Is dat juist?'

'Ja.'

'Mag ik aannemen dàt uw collega's zeer bekwame en goede dokters zijn?'

'Ja, dat zijn ze.'

'Dus ze zijn het allemaal eens daar waar het gaat om MPS?'

'Nee.'

'Wat bedoelt u met "nee"?'

'Enkelen van hen zijn een andere mening toegedaan.'

'U bedoelt dat zij niet in het bestaan ervan geloven?'

'Ja.'

'Maar zij hebben het bij het verkeerde eind en u niet?'

'Ik heb die patiënten behandeld en ik weet gewoon dat het bestaat. Als...'

'Ik wil u wat vragen. Stél nou dat er zoiets als MPS bestaat, is het dan altijd zo dat een van de alter ego's domineert en de gastheer of -vrouw opdrachten geeft? Als de alter ego zegt: "Vermoord hem", dan doet de gastvrouw dat ook?'

'Dat hangt ervan af. Niet alle alter ego's hebben dezelfde invloed.'

'Dus het kán voorkomen dat de gastvrouw wel het roer in handen heeft?'

'Soms, ja.'

'Meestal?'

'Nee.'

'Dokter, welke bewijzen hebt u voor het bestaan van MPS?'

'Ik heb patiënten onder hypnose een complete gedaanteverwisseling zien ondergaan, en ik weet...'

'En dat is voor u voldoende?'

'Ja.'

'Dokter Salem, stel dat we in een kamer zitten waar het heel erg warm is. Ik hypnotiseer u en zeg dat u zich op de noordpool midden in een sneeuwstorm bevindt. Zou uw lichaamstemperatuur dan dalen?'

'Ja, maar...'

'Dat is alles. Dank u wel.'

David liep naar de getuigenbank en vroeg: 'Dokter Salem, twijfelt u eraan of de alter ego's van Ashley Patterson werkelijk bestaan?'

'Volstrekt niet. Ze zijn absoluut in staat om het roer over te nemen en haar te domineren.'

'En zij zou zich daarvan niet bewust zijn?'

'Nee, zij zou zich daarvan niet bewust zijn.'

'Dank u wel.'

'Als getuige roep ik op Shane Miller.' David keek hoe hij de eed aflegde en vroeg toen: 'Wat is uw beroep, meneer Miller?'

'Ik ben supervisor bij de Global Computer Graphics Corporation.'

'Hoe lang werkt u daar al?'

'Zo'n zeven jaar.'

'Werkte Ashley Patterson er ook?'

'Ja.'

'Werkte ze onder uw supervisie?'

'Ja.'

'Dus u kende haar goed.'

'Dat klopt.'

'Meneer Miller, u hebt in deze rechtszaal dokters enkele symptomen horen opnoemen die horen bij MPS, zoals achtervolgingswaanzin, nervositeit en verdriet. Hebt u bij Ashley Patterson een van deze symptomen ooit waargenomen?'

'Nou, ik...'

'Is het waar dat mevrouw Patterson u verteld heeft dat iemand haar achternazat?'

'Ja.'

'En ze had geen idee wie dat zou kunnen zijn of waarom iemand zoiets zou doen?'

'Dat klopt.'

'Is het waar dat ze u verteld heeft dat iemand haar computer gebruikt heeft om haar met een mes te bedreigen?'

'Dat klopt.'

'Is het waar dat het zo erg werd dat u haar adviseerde een bezoekje aan dokter Speakman te brengen, de psycholoog die bij uw bedrijf in dienst is?'

'Ja.'

'Dus Ashley Patterson vertoonde alle symptomen die we net noemden?'

'Ja.'

'Dank u wel, meneer Miller.' David wendde zich tot Mickey Brennan en zei: 'Uw getuige.'

'Meneer Miller, hoeveel mensen hebt u onder u?'

'Dertig.'

'Is Ashley Patterson de enige van die dertig die wel eens overstuur is geweest?'

'Nou, nee…'

'O?'

'Iedereen is wel eens van streek.'

'U bedoelt dat er ook andere medewerkers zijn die wel eens een bezoek brengen aan uw bedrijfspsycholoog?'

'Nou en of. Hij heeft er zijn handen vol aan.'

Brennan leek onder de indruk te zijn. 'O?'

'Tuurlijk, we hebben allemaal wel eens iets. We zijn allemaal maar mensen, hoor.'

'Geen vragen meer.'

'Tweede termijn.'

David liep naar de getuigenbank. 'Meneer Miller, u vertelde dat enkele medewerkers van u wel eens problemen hadden. Wat voor soort problemen?'

'Nou, ruzie met een vriendje of zo.'

'Verder?'

'Of geldzorgen…'

'Verder?'

'Lastige kinderen…'

'Met andere woorden, het soort problemen waar we allemaal wel eens mee te maken hebben?'

'Ja.'

'Maar geen van hen ging naar dokter Speakman omdat ze dachten dat ze achterna werden gezeten of dat iemand hen wilde vermoorden?'

'Nee.'

'Dank u wel.'

De zitting werd geschorst. Tijd om te gaan lunchen.

David stapte in zijn auto en reed door het park. Hij voelde zich neerslachtig: het proces ging niet zoals hij wilde. De artsen konden het er maar niet over eens worden of MPS nu wel of niet bestond. *Als zíj het al niet eens kunnen worden, hoe krijg ik een jury dan zover dat zij het er wel over eens worden?* dacht David. *Ik moet ervoor zorgen dat Ashley niets overkomt; dat moet gewoon.* Hij was nu vlak bij Harold's Café, een restaurant dat niet ver van de rechtbank verwijderd was.

Hij parkeerde zijn auto en ging naar binnen. De eigenares verwelkomde hem met een glimlach.

'Goedemiddag, meneer Singer.'

Hij was beroemd. *Berucht?*

'Volgt u mij maar.' Hij liep achter haar aan naar een tafeltje en ging zitten. Ze gaf hem de menukaart, lachte even naar hem en liep heupwiegend weer weg. *De vruchten van de roem*, was de wrange gedachte die bij hem opkwam.

Hij had helemaal geen trek, maar het was net alsof hij Sandra hoorde zeggen: 'Je moet wel eten om fit te blijven.'

Aan het tafeltje naast hem zaten twee mannen en twee vrouwen. Een van de mannen zei: 'Ze is veel erger dan Lizzie Borden. Die heeft er maar twee vermoord.'

Waarop de andere man eraan toevoegde: 'En die heeft ze niet gecastreerd.'

'Hoe denk jij dat het afloopt?'

'Nou, wat denk je? De doodstraf natuurlijk!'

'Wel jammer dat de Slagerstrut niet drie keer de doodstraf kan krijgen.'

Dus dat is hoe men erover denkt. David kreeg het deprimerende gevoel dat hij nog meer van dergelijke commentaren te horen zou krijgen als hij de tafeltjes eens afliep. Brennan had een monster van haar gemaakt. Hij hoorde de stem van Quiller: *Als je haar niet laat getuigen, is dat het beeld dat de juryleden van haar zullen hebben als ze zich terugtrekken om te gaan beraadslagen.*

Ik moet gewoon het risico maar nemen, dacht David. *Ik moet de jury gewoon laten zien dat Ashley de waarheid spreekt.*

De serveerster stond naast hem en vroeg: 'Wilt u al iets bestellen, meneer Singer?'

'Nee, dank je,' zei hij. 'Ik ben van gedachten veranderd. Eigenlijk heb ik niet zo'n trek.' Toen hij het restaurant uitliep voelde hij een woedende blik in zijn rug. *Als blikken konden doden...* dacht David.

20

Meteen nadat David het paleis van justitie binnenstapte, liep hij door naar de cel van Ashley. Ze zat op een armoedig bed naar de grond te staren.

'Ashley?'

Met ogen vol wanhoop keek ze hem aan.

David ging naast haar zitten. 'Ik wil met je praten.'

Zwijgend keek ze hem aan.

'Er is niets waar van al die lelijke dingen die ze over je zeggen. Dat weet ik, maar de juryleden weten dat niet. Ze kennen je niet. We moeten ze laten zien hoe je werkelijk bent.' Moedeloos keek ze hem aan en zei: 'Nou, hoe ben ik dan in werkelijkheid?'

'Je bent een heel gewoon mens. Maar je lijdt aan een ziekte en ik wil dat ze met je meevoelen.'

'Wat wil je dat ik doe?'

'Ik wil dat je als getuige verhoord wordt.'

Doodsbenauwd keek ze hem aan. 'Maar... maar dat kan ik helemaal niet. Ik weet niets. Ik kan ze niets vertellen.'

'Daar zorg ik wel voor. Het enige wat je moet doen, is mijn vragen beantwoorden.'

Er kwam een bewaker naar hen toe. 'De zitting wordt weer geopend.'

Bemoedigend kneep David in haar hand en zei: 'Je zult zien dat het werkt. Echt waar.'

'Wil iedereen opstaan? De zitting is geopend en wordt voorgezeten door rechter Tessa Williams. Aan bod is de zaak van de staat Californië versus Ashley Patterson.'

Rechter Williams ging zitten.

'Mag ik u even spreken?' vroeg David.

'Dat mag.'

Mickey Brennan liep achter David aan.

'Vertel het eens, meneer Singer.'

'Ik wil graag een getuige oproepen die niet op de lijst staat.'

'Het proces is wel al heel ver gevorderd. Een beetje laat om nieuwe getuigen te horen, vindt u ook niet?' luidde het commentaar van Brennan.

'Als mijn volgende getuige wil ik graag Ashley Patterson oproepen.'

'Ik zie niet...' begon rechter Williams.

Brennan haakte er meteen op in. 'Het OM heeft geen enkel bezwaar, edelachtbare.'

Rechter Williams keek hen allebei eens aan. 'Goed, meneer Singer. U mag haar oproepen.'

'Dank u wel, edelachtbare.' Hij liep naar Ashley en stak zijn hand naar haar uit. 'Ashley...'

Helemaal in paniek keek ze hem aan.

'Het moet.'

Met bonkend hart stond ze op en liep langzaam naar de getuigenbank.

'Hier heb ik nou zo op gehoopt,' fluisterde Brennan in Eleanors oor.

Eleanor knikte instemmend. 'Dat was het dan.'

De griffier nam Ashley de eed af. 'Zweert u dat u de waarheid zult vertellen, de hele waarheid en niets anders dan de waarheid, zo waarlijk helpe u God Almachtig?'

'Ja, dat zweer ik,' antwoordde ze fluisterend. Daarop nam Ashley plaats in de getuigenbank.

David liep naar haar toe en zei vriendelijk: 'Ik weet dat dit heel moeilijk voor je is. Je wordt ervan beschuldigd een aantal vreselijke misdaden te hebben gepleegd. Het enige wat ik wil, is dat je de jury de waarheid vertelt. Kun je je herinneren dat je deze misdaden hebt gepleegd?'

Ashley schudde ontkennend haar hoofd. 'Nee.'

David wierp een snelle blik in de richting van de jury. 'Kende je Dennis Tibble.'

'Ja. Hij was een collega bij de Global Computer Graphics Corporation.'

'Had je een motief om Dennis Tibble te vermoorden?'

'Nee.' Ze vond het moeilijk om te praten. 'Ik... ik ging naar zijn appartement om hem van advies te dienen. Daar had hij om gevraagd. En dat is de laatste keer dat ik hem gezien heb.'

'Kende je Richard Melton...'

'Nee...'

'Hij was kunstenaar. Hij werd in San Francisco vermoord. De politie heeft daar sporen van jouw DNA en jouw vingerafdrukken aangetroffen.'

Ashley schudde heftig haar hoofd. 'Ik... ik weet niet wat ik moet zeggen. Ik kende hem niet!'

'Kende je hulpsheriff Sam Blake?'

'Ja. Hij hielp me. Ik heb hem niet vermoord!'

'Ashley, ben je je ervan bewust dat je twee andere persoonlijkheden in je hebt, twee alter ego's?'

'Ja,' klonk het gespannen.

'Sinds wanneer weet je dat?'

'Voordat het proces begon vertelde dokter Salem het me. Ik kon mijn oren niet geloven. Ik... ik kan het nog steeds niet geloven. Het is te... te afschuwelijk.'

'Daarvóór was je je er helemaal niet van bewust?'

'Nee.'

'Je had nog nooit van Toni Prescott of Alette Peters gehoord?'

'Nee!'

'Geloof je dat ze bestaan?'

'Ja... ik zal wel moeten. Zij hebben al die verschrikkelijke dingen gedaan...'

'Dus je kunt je niet herinneren dat je Richard Melton ooit hebt ontmoet? Je had geen motief om Dennis Tibble te vermoorden noch hulpsheriff Blake, die in jouw appartement verbleef om je te beschermen?'

'Dat klopt.' Ze keek in paniek de rechtszaal rond.

'Ik heb nog één laatste vraag,' zei David. 'Ben je al eens eerder met justitie in aanraking gekomen?'

'Nee, nooit.'

David legde zijn hand op die van haar en zei: 'Dat was wat ik je voorlopig wilde vragen.' Hij wendde zich tot Mickey Brennan en zei: 'Uw getuige.'

Met een grote glimlach om zijn mond ging Brennan staan. 'Nou, mevrouw Patterson. Eindelijk krijgen we de kans om met u allemaal te praten. Hebt u ooit, op enigerlei wijze, seksueel contact gehad met Dennis Tibble?'

'Nee.'

'Hebt u ooit seksueel contact gehad met Richard Melton?'

'Nee.'

'Hebt u, op enig moment, seksueel contact gehad met hulpsheriff Samuel Blake?'

'Nee.'

'Heel interessant.' Brennan keek naar de jury en zei: 'Op ieder van deze mannen is namelijk vaginaal vocht aangetroffen. Het DNA ervan kwam overeen met dat van u.'

'Daar... daar weet ik helemaal niets van af.'

'Misschien heeft iemand u erin geluisd. Misschien was er wel een kwade geest, die uw DNA gestolen heeft...'

'Ik protesteer! Dit is uitlokking.'

'Afgewezen.'

'... en het op de drie lichamen heeft achtergelaten. Hebt u vijanden die zoiets zouden doen?'

'Dat... dat weet ik niet.'

'De FBI heeft uw vingerafdrukken vergeleken met de vingerafdrukken die de politie heeft aangetroffen. Dit zal ongetwijfeld voor u als een verrassing komen, maar...'

'Ik protesteer.'

'Toegewezen. Meneer Brennan, u moet oppassen.'

'Ja, edelachtbare.'

David ging tevreden zitten.

Ashley werd bijna hysterisch. 'De alter ego's, die moeten...'

'De vingerafdrukken die werden aangetroffen, waren van u en u alleen.'

Ashley zei niets.

Brennan liep naar een tafel en pakte een slagersmes dat in cellofaan was gewikkeld en hield het omhoog. 'Herkent u dit mes?'

'Dat zou... dat zou er een van...'

'Van u kunnen zijn? Het is er een van u. Het is al toegelaten als bewijsstuk. De vlekken die u erop ziet, komen overeen met de bloedgroep van Samuel Blake. Uw vingerafdrukken werden op dit moordwapen aangetroffen.'

Ashley schudde ontkennend haar hoofd, zonder dat ze zich daar bewust van was.

'Ik ben nog nooit een zaak tegengekomen waarin het zo duidelijk was dat er een moord in koelen bloede was gepleegd. Ik heb nog nooit zo'n zwakke verdediging gezien. Dat u zich verschuilt achter twee denkbeeldige alter ego's...'

David vloog overeind. 'Ik protesteer!'

'Toegewezen. Meneer Brennan, ik heb u gewaarschuwd.'

'Het spijt me, edelachtbare. Ik ben ervan overtuigd dat de jury graag zou kennismaken met de alter ego's waarover u het steeds hebt. U bent Ashley Patterson, nietwaar?'

'Ja...'

'Mooi. Dan zou ik nu graag willen praten met Toni Prescott.'

'Dat... dat kan niet.'

Verbaasd keek Brennan haar aan. 'Dat kán niet. Echt wáár? Nou, Alette Peters misschien?'

Wanhopig schudde Ashley haar hoofd. 'Ik heb geen controle over hen.'

'Mevrouw Patterson, ik probeer u alleen maar te helpen,' zei Brennan. 'Ik wil de jury de alter ego's laten zien die de drie mannen hebben vermoord en verminkt. Laat ze zien!'

'Dat... dat kan ik niet,' antwoordde ze in tranen.

'Dat kunt u niet omdat ze niet bestaan! U verschuilt zich achter denkbeeldige personen. U bent de enige die daar in de getuigenbank zit en u bent de enige die schuldig is. Die anderen zijn denkbeeldig, maar ú niet. En ik zal u vertellen wat er nog meer echt is: het onweerlegbare bewijs dat u deze drie mannen hebt vermoord en verminkt.' Hij wendde zich tot rechter Williams en zei: 'Edelachtbare, het OM is klaar.'

David keek naar de juryleden. Ze zaten allemaal met een blik vol walging naar Ashley te kijken.

Rechter Williams wendde zich tot David. 'Meneer Singer?'

David ging staan. 'Edelachtbare, ik vraag toestemming om de verdachte te hypnotiseren, zodat...'

'Meneer Singer,' antwoordde rechter Williams kortaf, 'ik heb u van tevoren duidelijk gemaakt dat ik ervoor pas om van dit proces een circus te maken. In *mijn* rechtszaal geen hypnose. Het antwoord is "nee".'

'Maar edelachtbare,' zei David vol vuur, 'u móét mij dit toestaan. U weet niet hoe belangrijk...'

'Zo is het wel genoeg, meneer Singer,' klonk het ijzige antwoord. 'Dit is de derde keer dat ik u terecht moet wijzen. Wilt u een tweede termijn met deze getuige of niet?'

Diep teleurgesteld antwoordde David: 'Ja, edelachtbare.' Hij liep naar de getuigenbank. 'Ashley, je beseft dat je een eed hebt afgelegd?'

'Ja,' zei ze terwijl ze ondertussen diep ademhaalde om zichzelf weer onder controle te krijgen.

'Alles wat je gezegd hebt, is volgens jou de waarheid?'

'Ja.'

'Je weet dat er twee alter ego's in jou zijn waarover jij volstrekt geen controle kunt uitoefenen?'

'Ja.'

'Toni en Alette?'

'Ja.'

'Jij hebt deze vreselijke misdaden niet gepleegd?'

'Nee.'

'Maar een van hen wel. En jij bent daarvoor niet verantwoordelijk.'

Eleanor keek even naar Brennan, maar die antwoordde fluisterend: 'Laat hem maar lekker zijn gang gaan. Hij steekt zelf zijn eigen nek in de strop.'

'Helen...' Hier corrigeerde David zichzelf. Hij schaamde zich diep voor deze uitglijder. 'Ik bedoel, Ashley. Ik wil dat je ons Toni laat zien.'

217

Hulpeloos keek ze hem aan en fluisterde: 'Dat kan ik niet.'

'Ja, dat kun je wel,' zei David. 'Toni zit nu naar ons te luisteren en ze amuseert zich kostelijk. Waarom ook niet? Niemand beschuldigt haar van die drie moorden. Oké Toni,' zei hij nu met luide stem, 'je bent heel slim, kom maar tevoorschijn. Er is hier niemand die jou iets kan doen. Je kunt niet gestraft worden, om de doodeenvoudige reden dat Ashley onschuldig is. Om jou te pakken te nemen, zouden ze haar moeten straffen.'

De hele rechtszaal zat in verbijstering naar David te kijken. Ashley zag krijtwit.

David ging wat dichter bij haar staan. 'Toni? Hoor je me? Toni, kom tevoorschijn Nú!'

Hij wachtte even op wat komen zou, maar er gebeurde niets. Hij begon te schreeuwen. 'Toni! Alette! Kom tevoorschijn. Vooruit, kom hier! We weten wel dat jullie er zijn!'

Je kon een speld horen vallen.

Toen verloor David zijn zelfbeheersing. 'Kom eruit! Laat je eens zien. Kom eruit, verdomme. Nú!'

Ashley barstte in tranen uit.

Woedend zei rechter Williams: 'Meneer Singer, komt u even hier.'

Langzaam liep David naar haar toe.

'Bent u klaar met het pesten van uw cliënte? Meneer Singer, ik zal mijn bevindingen aangaande uw gedrag opsturen naar de Orde van Advocaten. Ik zal daar een aanbeveling bij doen om u voor het leven te schorsen. U bent de titel van advocaat niet waardig.'

David wist niet wat hij moest zeggen.

'Hebt u nog meer getuigen?'

David schudde ontkennend zijn hoofd. 'Nee, edelachtbare.' Het was voorbij: hij had verloren. Ashley zou ter dood worden veroordeeld. 'De verdediging is klaar.'

Op de achterste bank van de tribune zat Joseph Kincaid met een onverzettelijke blik in zijn ogen toe te kijken. Hij wendde zich tot Harvey Udell en zei: 'Schop hem eruit!' Met die woorden stond hij op en liep weg.

Toen David de rechtszaal uitliep, werd hij door Udell tegengehouden.

'David…'

'Hallo, Harvey.'

'Ik vind het heel jammer zoals het allemaal gelopen is.'

'Het is niet…'

'Meneer Kincaid vindt het vreselijk, maar hij heeft geen andere keus. Hij denkt dat het beter is dat je niet meer bij de firma terugkomt. Succes nog.'

Op het moment dat David één stap buiten de rechtszaal zette, werd hij belaagd door camera's en schreeuwende journalisten.

'Meneer Singer, uw commentaar…?'

'Laat rechter Williams u inderdaad schorsen…?'

'Laat rechter Williams u arresteren voor belediging van het Hof…?'

'Volgens deskundigen hebt u de zaak verloren…Gaat u in hoger beroep?'

'Volgens onze deskundigen krijgt Ashley Patterson de doodstraf…'

'Wat zijn uw plannen voor de toekomst…?'

Zonder een woord te zeggen stapte David in zijn auto en reed weg.

21

Keer op keer herschreef hij in gedachten de scènes.

Dokter Patterson, ik heb het op het journaal gezien. Wat vreselijk voor u.

Ja, het is een hele klap. Ik wil dat je me helpt, David.

Maar natuurlijk. U zegt het maar.

Ik wil dat je Ashley gaat verdedigen.

Maar dat kan ik niet; ik ben geen strafpleiter. Ik kan u wel naar een heel goede advocaat verwijzen. Jesse Quiller.

Dat is fantastisch, David. Dank je wel.

Nou, jij bent ongedurig zeg. We hadden pas om vijf uur een afspraak. Maar ik heb goed nieuws voor je: je wordt compagnon.

U wilde me spreken?

Ja, edelachtbare.

Dit proces is op Internet het gesprek van de dag. De meeste mensen hebben de verdachte al veroordeeld; dit schaadt mijn bewijsvoering. Ik zal dan ook een verzoek indienen dit proces nietig te laten verklaren.

Meneer Singer, ik ben het helemaal met u eens. Ik zal uw verzoek inwilligen.

De bittere smaak van hoe het ook had kunnen lopen.

De volgende dag werd de zitting hervat.

'Is het Openbaar Ministerie klaar om zijn requisitoir te houden?'

'Ja, edelachtbare.' Brennan stond op, liep naar de jurybank en keek de juryleden een voor een aan.

'Dit is uw kans om geschiedenis te schrijven. Als u ervan overtuigd bent dat de verdachte echt meerdere persoonlijkheden heeft en dat ze niet verantwoordelijk is voor de verschrikkelijke misdaden die ze heeft gepleegd en u spreekt haar vrij, dan geeft u eigenlijk iedereen een vrijbrief om te moorden. Iedereen kan dan immers beweren dat niet hij het heeft gedaan, maar een geheimzinnig alter ego. Ik zou mensen kunnen beroven, verkrachten en vermoorden. Ben ik schuldig? Nee, mijn alter ego heeft het gedaan. Het maakt niet uit hoe ze heten. Volgens mij bent u allemaal veel te intelligent om daarin te trappen. Wat u zag op die foto's, dat is de naakte waarheid. Die mensen werden niet vermoord door een of ander alter ego. Ze werden opzettelijk, met voorbedachten rade, op beestachtige wijze vermoord door de verdachte, Ashley Patterson. U ziet haar daar zitten. Dames en heren van de jury, wat de verdediging heeft proberen aan te tonen is al eens eerder geprobeerd. In de zaak-Mann versus Teller luidde de uitspraak dat er niet per definitie vrijspraak hoefde te volgen, ook al werd het bestaan van MPS aangetoond. In de zaak van de staat versus Whirley hadden we een verdachte die ervan werd beschuldigd als verpleegster een baby'tje te hebben omgebracht. Ook zij beweerde aan MPS te lijden. Ze werd desondanks schuldig bevonden.

Weet u, ik krijg bijna medelijden met de verdachte. Al die persoonlijkheden in die ene vrouw. Niemand van ons wil toch dat binnenin ons een stelletje gekken maar wat zit uit te spoken? Moorden plegen, mannen castreren. Ik zou er persoonlijk de bibbers van krijgen.'

Hij draaide zich om naar Ashley en zei: 'De verdachte ziet er niet zo bang uit, vindt u wel? In ieder geval niet te bang om een mooie jurk aan te trekken, haar haar te doen en zich op te maken. Ze ziet er eigenlijk helemaal niet bang uit. Ze denkt gewoon dat u haar gelooft en vrij zult spreken. Niemand kan bewijzen dat MPS werkelijk bestaat. We moeten dus maar op ons eigen beoordelingsvermogen afgaan.

221

De verdediging voert aan dat deze persoonlijkheden naar boven komen en het roer overnemen. Wie hebben we allemaal? Toni, die werd in Engeland geboren. En dan hebben we ook nog Alette. Maar die is in Italië geboren. Ze vormen allemaal een en dezelfde persoon. Ze werden alleen allemaal op een verschillende plaats op een verschillend tijdstip geboren. Vindt u dat niet verwarrend? Ik in ieder geval wel. Ik heb de verdachte de gelegenheid geboden ons kennis te laten maken met haar alter ego's. Maar ze greep die kans niet. Ik vraag me af waarom niet. Misschien omdat ze helemaal niet bestaan? Erkent de staat Californië het bestaan van MPS? Nee. Colorado? Nee. Mississippi? Nee. Het federale recht? Nee. *Geen enkele staat* erkent MPS als wettig bewijsmiddel. En weet u waarom niet? Omdat het geen bewijs is. Dames en heren, MPS wordt als alibi aangevoerd om straf te ontlopen.

De verdediging wil graag dat u gelooft dat de verdachte twee persoonlijkheden in zich heeft en dat daarom niemand voor de gepleegde misdaden verantwoordelijk kan worden gehouden. Maar in deze rechtszaal ziet u maar één verdachte zitten: Ashley Patterson. We hebben duidelijk en overtuigend bewezen dat zij een moordenares is. Toch beweert ze dat ze de misdaden niet heeft gepleegd. Die werden gepleegd door iemand anders; iemand die haar lichaam even leende om drie onschuldige mensen te vermoorden. Een van haar alter ego's. Het zou toch prachtig zijn als we allemaal alter ego's hadden, of niet soms? Die konden dan stiekem de dingen doen die eigenlijk verboden zijn. Maar misschien ook niet. Zou u graag willen leven in een wereld waarin mensen moordend rondgingen onder het mom van: "Je kunt me toch niks maken, want mijn alter ego heeft het gedaan" of : "Je kunt mij niet straffen, omdat mijn alter ego een deel van mij is"?

Maar in deze zaak zijn helemaal geen geheimzinnige persoonlijkheden. We hebben maar te maken met één verdachte, Ashley Patterson. Zij wordt ervan beschuldigd drie onschuldige mensen op koelbloedige wijze om het leven te hebben gebracht. Dat is dan ook de reden dat de staat de doodstraf eist. Dank u wel.'

Mickey Brennan liep terug naar zijn stoel.

'Is de verdediging klaar voor haar requisitoir?'

David stond op. Hij liep naar de jurybank en keek de juryleden een voor een aan. De moed zakte hem in de schoenen.

'Ik weet dat deze zaak voor ons allemaal zwaar is geweest. U hebt getuigen-deskundigen horen verklaren dat ze MPS hebben behandeld. En u hebt anderen horen verklaren dat zoiets helemaal niet bestaat. Niemand van u is arts en we vragen u dan ook niet uw oordeel op medische kennis te baseren. Ik wil u allemaal mijn excuses aanbieden voor mijn onbehoorlijke gedrag van gisteren. Ik heb tegen Ashley Patterson geschreeuwd omdat ik haar alter ego's naar buiten wilde brengen. Ik heb met hen gepraat; ik weet dat ze bestaan. Alette en Toni bestaan echt en ze kunnen Ashley Patterson werkelijk beheersen, op ieder gewenst moment. Ashley Patterson weet zich helemaal niets van de moorden te herinneren. Aan het begin van dit proces heb ik gezegd dat er voor een veroordeling twee dingen nodig zijn: fysiek bewijsmateriaal en een motief. Dames en heren, in deze zaak ontbreekt het motief. Totaal. De wet schrijft ook voor dat het OM moet aantonen dat het zonder enige twijfel vaststaat dat de verdachte schuldig is. U zult het met me eens zijn dat daaraan zeker wél getwijfeld kan worden. De verdediging trekt het feitelijke bewijsmateriaal niet in twijfel. Het zíjn de vingerafdrukken en de DNA-sporen van Ashley Patterson die werden aangetroffen op de plaats van de moord. Tot drie keer aan toe. Maar juist omdat dat zo is, vraag ik u daar even bij stil te staan. Ashley Patterson is een jonge, intelligente vrouw. Zou ze werkelijk zo dom zijn om haar vingerafdrukken achter te laten als ze niet gepakt wilde worden na het plegen van een moord? Het antwoord op die vraag luidt "nee".

En zo ging David nog een halfuur door. Toen hij aan het einde van zijn requisitoir de juryleden aankeek, stelde hem dat niet gerust. Hij ging terug naar zijn plaats.

Rechter Williams wendde zich tot de jury. 'Ik wil u nu instrueren inzake de juridische aspecten die op deze zaak van toepassing zijn. Ik wil dat u heel goed naar me luistert.' Gedurende twintig minuten legde ze tot in het kleinste detail uit wat wel en wat niet op grond van de wet mocht worden meegenomen in de beraadslagingen.

'Als u vragen hebt, stelt u ze dan. Als u een verklaring opnieuw wilt horen, vraag dan de griffier om het verslag. De jury mag zich nu terugtrekken voor beraad. De zitting wordt geschorst tot het moment dat zij een oordeel hebben geveld.'

David keek de juryleden na toen ze uit hun bank opstonden en de jurykamer in liepen. *Hoe langer ze erover doen, des te groter onze kansen*, dacht David.

Drie kwartier later waren ze klaar.

David en Ashley keken toe hoe de juryleden een voor een naar binnen kwamen en hun plaats weer innamen. Ashley zag krijtwit, David transpireerde hevig.

Rechter Williams richtte zich tot de voorzitter van de jury: 'Is de jury tot een oordeel gekomen?'

'Ja, edelachtbare.'

'Wilt u uw oordeel aan de gerechtsdienaar overhandigen?'

De gerechtsdienaar bracht het papiertje naar de rechter, die het openvouwde. Het was muisstil.

Daarop gaf de gerechtsdienaar het papiertje weer terug aan de voorzitter van de jury.

'Wilt u uw oordeel voorlezen?'

Langzaam en met gemeten stem las hij voor tot welk oordeel de jury gekomen was: 'De jury is in de zaak van de staat Californië versus Ashley Patterson tot het oordeel gekomen dat de verdachte, Ashley Patterson, op grond van artikel 187 van het Wetboek van Strafrecht schuldig is aan de moord op Dennis Tibble.'

De rechtszaal snakte naar adem. Ashley kneep haar ogen stevig dicht.

'De jury is in de zaak van de staat Californië versus Ashley Patterson tot het oordeel gekomen dat de verdachte, Ashley Patterson, op grond van artikel 187 van het Wetboek van Strafrecht schuldig is aan de moord op hulpsheriff Samuel Blake.

De jury is in de zaak van de staat Californië versus Ashley

Patterson tot het oordeel gekomen dat de verdachte, Ashley Patterson, op grond van artikel 187 van het Wetboek van Strafrecht schuldig is aan de moord op Richard Melton. In alle drie de oordelen is de jury van mening dat het gaat om moord met voorbedachten rade.'

David had moeite met ademhalen. Hij keerde zich naar Ashley, maar kon geen woorden vinden. Daarom sloeg hij zijn armen maar om haar heen.

'Ik wil graag een individuele stemverklaring van ieder van de juryleden,' zei rechter Williams. Ze gingen een voor een staan.

'Bent u tot het oordeel gekomen dat zojuist is uitgesproken?'

Nadat ze het een voor een hadden bevestigd, zei rechter Williams: 'Het oordeel van de jury wordt opgenomen in het zittingsverslag. Ik wil de leden van de jury bedanken voor de tijd en de moeite die ze zich hebben getroost. Ik verleen u hierbij decharge. Morgen zullen we ons buigen over de mate van toerekeningsvatbaarheid.'

David keek toe hoe Ashley werd weggeleid.

Rechter Williams stond op en zonder David nog een blik waardig te keuren, liep ze de rechtszaal uit. Uit haar houding kon David opmaken tot welke uitspraak zij morgen zou komen. Ashley zou ter dood worden veroordeeld.

Sandra belde op vanuit San Francisco. 'Alles goed met je, lieverd?'

David probeerde opgewekt te klinken. 'Ja hoor. Hoe gaat het met jou en ons kind?'

'Dat gaat prima. Ik heb het allemaal op het journaal gevolgd. Ik vond dat de rechter je geen eerlijke kans heeft gegeven. Ze kan je niet laten schorsen. Je probeerde alleen maar je cliënte te helpen.'

David wist niet wat hij daarop moest zeggen.

'Ik voel met je mee, David. Ik wou dat ik bij je was. Ik zou met de auto...'

'Nee,' zei David. 'We moeten nu geen risico's gaan nemen. Ben je al naar de dokter geweest?'

'Ja.'
'Wat zei hij?'
'Dat het nu elke dag kan komen.'
Prettige verjaardag, Jeffrey.

Jesse Quiller belde hem op.
'Ik heb het verprutst,' zei David.
'Absoluut niet. Je trof het gewoon niet met de rechter. Wat heb je gedaan dat ze zo de pest aan je kreeg?'
'Ze wilde dat ik van tevoren een schuldbekentenis zou afgeven in ruil voor strafvermindering. Ze wilde dit hele proces voorkomen.'

In het holst van de nacht staarde David vanuit zijn hotelkamer naar buiten. Dit was het dieptepunt van zijn leven. Alle zenders hadden de schande die hij over zichzelf had gebracht breed uitgemeten en op één zender zat een juridische deskundige de zaak uitvoerig te bespreken.
'Ik heb nog nooit meegemaakt dat een advocaat zijn eigen cliënte toeschreeuwt. Ik kan u vertellen dat de rechtszaal daarvan helemaal ondersteboven was. Het was werkelijk…'
David zapte naar een andere zender. *Wat is er toch verkeerd gegaan?* vroeg hij zich af. *Iedereen leeft toch altijd lang en gelukkig? Omdat ik het verprutst heb, moet Ashley sterven, word ik geschorst en wordt ons kind geboren op het moment dat ik zonder werk zit.*
Hij zat diep in de put. Keer op keer draaide hij de laatste scène af. *In mijn rechtszaal geen hypnose. Het antwoord is "nee".*
Had ze het nou maar toegestaan dat ik Ashley in de rechtszaal zou laten hypnotiseren. Dan zou iedereen overtuigd zijn geweest. Maar dat deed er nu allemaal niet meer toe.
Maar een klein stemmetje zei: *Wie zegt dat het er niet meer toe doet? Dat het is afgelopen? Het doek is nog niet gevallen.*
Er is niets meer dat ik kan doen.
Je cliënte is onschuldig. Laat je haar dan zomaar doodgaan?
Laat me met rust.

Steeds maar weer hoorde hij de stem van rechter Williams: *In mijn rechtszaal geen hypnose.*

Steeds maar weer opnieuw: *In mijn rechtszaal...*

Om vijf uur in de ochtend pleegde David twee opwindende, dringende telefoontjes. Toen hij de hoorn neerlegde, kwam de zon op. *Dat is vast een voorteken*, dacht hij. *We gaan winnen.*

Later die ochtend liep David een antiekwinkel binnen.

De winkelbediende kwam naar hem toe. 'Kan ik u misschien van dienst zijn?' Op dat moment herkende hij David en voegde eraan toe: 'Meneer Singer.'

'Ik ben op zoek naar een Chinees kamerscherm. Verkoopt u die soms?'

'Jazeker. Ze zijn wel niet antiek, maar...'

'Laat maar eens zien.'

'Maar natuurlijk.' Hij ging David voor naar de hoek waar de kamerschermen stonden. De winkelbediende wees naar de eerste en zei: 'Deze hier...'

'Prima. Ik neem hem,' zei David.

'Ja, meneer. Waar moet hij naartoe?'

'Ik neem hem zo wel mee.'

Vervolgens liep hij naar een ijzerwarenwinkel, waar hij een Zwitsers zakmes kocht. Nog geen kwartier later liep hij gewapend met het scherm het paleis van justitie binnen. Tegen de baliemedewerker zei hij: 'Ik heb hier vandaag een gesprek met Ashley Patterson. Ik heb toestemming gekregen om de kamer van rechter Goldberg te gebruiken. Die is er vandaag niet.'

De baliemedewerker antwoordde: 'Ja, meneer. Alles staat klaar. Ik zal de verdachte naar de kamer laten brengen. Dokter Salem is er al, samen met iemand anders.'

'Dank u wel.'

De baliemedewerker zag David met het kamerscherm sjouwen in de richting van de lift en dacht bij zichzelf: *Die is zo gek als een deur.*

De kamer van rechter Goldberg was heel gerieflijk ingericht: bij het raam stond een bureau met draaistoel en tegen een van de wanden was een zitje met stoelen en een bank geplaatst.

Toen David de kamer binnenkwam stonden dokter Salem en een andere man al op hem te wachten.

'Het spijt me dat ik zo laat ben,' zei David.

'Dit is Hugh Iverson,' zei dokter Salem. 'Hij is de deskundige om wie je hebt gevraagd.'

Ze gaven elkaar een hand. 'We moeten opschieten,' zei David. 'Ashley kan ieder moment komen.'

Hij wendde zich tot Hugh Iverson en terwijl hij naar een hoek van de kamer wees, zei hij: 'Wat vindt u daarvan?'

'Prima.'

Iverson ging aan het werk. Even later werd Ashley binnengebracht.

'Ik zal erbij moeten blijven,' zei de bewaker.

David knikte instemmend. 'Dat is goed.' Hij keerde zich tot Ashley en zei: 'Wil je hier plaatsnemen?'

Hij keek hoe ze ging zitten. 'Ik wil je in de eerste plaats zeggen dat ik het vreselijk vind dat het allemaal zo gelopen is.'

Ze knikte begrijpend maar gelaten.

'Maar onze kansen zijn nog niet verkeken.'

Met ongeloof in haar ogen keek ze hem aan.

'Ashley, ik wil dat je je nog één keer door dokter Salem laat hypnotiseren.'

'Nee. Wat heeft dat nou nog voor…?'

'Wil je het dan voor mij doen?'

Ze haalde haar schouders op.

David gaf dokter Salem een knikje.

'We hebben dit al eens eerder gedaan, Ashley,' zei dokter Salem. 'Je weet dus dat er niets aan is. Het enige wat je moet doen is je ogen sluiten en je ontspannen; gewoon ontspannen. Laat alle spanning wegvloeien. Je wilt alleen maar slapen. Je ogen worden zwaar…'

Tien minuten later zei dokter Salem tegen David: 'Ze is nu volledig onder hypnose.'

Met bonzend hart liep David naar Ashley. 'Ik wil Toni graag spreken.'

Geen reactie.

David verhief zijn stem en zei: 'Toni, ik wil dat je je laat zien.

Hoor je me? Alette… Ik wil met jullie praten.'

Stilte.

David begon te schreeuwen. 'Wat is er aan de hand? Zijn jullie soms bang? Daarom wilden jullie je niet laten zien in de rechtszaal, of niet soms? Hebben jullie gehoord wat de jury zei? Ashley is schuldig. Jullie zijn gewoon bang. Toni, je bent een lafaard!'

Alle ogen waren op Ashley gericht. Geen reactie. Wanhopig keek David dokter Salem aan. Het ging niet lukken.

'De zitting is heropend. Rechter Tessa Williams zit voor.'

Achter de tafel van de verdediging zaten Ashley en David. Davids hand zat in het verband.

David stond op. 'Kan ik u heel even spreken, edelachtbare?'

'Ja, dat kan.'

Hij liep naar haar toe met Brennan in zijn kielzog.

'Ik wil graag nieuw bewijsmateriaal inbrengen,' zei David.

'Absoluut niet,' protesteerde Brennan.

'Laat die beslissing maar aan mij over, meneer Brennan,' antwoordde rechter Williams. Ze wendde zich tot David en zei: 'Het proces is voorbij, de jury heeft uw cliënte schuldig bevonden en…'

'Dit bewijsmateriaal heeft betrekking op de ontoerekeningsvatbaarheid,' viel David haar in de rede. 'Ik vraag alleen maar tien minuutjes van uw tijd.'

'Tijd is voor u blijkbaar niet belangrijk, meneer Singer,' luidde de boze reactie van rechter Williams. 'U hebt al heel veel tijd van heel veel mensen verknoeid. Maar goed,' voegde ze eraan toe, 'omdat ik hoop dat dit het laatste verzoek zal zijn dat u ooit in een rechtszaal uitspreekt, willig ik uw verzoek in. De zitting wordt voor tien minuten geschorst.'

David en Brennan liepen achter rechter Williams aan. Toen ze in haar kamer stonden, zei ze: 'U hebt tien minuten. Wat is er?'

'Ik wil u een opname laten zien, edelachtbare.'

'Ik zie de relevantie hiervan niet in,' zei Brennan.

'Ik ook niet,' beaamde rechter Williams. 'Meneer Singer, u hebt nu nog negen minuten.'

David haastte zich naar de deur, deed die open en zei: 'Kom maar binnen.'

Hugh Iverson droeg een projector en een scherm. 'Waar zal ik ze neerzetten?'

'Doe daar maar,' zei David terwijl hij naar de hoek van de kamer wees.

Ze keken allemaal hoe hij de apparatuur installeerde.

'Mag ik de gordijnen dichtdoen?' vroeg David.

Rechter Williams knapte bijna uit haar vel van woede. 'Ja, meneer Singer.' Ze keek op haar horloge en voegde eraan toe: 'U hebt nu nog maar zeven minuten.'

De projector werd aangezet en de kamer van rechter Goldberg verscheen op het scherm. David en dokter Salem zaten allebei op een stoel naar Ashley te kijken.

Op het scherm zei dokter Salem tegen David: 'Ze is nu volledig onder hypnose.'

David liep naar Ashley en zei: 'Ik wil Toni graag spreken. Toni, ik wil dat je je laat zien. Hoor je me? Alette… Ik wil met jullie praten.'

Stilte.

Met een strak gezicht keek rechter Williams naar het scherm.

'Wat is er aan de hand? Zijn jullie soms bang? Daarom wilden jullie je niet laten zien in de rechtszaal, of niet soms? Hebben jullie gehoord wat de jury zei? Ashley is schuldig. Jullie zijn gewoon bang. Toni, je bent een lafaard!' Rechter Williams stond op. 'Deze vertoning heb ik al eens gezien. Ik heb er genoeg van. Uw tijd is voorbij, meneer Singer!'

'Wacht,' riep David. 'U hebt nog niet…'

'Het is voorbij.' Met die woorden liep rechter Williams in de richting van de deur.

Opeens klonk er een lied.

'A penny for a spool of thread,
A penny for a needle
That's the way the money goes.
Pop! goes the weasel…'

Verwonderd draaide rechter Williams zich om en keek naar het scherm.

Het gezicht van Ashley had een complete verandering ondergaan. Het was Toni.

Boos antwoordde Toni: 'Te bang om in de rechtszaal tevoorschijn te komen? Denk je nu echt dat ik tevoorschijn kom omdat jíj dat wilt? Wat denk je wel dat ik ben? Een aap die kunstjes kan?'

Langzaam liep rechter Williams terug de kamer in. Ze hield haar blik gericht op het scherm.

'Ik heb al die flauwekul aangehoord. Ik denk niet dat MPS bestaat,' voegde ze eraan toe terwijl ze een van de getuigendeskundigen nadeed. 'Wat een stelletje idioten! Ik heb nog nooit van mijn leven zulke...'

Voor hun ogen veranderde het gezicht van Ashley opnieuw. Het leek alsof ze zich in haar stoel ontspande en op haar gezicht verscheen een verlegen uitdrukking. Met haar Italiaanse accent zei Alette: 'Meneer Singer, ik weet dat u alles hebt gedaan wat u maar kon doen. Ik wilde wel tevoorschijn komen om u te helpen, maar het mocht niet van Toni.'

Van het gezicht van rechter Williams was niets af te lezen.

Opnieuw een verandering in zowel gelaatsuitdrukking als stem: 'En terecht!' riep Toni.

'Toni,' vroeg David, 'wat denk je dat er gebeurt als Ashley de doodstraf krijgt?'

'Ze krijgt de doodstraf niet. Twee van de drie kerels kende ze niet eens, weet je nog?'

'Maar Alette kende ze wel,' zei David. 'Alette, jij hebt die moorden gepleegd. Jij bent met ze naar bed geweest en daarna heb je ze neergestoken en gecastreerd...'

'Idioot!' kwam Toni tussenbeide. 'Dat zou Alette nooit durven! Ik heb het gedaan. Ze verdienden het om te sterven. Ze waren alleen maar uit op seks.' Haar ademhaling ging zwaar. 'Maar dat heb ik ze mooi betaald gezet, of niet soms? En niemand kan bewijzen dat ik het was. Laat die trut maar de schuld krijgen. Dan gaan we allemaal gezellig naar een gesticht en...'

Opeens hoorden ze vanachter het kamerscherm duidelijk een klik.

'Wat was dat?' vroeg Toni, zich omdraaiend.

'Niets,' zei David. 'Het was alleen maar...'

Toni stond op en liep naar het scherm. In het midden zat een gaatje waar een lens doorheen stak. Toni gooide het scherm om, zodat Hugh Iverson met zijn camera tevoorschijn kwam. Boos draaide Toni zich om. 'Jij, schoft. Wat heeft dit te betekenen? Je hebt me erin geluisd!'

Op het bureau lag een briefopener. Toni greep hem en rende schreeuwend naar David toe. 'Ik ga je vermoorden. Ik ga je vermoorden.'

David probeerde haar tegen te houden, maar ze was te sterk voor hem. De briefopener kwam in zijn hand terecht.

Toni hief haar arm op om David opnieuw te steken. Maar op dat moment sprong de bewaker tussenbeide en probeerde haar tegen te houden. Met één grote slag wist Toni hem te vloeren. De deur vloog open en er kwam een andere bewaker binnenstormen. Toen hij zag wat er aan de hand was, sprong hij in de richting van Toni. Ze schakelde hem uit met een enorme trap in zijn kruis. Nog twee bewakers kwamen te hulp. In totaal waren er drie nodig om haar in een stoel te krijgen. Al die tijd had ze geschreeuwd en gescholden.

'Maak haar wakker,' riep David tegen dokter Salem.

'Ashley, Ashley...' zei dokter Salem. 'Luister naar me. Ik ga je eruit halen. Toni is weg. Je bent veilig, Ashley. Kom maar weer tevoorschijn. Ik tel tot drie.'

Voor hun ogen zagen ze het lichaam van Ashley ontspannen.

'Ashley, kun je me horen?'

'Ja,' klonk de stem van Ashley, al was het nog ver weg.

'Als ik tot drie tel, word je wakker. Een... twee... drie... Hoe voel je je?'

'Heel erg moe,' antwoordde ze terwijl ze haar ogen opendeed. 'Heb ik iets gezegd?'

Op dat moment stopte de opname. David liep naar de muur en deed het licht weer aan.

'Nou, wat een toneelspel!' zei Brennan. 'Als er toch eens Oscars...'

'Houd uw mond,' zei rechter Williams.

Verbijsterd keek Brennan haar aan.

Het bleef even stil. Toen keerde rechter Williams zich tot David en zei: 'Meneer Singer?'

'Ja?'

'Ik bied u mijn excuses aan.'

Iedereen had weer plaatsgenomen in de rechtszaal. Rechter Williams zei: 'Beide raadsheren aanvaarden het oordeel van dokter Salem, de psychiater die de verdachte al eens eerder heeft onderzocht. De beslissing van dit Hof luidt dat de verdachte niet schuldig is op grond van volledige ontoerekeningsvatbaarheid. Ze zal zich in een inrichting onder behandeling moeten laten stellen. De zitting is gesloten.'

David was leeg, helemaal uitgeput. *Het is voorbij*, dacht hij. *Het is eindelijk voorbij*. Nu konden hij en Sandra hun eigen leven weer oppakken.

Hij keek rechter Williams aan en zei dolblij: 'We krijgen een kind.'

'Ik zou je een suggestie willen doen,' zei dokter Salem. 'Ik weet niet of het je lukt, maar ik denk dat het heel goed voor Ashley zou zijn.'

'Wat bedoel je?' vroeg David.

'Het Psychiatrisch Ziekenhuis van Connecticut heeft meer gevallen van MPS behandeld dan welk ander ziekenhuis dan ook. De directeur, dokter Otto Lewison, is een vriend van me. Als je ervoor kunt zorgen dat Ashley daar verpleegd kan worden, denk ik dat ze daar heel erg bij gebaat zou zijn.'

'Dank je wel,' zei David. 'Ik zal het proberen.'

'Ik... ik weet niet hoe ik je moet bedanken,' zei dokter Patterson.

'Dat hoeft ook niet,' antwoordde David met een glimlach. 'Het was pro Deo, weet u nog wel?'

'Je hebt het fantastisch gedaan. Ik was even bang...'

'Ik ook.'

'Maar het recht heeft gezegevierd. Mijn dochter wordt beter.'

'Ongetwijfeld,' zei David. 'Dokter Salem stelde voor haar te laten opnemen in Connecticut. De dokters daar zijn in MPS gespecialiseerd.'

Het bleef even stil. Toen zei dokter Patterson: 'Weet je? Ashley verdient dit helemaal niet. Ze is zo'n geweldige vrouw.'

'Dat ben ik helemaal met u eens. Ik ga rechter Williams vragen of we haar kunnen overplaatsen.'

Rechter Williams zat in haar kamer. 'Meneer Singer, wat kan ik voor u doen?'

'Ik kom een verzoek indienen.'

Ze knikte. 'Ik hoop dat ik dat kan inwilligen. Waar gaat het over?'

David legde haar uit wat dokter Salem hem had verteld.

'Dat is nogal ongebruikelijk. We beschikken hier in Californië ook over heel goede psychiaters.'

'Goed. Dank u wel, edelachtbare,' zei David en hij draaide zich teleurgesteld om.

'Meneer Singer, ik zei geen "nee".' David bleef staan. 'Het verzoek is ongebruikelijk, maar hetzelfde geldt voor dit proces.'

David wachtte.

'Ik denk dat ik haar overplaatsing wel kan regelen.'

'Dank u wel, edelachtbare. Dat waardeer ik enorm.'

Ze hebben me ter dood veroordeeld, dacht Ashley in haar cel. *Een heel langzame dood in een gesticht vol met gekken. Het zou beter zijn geweest als ze me meteen hadden vermoord.* Het vooruitzicht op die lange, eenzame jaren die voor haar lagen, maakte haar aan het huilen.

De deur ging open en haar vader kwam binnen. Hij bleef even staan en met een bezorgde blik keek hij naar zijn dochter.

'Schatje...' Hij nam plaats tegenover haar. 'Je blijft leven.'

Ze schudde haar hoofd. 'Ik wil niet leven.'

'Dat moet je niet zeggen, lieverd. Je lijdt aan een ziekte. Maar daar kun je van genezen. En dat zal ook gebeuren. Als je beter bent, kom je gewoon bij mij wonen. Dan zal ik wel voor je zorgen. Wat er ook gebeurt, we hebben altijd elkaar nog. Dat kunnen ze nooit van ons afpakken.'

Ashley zweeg.

'Ik weet hoe je je voelt, geloof me. Maar het gaat over. Mijn lieveling wordt weer beter en dan komt ze bij me wonen.' Langzaam stond hij op. 'Het spijt me, maar ik moet weer terug naar San Francisco.' Hij wachtte of ze iets zou zeggen.

Maar Ashley zei niets.

'David vertelde me dat je naar een van de beste klinieken ter wereld wordt gestuurd. Ik kom je opzoeken. Vind je dat leuk?'

Ze knikte en zei op matte toon: 'Ja.'

'Oké, schatje.' Hij gaf haar een kus op haar wang en knuffelde haar even. 'Ik zal ervoor zorgen dat je heel goed verzorgd wordt. Ik wil mijn kleine meisje weer terug.'

Toen haar vader wegliep, keek ze hem na. *Waarom mag ik nu niet doodgaan?* dacht ze. *Waarom laten ze me nu niet doodgaan?*

Een uur daarna kwam David haar opzoeken.

'Het is voor elkaar,' zei hij. Bezorgd keek hij haar aan. 'Is er iets?'

'Ik wil niet naar een inrichting. Ik wil dood. Ik kan dit leven niet meer aan. Help me, David. Alsjeblieft, help me.'

'Ashley, je krijgt hulp. Het verleden is voorbij. Nu heb je... een toekomst voor je. De nachtmerrie is bijna ten einde.' Hij pakte haar hand. 'Luister eens. Je hebt me je vertrouwen gegeven. Vertrouw me ook nu. Je leven zal weer helemaal normaal worden.'

Ze bleef zwijgen.

'Zeg "Ik geloof je, David."'

Ze haalde heel diep adem en zei: 'Ik geloof je, David.'

'Goed zo,' zei hij grijnzend. 'Dit is een nieuwe start.'

Zodra de uitspraak bekend werd, ging de pers uit zijn bol. David was van het ene op het andere moment een held. Hij had een schier onmogelijke zaak aangenomen en hem weten te winnen.

Hij belde Sandra op. 'Lieverd, ik…'

'Ik weet het, lieverd. Ik weet het. Ik heb net het journaal gezien. Is het niet prachtig? Ik ben trots op je.'

'Ik kan je niet zeggen hoe blij ik ben dat het voorbij is. Ik kom vanavond naar huis. Ik kan niet wachten tot…'

'David…?'

'Ja?'

'David… ? Oooo…'

'Ja? Wat is er, lieverd?'

'Oooo… een kind, we krijgen een…'

'Wacht op me!' riep David.

Jeffrey Singer woog acht pond en tien ons. Hij was de mooiste baby die David ooit had gezien.

'Hij lijkt echt sprekend op je, David,' zei Sandra.

'Ja, hè? zei David met een grijns van oor tot oor.

'Ik ben blij dat het allemaal zo goed is afgelopen,' zei Sandra.

'Soms was ik daar niet zo zeker van,' zei David met een zucht.

'Ik heb nooit aan je getwijfeld.'

David sloeg zijn armen om haar heen en zei: 'Ik kom straks weer terug, lieverd. Ik moet nog even mijn bureau opruimen.'

Het welkom bij Kincaid, Turner, Rose & Ripley was hartelijk.

'Gefeliciteerd, David…'

'Mooi werk…'

'Je hebt ze echt een poepje laten ruiken…'

David liep zijn kamer in. Holly was er niet. Hij begon zijn bureau leeg te ruimen.

'David…?'

In de deuropening stond Joseph Kincaid. Hij liep op David af en vroeg: 'Wat ben je aan het doen?'

'Ik ben mijn bureau aan het leegruimen. Ik was toch ontslagen?'

'Ontslagen?' vroeg Kincaid met een glimlach. 'Natuurlijk niet. Nee, nee, nee. Er is hier sprake van een misverstand.' Hij glunderde van oor tot oor en zei: 'Je wordt compagnon, mijn beste jongen. Ik heb zelfs al een persconferentie geregeld. Speciaal voor jou. Om drie uur.'

'Echt waar?' vroeg David.

'Echt waar,' knikte Kincaid bevestigend.

'Nou, dan kun je die maar beter afzeggen,' zei David. 'Ik heb besloten dat ik het strafrecht weer oppak. Ik word de compagnon van Jesse Quiller. In die branche weet je tenminste wie de misdadigers zijn. Dus, Joe, je weet wel wat je met dat compagnonschap kunt doen, of niet soms?'

Met die woorden liep David het kantoor uit.

Jesse Quiller keek eens rond en zei: 'Dit penthouse is echt iets voor jullie.'

'Dank je wel,' zei Sandra. Ze hoorde iets uit de richting van de babykamer en zei: 'Ik ga even naar Jeffrey kijken, oké?' en haastte zich de kamer uit.

Jesse liep naar een zilveren fotolijstje, waarin de eerste foto zat die van Jeffrey was gemaakt. Bewonderend zei hij: 'Prachtig. Hoe kom je eraan?'

'Van rechter Williams gekregen.'

'Ik ben blij dat je weer terug bent, compagnon,' zei Jesse.

'Ik ben ook blij dat ik weer terug ben, Jesse.'

'Je bent waarschijnlijk wel aan vakantie toe, of niet soms? Een beetje luieren…'

'Ja. Sandra en ik dachten erover om mijn ouders in Oregon te gaan opzoeken zodat ze hun eerste kleinkind…'

'David, wat ik je nog wilde zeggen… vanochtend is er een heel interessante zaak binnengekomen. Een vrouw wordt ervan verdacht dat ze haar twee kinderen om het leven heeft gebracht. Ik moet jammer genoeg naar Washington in verband met een andere zaak. Ik hoopte eigenlijk dat jij wel even met haar zou willen praten. Ik ben heel benieuwd wat jij ervan vindt.'

DEEL DRIE

22

Het Psychiatrisch Ziekenhuis van Connecticut lag vijftien kilometer ten noorden van Westport. Het was gehuisvest in het voormalig landgoed van Wim Boeker, een rijke Nederlander die het huis in 1910 had laten bouwen. Op het prachtige stuk grond van een halve hectare stonden een groot herenhuis, een atelier, stallen en een zwembad. In 1925 werd het overgenomen door de staat, die het herenhuis had laten verbouwen om er zo'n honderd patiënten in te huisvesten. Om het hele landgoed heen werd een hoog, ijzeren hek neergezet en bij de ingang kwam bewaking. De ramen werden allemaal voorzien van ijzeren tralies. Eén vleugel werd helemaal verbouwd en beveiligd om er de gevaarlijke patiënten in onder te brengen.

In het kantoor van dokter Otto Lewison, de directeur, was een vergadering aan de gang. Dokter Gilbert Keller en dokter Craig Foster bespraken een nieuwe patiënte die ieder moment kon arriveren.

Gilbert Keller was in de veertig, van een gemiddelde lengte, had blond haar en diepgrijze ogen. Hij was een van de meest vooraanstaande deskundigen op het gebied van MPS.

Otto Lewison, was in de zeventig, slim, een beetje parmantig met een volle baard en een pince-nez.

Dokter Foster werkte al vele jaren samen met dokter Keller. Hij was op dit moment bezig aan een boek over MPS. Ze bespraken het dossier van Ashley Patterson.

'Een drukke dame,' zei Otto Lewison. 'Ze is pas negenentwintig en heeft toch al vijf mannen vermoord.' Hij keek even in zijn papieren en voegde eraan toe: 'Ze heeft zelfs haar advocaat proberen te vermoorden.'

'Daar dromen we toch allemaal van?' merkte Gilbert Keller droogjes op.

'Totdat we een goed beeld van haar hebben,' zei Otto Lewison, 'stoppen we haar in de A-vleugel.'

'Wanneer komt ze?' vroeg dokter Keller.

Op dat moment klonk de stem van de secretaresse van dokter Lewison over de intercom: 'Dokter Lewison, Ashley Patterson wordt nu binnengebracht. Wilt u dat ze haar naar uw kantoor brengen?'

'Ja, graag.' Lewison keek op naar dokter Keller en zei: 'Is dat een antwoord op je vraag?'

De reis was vreselijk geweest. Nadat haar proces was afgesloten, was Ashley Patterson teruggebracht naar haar cel, waar ze drie dagen had moeten wachten totdat ze naar Connecticut kon vertrekken.

Ze was in een gevangenenbusje naar het vliegveld van Oakland gebracht, waar het vliegtuig al gereedstond. Het was een oude DC-6 die speciaal voor het transport van gedetineerden was omgebouwd. Aan boord bevonden zich vierentwintig gevangenen. Ze waren allemaal aan handen en voeten gebonden.

Ashley had handboeien om. Op het moment dat ze ging zitten, werden ook haar enkels in de boeien gelegd.

Waarom doen ze me dit aan? Ik ben toch helemaal niet gevaarlijk? Ik ben een heel normale vrouw. Waarop een klein stemmetje eraan toevoegde: '*Die vijf onschuldige mensen heeft vermoord.*'

De gevangenen aan boord waren stuk voor stuk gewetenloze misdadigers. Hun veroordelingen liepen van gewapende overval tot moord, verkrachting en wat al niet meer. Ze waren allemaal op weg naar de best bewaakte gevangenissen van het land. Ashley was de enige vrouw.

'Hé, schatje. Kom eens lekker op mijn schoot zitten.'

'Mond dicht,' waarschuwde een van de bewakers.

242

'Hé man, weet je niet wat liefde is, of zo? Deze lekkere meid zal voorlopig geen wip maken. Hoe lang moet je, moppie?'

'Ben je lekker heet, schat?' vroeg een ander. 'Waarom kom je niet naast me zitten? Dan kan ik lekker met mijn hand...'

Maar een van de anderen had alleen maar een tijdje naar Ashley zitten kijken. Opeens riep hij: 'Hé, jongens. Dat is dat wijf dat vijf kerels heeft vermoord en ze daarna gecastreerd heeft.' ·

Alle ogen richtten zich op Ashley.

Het pesten was meteen voorbij.

Op weg naar New York maakten ze tot twee keer toe een tussenlanding: er moesten gevangenen worden overgedragen en opgepikt. Het was een lange vlucht en onderweg hadden ze veel last van turbulentie. Toen ze eindelijk op La Guardia landden, was Ashley luchtziek geworden.

Op de landingsbaan stonden twee geüniformeerde agenten Ashley op te wachten. In het politiebusje werden haar enkels opnieuw in de boeien gedaan. Nog nooit had ze zich zo vernederd gevoeld. Het feit dat ze zich volkomen normaal voelde, maakte het alleen maar ondraaglijker. Dachten ze nu echt dat ze wilde ontsnappen en iemand ging vermoorden? Dat was voorbij, dat lag allemaal achter haar. Wisten ze dat dan niet? Ze was ervan overtuigd dat het nooit meer zou gebeuren. Ze wilde weg. Maakte niet uit waarnaartoe.

Tijdens de lange, saaie rit naar Connecticut viel ze in slaap. Het was de stem van een van de bewakers die haar wakker maakte.

'We zijn er.' Ze stonden voor de poort van het Psychiatrisch Ziekenhuis van Connecticut.

Toen Ashley Patterson het kantoor van Otto Lewison werd binnengebracht, zei deze: 'Welkom in het Psychiatrisch Ziekenhuis van Connecticut, mevrouw Patterson.'

Zwijgend bleef Ashley staan. Ze zag bleek.

Dokter Lewison stelde iedereen voor en bood Ashley een stoel aan. 'Gaat u zitten.' Tegen de bewakers zei hij: 'U kunt de hand- en enkelboeien nu wel afdoen.'

Nadat de boeien verwijderd waren, ging Ashley zitten.

'Ik weet dat dit heel moeilijk voor u moet zijn,' zei dokter Foster. 'We zullen het u zo gemakkelijk mogelijk proberen te maken. We willen allemaal dat u op een dag gezond en wel hier de deur weer uitloopt.'

Eindelijk hervond Ashley haar stem: 'Hoe lang... denkt u dat dat gaat duren?'

'Dat kunnen we nu nog niet zeggen,' zei dokter Lewison. 'Als u genezen kúnt worden, kan dat zo'n vijf tot zes jaar in beslag nemen.'

Elk woord was voor Ashley als een mokerslag. *Als u genezen kúnt worden, dan kan dat zo'n vijf tot zes jaar in beslag nemen...*

'De therapie is volstrekt niet bedreigend en zal bestaan uit sessies met dokter Keller, hypnose, groepstherapie en tekentherapie. Wat u vooral goed moet beseffen, is dat wij niet uw vijanden zijn.'

Gilbert Keller keek haar onderzoekend aan. 'We zijn er om u te helpen. En wij willen dat u ons daarbij helpt.'

Er viel niet veel meer te zeggen.

Otto Lewison knikte naar de verpleegkundige, die daarop naar Ashley liep en haar bij de arm beetpakte.

'U wordt nu naar uw kamer gebracht,' zei dokter Foster. 'We zetten ons gesprek strakjes voort.'

Toen ze de kamer uitliep, vroeg Otto Lewison aan Gilbert Keller: 'Wat denk je?'

'Nou, er is één voordeel: ze heeft slechts twee alter ego's.'

Keller probeerde het zich te herinneren. 'Wie had ook alweer de meeste?'

'Mevrouw Beltrand. Die had er negentig.'

Ashley had niet geweten wat haar te wachten stond. Op de een of andere manier had ze zich een voorstelling gemaakt van een donkere, sombere gevangenis. Maar het Psychiatrisch Ziekenhuis van Connecticut zag er veel eerder uit als een gezellig clubhuis, zij het met ijzeren tralies voor de ramen.

Toen ze met de verpleegkundige door de lange, vrolijke gangen liep, zag ze de patiënten allemaal vrij heen en weer lopen.

Ze waren van alle leeftijden en ieder van hen zag er volkomen normaal uit. *Waarom zitten ze hier dan?* Enkelen van hen glimlachten naar haar en zeiden: 'Goedemorgen.' Ashley was echter te zeer in de war om antwoord te geven. Het deed allemaal een beetje surrealistisch aan. Ze bevond zich in een inrichting voor krankzinnigen. *Ben ik krankzinnig?*

Ze kwamen bij een grote stalen deur, die een deel van het gebouw scheidde van de rest. Achter de deur stond een mannelijke verpleegkundige. Toen hij op een rode knop drukte, ging de deur open.

'Dit is Ashley Patterson.'

'Goedemorgen, mevrouw Patterson,' zei de tweede verpleegkundige. Alles leek zo normaal. *Maar er is niets meer normaal*, schoot het door Ashley heen. *De wereld staat op zijn kop.*

'Mevrouw Patterson, volgt u mij maar.' Hij liep voor haar uit naar een andere deur en deed die open. Ashley stapte naar binnen. In plaats van in een cel bevond ze zich nu in een gezellige, redelijk ruime kamer. De muren waren pastelblauw van kleur en er stond een bankje en een bed dat er comfortabel uitzag.

'Dit is uw kamer. Uw spullen worden zo gebracht.'

Ashley keek hem na toen hij wegliep en de deur achter zich sloot. *Dit is uw kamer.*

Ze werd licht claustrofobisch. *En als ik hier nu eens niet wil blijven? Als ik nu eens weg wil?*

Ze liep naar de deur. Die zat op slot. Ashley ging op de bank zitten en probeerde haar gedachten te ordenen. Ze probeerde het vooral van de positieve kant te bekijken. *We gaan proberen u te genezen.*

We gaan proberen u te genezen.

We gaan u genezen.

23

Ashley werd toegewezen aan dokter Gilbert Keller. Als therapeut was hij gespecialiseerd in MPS. Natuurlijk had zijn therapie in sommige gevallen niet het gewenste resultaat gehad, maar de gevallen waarin het wel had gewerkt, waren daar een veelvoud van. Bij mensen als Ashley Patterson diende een oplossing zich niet meteen aan. Hij moest in de eerste plaats zien haar vertrouwen te winnen, vervolgens een voor een de alter ego's naar buiten zien te lokken, zodat ze met elkaar in contact konden komen. Dan pas zouden ze achter de reden van hun bestaan komen en leren waarom ze overbodig waren geworden. Dat was het moment waarop de verschillende persoonlijkheden in elkaar zouden vervloeien om samen één enkele eenheid te vormen.

Zover zijn we nog lang niet, dacht dokter Keller.

De volgende ochtend werd Ashley naar de kamer van dokter Keller gebracht.

'Goedemorgen, Ashley.'

'Goedemorgen, dokter Keller.'

'Je mag me Gilbert noemen. Ik wil graag dat we vrienden worden. Hoe gaat het me je?'

Ze keek hem aan en zei: 'Men zegt dat ik vijf mensen heb vermoord. Hoe denkt u dat het met me gaat?'

'Herinner je je daar iets van?'

'Nee.'

'Ashley, ik heb het verslag van het proces gelezen. Je hebt ze niet vermoord. Dat heeft een van je alter ego's gedaan. We zullen ze leren kennen en met jouw hulp zullen we ze ook laten verdwijnen.'

'Ik... ik hoop dat ik...'

'Je kunt het heus wel. En ik zal je erbij helpen. De alter ego's zijn ontstaan omdat je op een of ander moment heel erg veel pijn leed. Ze moesten je daartegen beschermen. We moeten erachter zien te komen waardoor die pijn veroorzaakt werd. Maar eerst moet ik te weten zien te komen waar en waarom ze geboren zijn.'

'Hoe... hoe gaat u dat doen?'

'Al pratend. Er zullen weer dingen terugkomen. De ene keer brengen we je onder hypnose, een andere keer gebruiken we natrium amytal. Je bent wel eens eerder gehypnotiseerd, of niet soms?'

'Ja.'

'We zullen je niet onder druk zetten. We doen het gewoon stapje voor stapje.' Om haar gerust te stellen, voegde hij daaraan toe: 'Als we daarmee klaar zijn, komt alles weer goed.'

Ze spraken nog een uur en Ashley voelde zich na afloop een stuk rustiger. Terug in haar kamer dacht ze: *Ik kan het. Ik kan het echt.* Ze deed er een schietgebedje achteraan.

Toen dokter Keller een bespreking had met Otto Lewison, zei hij: 'We hebben vanochtend een gesprek gehad. Het goede nieuws is dat Ashley toegeeft dat ze een probleem heeft. Ze is bereid er wat aan te doen.'

'Dat is in ieder geval een begin. Hou me op de hoogte.'

'Dat zal ik doen, Otto.'

Dokter Keller keek echt uit naar de uitdaging die voor hem lag. Ashley Patterson had iets speciaals over zich en hij was vastbesloten haar te helpen.

Ze spraken iedere dag met elkaar. Na een week zei dokter Keller: 'Ik wil dat je je op je gemak voelt en ontspant. Ik ga je hypnotiseren.' Hij liep op haar af.

'Nee! Wacht!'

Verbaasd keek hij haar aan. 'Wat is er?'

Er schoten de meest verschrikkelijke dingen door Ashleys gedachten. Hij zou haar alter ego's oproepen. Ze was doodsbang om hen te ontmoeten. 'Alsjeblieft,' zei ze, 'ik... ik wil ze niet ontmoeten.'

'O, maar dat gebeurt ook niet,' zei dokter Keller op geruststellende toon. 'Nog niet.'

Ze slikte. 'Goed dan.'

'Ben je er klaar voor?'

'Ja,' zei ze en knikte.

'Oké, daar gaan we dan.'

Het duurde vijftien minuten voordat Ashley onder hypnose was. Toen het zover was, keek dokter Keller even op een papiertje dat op zijn bureau lag. *Toni Prescott en Alette Peters.* Het was tijd om over te schakelen van de ene dominante persoonlijkheid naar de andere.

Hij keek hoe Ashley in haar stoel lag te slapen. Hij boog zich voorover en zei: 'Goedemorgen, Toni. Hoor je mij?'

Hij keek naar Ashleys gezicht en zag hoe een volstrekt andere persoonlijkheid bezit van haar nam. Het gezicht kreeg plotseling een heel levendige uitdrukking. Ze begon te zingen:

> *'Half a pound of tuppenny rice,*
> *Half a pound of treacle,*
> *Mix it up and make it nice.*
> *Pop! goes the weasel...'*

'Dat was heel mooi, Toni. Ik ben Gilbert Keller.'

'Ik weet wie je bent,' antwoordde Toni.

'Ik vind het leuk je eens te ontmoeten. Heeft iemand je ooit wel eens verteld dat je een prachtige zangstem hebt?'

'Sodemieter op.'

'Ik meen het. Heb je ooit zanglessen gehad? Volgens mij wel.'

'Nee, en om je de waarheid te zeggen wilde ik dat wel, maar mijn...' *Hou verdomme eens op met dat lawaai! Wie heeft je ooit wijsgemaakt dat je kon zingen?* 'Ach, laat ook maar zitten...'

'Toni, ik wil je helpen.'

'Nee, dat wil je helemaal niet, honnepon. Je wil me alleen maar neuken.'

'Waarom denk je dat, Toni?'

'Dat is het enige wat jullie kerels willen. De groeten.'

'Toni…? Toni…?'

Stilte.

Gilbert Keller keek naar het gezicht van Ashley. Er lag een volkomen serene uitdrukking op. Hij boog zich naar voren.

'Alette?'

De uitdrukking op Ashleys gezicht veranderde niet.

'Alette…?'

Niets.

'Alette, ik wil met je praten.'

Ashley bewoog zich onrustig heen en weer.

'Kom maar tevoorschijn, Alette.'

Ashley haalde heel diep adem en meteen rolde er een stroom Italiaanse zinnen uit.

'*C'è qualcuno che parla Italiano?*'

'Alette…'

'*Non so dove mi trovo.*'

'Alette, luister eens naar me. Je bent veilig. Ik wil dat je je ontspant.'

'*Mi sento stanca…* Ik ben heel erg moe.'

'Je hebt een vreselijke tijd achter de rug. Maar dat is nu allemaal voorbij. De toekomst ziet er vredig uit. Weet je waar je bent?'

Zijn stem was wit.

'*Sì.* Een of ander tehuis voor mensen die *pazzo* zijn.' *Daarom zit jij hier ook, dokter. Jij bent degene die gek is.*

'Het is een tehuis van genezing. Alette, vertel me eens wat je ziet als je je ogen dichtdoet.'

'Hogarth. Hij schilderde gekkengestichten en dingen die angstaanjagend zijn.' *Maar jij bent waarschijnlijk zo stom dat je nog nooit van hem hebt gehoord.*

'Ik wil niet dat je dit een angstaanjagende plek vindt. Vertel eens iets over jezelf, Alette. Heb je hobby's? Zijn er dingen die je hier graag wilt doen?'

'Ik schilder graag.'

'Ik zal zorgen dat er schilderspullen komen.'

'Nee.'

'Waarom niet?'

'Dat wil ik niet.' *Wat stelt dat nou voor? Wat een vies gekledder. Meer is het niet.*

Laat me met rust.

'Alette?' Opnieuw zag dokter Keller het gezicht van Ashley een andere uitdrukking aannemen.

Alette was weg. Dokter Keller maakte Ashley wakker.

Ze deed haar ogen open en knipperde. 'Bent u al begonnen?'

'We zijn al klaar.'

'Hoe ging het?'

'Ik heb met Toni en Alette gesproken. Dit is een goede start, Ashley.'

De brief van David Singer luidde als volgt:

Beste Ashley,

Zomaar een briefje om je te laten weten dat ik aan je denk. Ik hoop dat je goed vooruitgaat. Ik denk heel vaak aan je. Ik heb het gevoel alsof we samen in de loopgraven hebben gestaan. Het was een hard gevecht, maar we hebben gewonnen. Ik heb goed nieuws voor je. Men heeft mij ervan verzekerd dat de aanklachten voor moord in Quebec en Bedford zullen worden ingetrokken. Als ik ook maar iets voor je kan doen, laat het me dan weten.

Hartelijke groeten,

David.

De volgende ochtend was dokter Keller in gesprek met Toni.

'Wat moet je nu weer, doktertje?'

'Ik wil gewoon even met je kletsen. Ik wil je graag helpen.'

'Ik heb je hulp helemaal niet nodig. Het gaat prima zo.'

'Maar ik heb jóúw hulp wel nodig, Toni. Ik wil je iets vragen. Wat vind je van Ashley?'

'Die Súpertrut? Breek me de bek niet open.'

'Mag je haar niet?'

'Ja hoor, onder tram drie.'

'Waarom mag je haar niet?'

Het bleef even stil. 'Ze bederft altijd alle pleziertjes. Als ik niet af en toe het heft in handen nam, zou ons leven vreselijk saai zijn. *Saai.* Ze houdt helemaal niet van feestjes of op reis gaan. Ze wil gewoon geen plezier maken.'

'Jij wel?'

'Nou en of. Daar draait het toch om in het leven, of niet soms, lekker dier?'

'Toni, je bent geboren in Londen, nietwaar? Wil je me daar iets over vertellen?'

'Ik zal je eens één ding zeggen. Ik wou dat ik er zat.'

'Toni…? Toni…?'

Ze was weg.

Gilbert Keller zei: 'Ik wil Alette even spreken.'

Opnieuw zag hij Ashleys gelaatsuitdrukking veranderen. Hij boog zich naar voren en fluisterde: 'Alette?'

'*Sì.*'

'Heb je iets gehoord van mijn gesprek met Toni?'

'Ja.'

'Kennen Toni en jij elkaar?'

'Ja.' *Natuurlijk kennen we elkaar, sufferd.*

'Maar Ashley kent jullie geen van beiden?'

'Nee.'

'Vind je Ashley aardig?'

'Ze kan ermee door.' *Waarom stel je me allemaal van die domme vragen?*

'Waarom praat je niet met haar?'

'Dat mag niet van Toni.'

'Zegt Toni altijd wat je wel en niet mag doen?'

'Toni is mijn vriendin.' *Wat gaat jou dat nou aan?*

'Alette, ik wil je vriend zijn. Vertel eens iets over jezelf. Waar ben je geboren?'

'In Rome.'

'Vind je Rome mooi?'

Opnieuw zag dokter Keller een verandering in de gelaatsuitdrukking van Ashley. Ze begon te huilen.

Waarom? Gilbert Keller boog zich naar voren en zei troostend: 'Er is niets aan de hand, Ashley. Je wordt nu wakker...'

Ashley deed haar ogen open.

'Ik heb met Toni en Alette gepraat. Ze zijn vriendinnen van elkaar. Ik wil dat jullie allemaal vriendinnen van elkaar worden.'

Toen Ashley aan het lunchen was, liep een mannelijke verpleegkundige haar kamer in. Op de grond zag hij een schilderij van een landschap liggen. Hij keek er even naar en nam het toen mee naar het kantoor van dokter Keller.

In het kantoor van dokter Lewison was een vergadering gaande.

'Gilbert, hoe gaat het nu?'

Dokter Keller dacht even na en zei: 'Ik heb met de twee alter ego's gesprekken gevoerd. De meest dominante is Toni. Ze heeft een Engelse achtergrond waarover ze niets wil vertellen. Alette is het andere alter ego. Zij is in Rome geboren, maar wil daarover ook niets loslaten. Daar zal ik me dus helemaal op gaan richten. Daar ligt de oorsprong van de trauma's. Toni is degene die het meest agressief is, Alette daarentegen is wat gevoeliger, maar tegelijkertijd wat meer teruggetrokken. Ze heeft belangstelling voor schilderen, maar is bang om daaraan toe te geven. Ik moet erachter zien te komen wat daarvan de reden is.'

'Denk je dat Ashley door Toni gedomineerd wordt?'

'Ja, zeker. Ashley wist niet eens dat Toni bestond, laat staan Alette. Maar Toni en Alette kennen elkaar wel. Dat is heel interessant. Toni kan prachtig zingen en Alette kan goed schilderen.' Hij hield het schilderij omhoog dat hem door de verpleegkundige was gebracht. 'Waarschijnlijk moet ik hun talenten gebruiken om hen beter te leren kennen.'

Elke week kreeg Ashley een brief van haar vader. Zodra ze deze gelezen had, bleef ze stil op haar kamer en wilde ze met niemand spreken.

'Dat is haar enige verbinding met thuis,' zei dokter Keller tegen Otto Lewison. 'Volgens mij versterken die brieven haar verlangen hier weg te komen en weer een normaal leven te leiden. Alle kleine beetjes helpen...'

Ashley raakte steeds meer aan haar omgeving gewend. Al stonden er bij iedere deur en in iedere gang wel verpleegkundigen, de patiënten konden gaan en staan waar ze maar wilden. Het hek was echter altijd op slot. Er was een recreatiezaal waar ze elkaar konden ontmoeten en samen televisie konden kijken; in de sportzaal konden ze aan fitness doen en er was ook een gemeenschappelijke eetzaal. De patiënten kwamen uit alle windstreken: Japan, China, Frankrijk, de Verenigde Staten... Men had alle mogelijke moeite gedaan om het ziekenhuis er zo gewoon mogelijk uit te laten zien. Maar als Ashley naar haar kamer ging, viel de deur altijd achter haar in het slot.

'Dit is helemaal geen ziekenhuis,' mopperde Toni op een dag tegen Alette. 'Het is net een gevangenis.'

'Maar dokter Keller zegt dat hij Ashley kan genezen. Dan kunnen we hier weg.'

'Doe niet zo stom, Alette. Begrijp je het dan niet? De enige manier waarop hij Ashley kan genezen, is door ons te laten verdwijnen. Met andere woorden, als Ashley beter wil worden, gaan wij eraan. Nou, over mijn lijk.'

'Wat ben je dan van plan?'

'Ik ga eens kijken of we niet kunnen ontsnappen.'

24

Toen een mannelijke verpleegkundige de dag daarop Ashley terugbracht naar haar kamer, zei hij: 'Je lijkt zo anders vandaag.'

'Echt waar, Bill?'

'Ja. Net alsof je iemand anders bent.'

Zachtjes antwoordde Toni: 'Dat komt door jou.'

'Wat bedoel je?'

'Nou, je geeft me ook het gevoel alsof ik iemand anders ben.' Ze pakte zijn arm en keek hem recht in zijn ogen. 'Ik voel me heerlijk bij jou.'

'Schiet toch op.'

'Nee, echt. Ik meen het. Je bent heel sexy, weet je dat?'

'Nee.'

'Nou, wel dus. Ben je getrouwd, Bill?'

'Ooit geweest, ja.'

'Wat stom van je vrouw om jou te laten gaan. Hoe lang ben je getrouwd geweest, Bill?'

'Vijf jaar.'

'Dat is een hele tijd. Heb je ook wel eens zin om hier weg te gaan?'

'Soms wel, ja.'

Toni begon te fluisteren. 'Je weet toch wel dat ik niet echt ziek ben, hè? Oké, toen ik hier binnenkwam had ik een probleempje, maar nu ben ik genezen. Ik wil hier ook wel weg en jij kunt me daarbij vast wel helpen. Dan gaan we er samen vandoor. O, wat zullen we dan een plezier beleven.'

Hij keek haar even aandachtig aan en zei: 'Ik weet niet zo goed wat ik hierop moet zeggen.'

'O, dat weet je best. Het is zo eenvoudig. Het enige wat je moet doen is me hier op een avond uit laten. Als iedereen slaapt. Dan piepen we er samen tussenuit.' Ze keek hem aan en fluisterde: 'Je zult zien dat je er geen spijt van krijgt.'

Hij knikte. 'Goed, ik denk er even over na.'

'Oké,' zei Toni opgewekt.

Toen Toni haar kamer binnenliep, zei ze tegen Alette: 'We gaan hier weg.'

De volgende ochtend werd Ashley de kamer van dokter Keller binnengebracht.

'Goedemorgen, Ashley.'

'Goedemorgen, Gilbert.'

'Vandaag gaan we het met natrium amytal proberen. Heb je dat al eens eerder gekregen?'

'Nee.'

'Je zult zien dat het heel ontspannend werkt.'

Ashley knikte. 'Oké, ik ben er klaar voor.'

Nog geen vijf minuten later was dokter Keller met Toni in gesprek. 'Goedemorgen, Toni.'

'Hallo, doktertje.'

'Zit je daar wel lekker, Toni?'

'Wat toevallig dat je daarnaar vraagt. Eerlijk gezegd, bevalt het me hier wel. Ik begin me hier thuis te voelen.'

'Waarom wil je dan ontsnappen?'

'Wat zeg je?' zei Toni met een heel andere, krachtige stem.

'Bill vertelde me dat je hem gevraagd hebt of hij je wilde helpen ontsnappen.'

'Die klootzak!' Ze was echt kwaad. Ze sprong op, holde naar het bureau, pakte de presse-papier en gooide die naar het hoofd van dokter Keller.

Hij dook weg.

'Ik vermoord je en hem vermoord ik ook!'

Dokter Keller greep haar beet. 'Toni...'

Hij zag haar gezichtsuitdrukking veranderen. Toni was weg. Zijn hart klopte in zijn keel.

'Ashley!'

Toen Ashley wakker werd en haar ogen opendeed, keek ze verbaasd in het rond en vroeg: 'Is er iets?'

'Toni is me aangevlogen. Ze was boos, omdat ik erachter was gekomen dat ze wilde ontsnappen.'

'O, dat... dat spijt me. Ik kreeg het gevoel dat er iets verschrikkelijks stond te gebeuren.'

'Maak je maar geen zorgen. Ik wil jou, Toni en Alette elkaar laten ontmoeten.'

'Nee!'

'Waarom niet?'

'Ik... ik ben bang. Ik wil ze niet ontmoeten. Begrijp je het dan niet? Ze *bestaan niet*. Ze bestaan alleen maar in mijn verbeelding.'

'Vroeg of laat zul je ze toch een keer onder ogen moeten komen, Ashley. Jullie moeten elkaar leren kennen. Het is de enige manier om je te genezen.'

Ashley stond op en zei: 'Ik wil graag terug naar mijn kamer.'

Eenmaal terug in haar kamer keek Ashley de verpleegkundige na die wegliep. Ze voelde zich wanhopig. *Ik kom hier nooit meer uit*, was het eerste wat ze dacht. *Ze liegen tegen me. Ze kunnen me helemaal niet genezen.* Ze durfde gewoonweg niet te erkennen dat ze ook nog andere persoonlijkheden herbergde. Die anderen hadden mensen vermoord en hele gezinnen vernietigd. *O, God. Waarom ik?* Ze begon te huilen. *Wat heb ik U misdaan?* Ze ging op haar bed zitten. *Zo kan ik niet verder leven*, schoot het door haar heen. *Er is maar één manier om hier een einde aan te maken. Ik moet het nu doen.*

Ze stond op en ging op zoek naar iets scherps, maar ze kon helemaal niets vinden. De kamers waren zo ontworpen en ingericht dat er niets was waarmee de patiënten zichzelf zouden kunnen verwonden.

Ze keek van links naar rechts en opeens zag ze haar schilderspullen liggen. De verfkwasten waren van hout. Ze brak er een in tweeën, waardoor er scherpe splinters en randen ontstonden. Langzaam plaatste ze een van de scherpe punten op haar pols. Met een snelle beweging drukte ze hem diep in haar

256

ader. Het bloed spoot eruit. Ze deed hetzelfde met haar andere pols. Ze keek hoe het bloed vlekken maakte op het tapijt. Ze kreeg het koud. Ze knielde neer en nam een foetushouding aan.

Alles om haar heen werd donker.

Dokter Keller was verbijsterd toen hij het hoorde. Hij ging Ashley meteen in de ziekenboeg opzoeken. Om allebei haar polsen zat verband. Toen hij haar daar zag liggen, dacht hij: *Ik mag dit nooit meer laten gebeuren.*

'We waren je bijna kwijt geweest,' zei hij. 'Dat had me een slechte naam bezorgd.'

Met een wrange glimlach zei Ashley: 'Het spijt me, maar het ziet er allemaal zo hopeloos uit.'

'Daarin vergis je je,' zei dokter Keller op geruststellende toon. 'Wil je wel geholpen worden, Ashley?'

'Ja.'

'Dan moet je in me geloven. We moeten samenwerken. Ik kan het niet allemaal alleen doen. Wat vind je ervan?'

Het bleef een hele poos stil. 'Wat wil je dan dat ik doe?'

'In de eerste plaats wil ik dat je me belooft dat je jezelf nooit meer zoiets zult aandoen.'

'Goed, dat beloof ik.'

'Ik wil dat Toni en Alette me hetzelfde beloven. Ik ga je nu laten slapen.'

Even later was dokter Keller met Toni in gesprek.

'Die egoïstische trut probeerde ons allemaal van kant te maken. Ze denkt alleen maar aan zichzelf. Begrijp je nu wat ik bedoel?'

'Toni…'

'Nou, als het aan mij ligt…'

'Toni, wil je nu even je mond houden en naar mij luisteren?'

'Goed, ik luister.'

'Ik wil dat je me belooft dat je Ashley nooit ofte nimmer iets zult aandoen.'

'Waarom zou ik dat beloven?'

'Dat zal ik je zeggen. Omdat je deel van haar uitmaakt: uit

haar lijden ben jij geboren. Ik weet nog niet wat je allemaal hebt moeten doorstaan, Toni, maar het moet vreselijk zijn geweest. Wat je moet beseffen is dat zij precies hetzelfde heeft doorgemaakt. Ook Alette is om dezelfde reden geboren als jij. Jullie hebben met z'n drieën heel veel gemeen. Jullie moeten elkaar helpen, niet haten. Beloof je me dat?'

Geen antwoord.

'Toni?'

'Vooruit dan maar,' klonk het schoorvoetend.

'Dank je wel. Wil je nu praten over wat er in Engeland is gebeurd?'

'Nee.'

'Alette? Ben je daar?'

'Ja.' *Waar anders, sufferd?*

'Ik wil dat je me hetzelfde belooft als Toni. Beloof me dat je Ashley nooit iets zult aandoen.'

Dat is de enige om wie je geeft, hè? Ashley, Ashley, Ashley. En wij?

'Alette?'

'Ja, ik beloof het.'

Maanden gingen voorbij zonder dat er vooruitgang werd geboekt. Achter zijn bureau zat dokter Keller zijn aantekeningen door te nemen. Hij probeerde een aanwijzing te vinden voor wat er in het verleden fout was gegaan. Ook al had hij ook nog een stuk of tien andere patiënten, over Ashley maakte hij zich de meeste zorgen. De kloof tussen haar onschuld, haar kwetsbaarheid en de duistere krachten die haar opeens konden overmeesteren was enorm. Telkens als hij met Ashley sprak, kreeg hij het gevoel dat hij haar in bescherming moest nemen. *Ze is als een dochter voor me*, dacht hij. *Wie hou je nou eigenlijk voor de gek? Je bent gewoon verliefd op haar.*

Dokter Keller stapte naar Otto Lewison. 'Otto, ik heb een probleem.'

'Ik dacht dat alleen onze patiënten problemen hadden?'

'Dit heeft ook te maken met een van onze patiënten. Met Ashley Patterson.'

'O?'

'Ik merk… dat ik me erg tot haar voel aangetrokken.'

'Projectie?'

'Ja.'

'Dat kon wel eens heel naar uitpakken, Gilbert. Voor jullie beiden.'

'Ja, dat weet ik.'

'Nou, zolang je het je bewust bent… Wees voorzichtig.'

'Dat was ik wel van plan.'

NOVEMBER:

Vanochtend heb ik Ashley een dagboek gegeven.

'Ashley, ik wil dat je dit dagboek deelt met Toni en met Alette. Gebruik het: schrijf erin. Je mag het op je kamer houden. Als een van jullie liever gedachten of ideeën toevertrouwt aan papier dan aan mij, aarzel niet, maar schrijf ze op.'

'Dat zal ik doen, Gilbert.'

Een maand later schreef dokter Keller in zijn dagboek:

DECEMBER:

We boeken geen vooruitgang. Toni en Alette weigeren over het verleden te praten. Het wordt steeds moeilijker Ashley over te halen zich te laten hypnotiseren.

MAART:

Haar dagboek is nog steeds leeg. Ik weet niet wie zich er het hevigst tegen verzet, Ashley of Toni. Telkens als ik Ashley hypnotiseer, komen Toni en Alette maar heel even tevoorschijn. Ze willen nog steeds niet over het verleden praten.

JUNI:

Ondanks het feit dat Ashley en ik elkaar regelmatig spreken, heb ik niet het gevoel dat we vooruitgang boeken. Ze heeft het dagboek nog steeds niet aangeraakt. Ik heb Alette een schildersezel gegeven en wat schildersmateriaal. Ik hoop maar dat als ze eenmaal begint te schilderen, de rest vanzelf komt.

JULI:
Eindelijk beweging, maar of het een teken van vooruitgang is, weet ik niet. Alette heeft een prachtig schilderij gemaakt van de ziekenhuistuinen. Toen ik haar een complimentje gaf, leek ze oprecht blij. Maar diezelfde avond vonden we het schilderij helemaal aan flarden gescheurd terug.

Dokter Keller en Otto Lewison zaten samen koffie te drinken.
'Volgens mij is groepstherapie nu het beste,' zei dokter Keller. 'Iets anders lijkt niet te werken.'
'Met hoeveel patiënten wil je dat doen?'
'Zes op z'n hoogst. Ik wil dat ze contact maakt met anderen. Op dit moment sluit ze zichzelf helemaal op in haar eigen wereld. Ik wil haar daaruit halen.'
'Goed idee. Wie weet...'

Dokter Keller liet Ashley voorgaan. Ze stapte een kleine zaal in waar zes mensen zaten te wachten.
'Ik wil je aan een paar mensen voorstellen,' zei dokter Keller.
Hij stelde Ashley aan iedereen voor, maar ze was te veel met zichzelf bezig om te horen hoe ze heetten. Al hun namen vloeiden in elkaar over. Je had dat Vette Wijf, Bonenstaak, Kale Vrouw, Lamme Man, Chinese Vrouw en Aardige Man. Ze kwamen ieder voor zich wel vriendelijk over.
'Neem een stoel,' zei Kale Vrouw. 'Wil je koffie?'
Ashley ging zitten. 'Graag.'
'We hebben al veel over je gehoord,' zei Aardige Man. 'Je hebt heel wat meegemaakt.'
Ashley knikte bevestigend.
Bonenstaak zei: 'Ik denk dat we allemaal wel veel hebben meegemaakt. Maar we zijn op de goede weg. Het is hier echt fantastisch.'
'Ja, ze hebben hier de beste dokters van de wereld,' beaamde Chinese Vrouw.
Ze lijken allemaal zo normaal, dacht Ashley.
Dokter Keller ging aan de kant zitten en keek hoe het ge-

sprek zich ontwikkelde. Na drie kwartier stond hij op en zei: 'Ashley, het is tijd om te gaan.'

Ashley stond op en zei: 'Het was erg prettig met u kennis te maken.'

Bonenstaak liep naar haar toe en fluisterde: 'Je moet het water hier niet drinken, hoor. Ze proberen ons te vergiftigen. Ze willen ons van kant maken en toch de subsidie van de Staat innen.'

Ashley moest even slikken. 'Dank u wel, dat zal ik onthouden.'

Toen ze samen door de gang liepen, vroeg Ashley aan dokter Keller: 'Wat hebben ze?'

'Paranoia, schizofrenie, MPS, dwangneuroses. Maar sinds ze hier zijn, hebben ze allemaal goede vooruitgang geboekt. Wil je ze wat vaker ontmoeten?'

'Nee!'

Dokter Keller liep het kantoor van Otto Lewison binnen.

'Niets helpt,' zei hij. 'De groepstherapie hielp niet en de hypnose werkt al helemaal niet meer. Ik wil het over een heel andere boeg gooien.'

'Wat dan?'

'Ik wil jouw toestemming om met Ashley uit eten te gaan, maar niet hier op het terrein.'

'Nou, Gilbert, ik weet niet of dat nou wel zo'n goed idee is. Het kan heel gevaarlijk zijn. Ze heeft al...'

'Dat weet ik. Maar het probleem is dat ze me op dit moment als de vijand beschouwt. Ik wil dat ze me vertrouwt.'

'Maar Toni, haar alter ego, heeft je al eens geprobeerd te vermoorden. Als dat nou weer gebeurt?'

'Ik kan het wel aan.'

Dokter Lewison dacht even na en zei: 'Vooruit dan maar. Wil je dat er iemand meegaat?'

'Nee. Het zal wel lukken, Otto.'

'Wanneer ga je hiermee beginnen?'

'Vanavond.'

'Je wilt me mee uit eten nemen?'

'Ja. Volgens mij zou het je goed doen als je hier eens even uit was, Ashley. Wat vind je ervan?'

'Leuk.'

Het verbaasde Ashley hoe ze zich erop verheugde om met Gilbert Keller uit eten te gaan. *Zo'n avondje uit lijkt me wel eens leuk*, dacht ze. *Weg van hier*. Maar ze wist dat er meer achter zat. De gedachte alleen al dat ze met Gilbert Keller uit eten ging, vond ze opwindend.

Ze gingen naar Otani Gardens, een Japans restaurant zo'n vijf kilometer verder weg. Dokter Keller was er zich volledig van bewust dat hij een risico nam. Toni of Alette konden ieder moment het roer overnemen. Hij was gewaarschuwd. *Het is belangrijk dat Ashley leert dat ze me kan vertrouwen, zodat ik haar kan helpen.*

'Wat gek, Gilbert,' zei Ashley terwijl ze om zich heen keek. Het was druk in het restaurant.

'Wat is er gek?'

'Nou, die mensen hier zien er helemaal niet anders uit dan de mensen in het ziekenhuis.'

'Ze zijn ook niet echt anders, Ashley. We hebben allemaal onze problemen. Het verschil zit hem erin dat de mensen in het ziekenhuis er niet zo goed mee kunnen omgaan. Daarom helpen we ze.'

'Ik wist helemaal niet dat ik een probleem had. Totdat...'

'Weet je hoe dat komt, Ashley? Dat komt doordat je het verstopt hebt. Je kon maar niet erkennen dat jou iets verschrikkelijks is overkomen. Daarom heb je mentaal gesproken een muur opgetrokken, om die nare ervaringen buiten te houden. We doen dat allemaal, in meer of mindere mate.' Met opzet veranderde hij van onderwerp. 'Hoe is je biefstuk?'

'Heerlijk. Dank je.'

Vanaf dat moment gingen Gilbert en Ashley iedere week uit eten. De ene keer gingen ze lunchen bij Banducci's, een klein, maar uitstekend Italiaans restaurant; de andere keer dineerden ze bij Thee Palm, Eveleen's of The Gumbo Pot. Bij die gelegenheden liet Toni noch Alette zich zien.

Op een avond nam dokter Keller Ashley mee uit dansen. Ze gingen naar een kleine nachtclub, waar een fantastische groep speelde.

'Vermaak je je een beetje?' vroeg hij.

'Nou en of. Dank je wel,' zei ze. Ze keek hem aan en voegde eraan toe: 'Je lijkt eigenlijk helemaal niet op een dokter.'

'Dansen dokters niet?'

'Je begrijpt best wat ik bedoel.'

Hij drukte haar tegen zich aan. Ze genoten allebei van het moment.

Dat kon wel eens heel naar uitpakken, Gilbert. Voor jullie beiden.

25

'Ik heb heus wel door wat je aan het doen bent, doktertje. Je wilt Ashley laten denken dat je haar vriend bent.'

'Maar ik ben ook haar vriend, Toni. Ik ben ook jouw vriend.'

'Helemaal niet. Je vindt háár geweldig en mij vind je maar niks.'

'Nee, je vergist je. Ik heb net zoveel respect voor jou en Alette als voor Ashley. Jullie zijn allemaal even belangrijk voor me.'

'Echt waar?'

'Echt waar, Toni. Ik meende het toen ik zei dat je prachtig kon zingen. Bespeel je ook een instrument?'

'Piano.'

'Wat zou je ervan zeggen als ik het regel dat er een piano in de recreatiezaal wordt geplaatst, zodat je kunt spelen en zingen. Zou je dat leuk vinden?'

'Misschien,' klonk het enthousiast.

'Nou,' zei dokter Keller glimlachend, 'dan zal ik erachteraan gaan. Je mag erop spelen wanneer je maar wilt.'

'Dank je wel.'

Dokter Keller regelde het zo dat Toni elke middag een uur lang toegang kreeg tot de recreatiezaal. In het begin bleven de deuren nog dicht, maar toen de andere patiënten het pianospel hoorden en iemand hoorden zingen, deden ze vanzelf de deuren open. Het duurde niet lang of Toni speelde voor een groot publiek.

Dokter Keller en dokter Lewison zaten samen enkele aantekeningen door te nemen.

'En die andere, Alette?' vroeg dokter Lewison.

'Ik heb een schildersezel en schildersmateriaal voor haar geregeld, zodat ze iedere middag in de tuin kan schilderen. We houden haar natuurlijk wel in de gaten. Maar volgens mij wordt het wel wat.'

Maar Alette deed niet mee. Toen hij een keer met haar sprak, zei dokter Keller: 'Alette, je maakt helemaal geen gebruik van het schildersmateriaal dat ik voor je geregeld heb. Dat is toch zonde. Je kunt zo goed schilderen.'

Wat weet jij daar nou van?

'Vind je het niet leuk om te schilderen?'

'Jawel.'

'Waarom doe je het dan niet?'

'Omdat ik er niet goed in ben.' *En hou op met me zo te treiteren.*

'Wie zegt dat?'

'Mijn… mijn moeder.'

'We hebben het nog nooit over je moeder gehad. Vertel eens wat meer over haar.'

'Er valt niets te vertellen.'

'Ze is omgekomen bij een auto-ongeluk, nietwaar?'

Het bleef heel lang stil. 'Ja, ze heeft een ongeluk gekregen.'

De volgende dag begon Alette te schilderen. Ze vond het heerlijk om in de tuin in de weer te zijn met haar schildersezel en kwasten. Tijdens het schilderen bestond de wereld om haar heen niet meer. Er waren altijd wel een paar patiënten die erbij kwamen staan om te kijken wat ze aan het schilderen was. Het commentaar was altijd veelkleurig.

'Die horen thuis in een galerie.' Zwart.

'Nou, jij kan er wat van.' Geel.

'Waar heb jij zo goed leren schilderen?' Zwart.

'Wil je ook eens een portret van mij schilderen?' Oranje.

'Goh, ik wou dat ík dat ook kon.' Zwart.

Ze vond het altijd jammer als haar tijd om was en ze weer naar binnen moest.

'Ashley, ik wil je graag aan iemand voorstellen. Dit is mevrouw Garrett.' Het was een kleine, bijna doorzichtige vrouw van in de vijftig. 'Mevrouw Garrett gaat vandaag naar huis.'

'Geweldig, hè?' zei ze stralend. 'En ik heb het allemaal aan dokter Keller te danken.'

'Mevrouw Garrett leed ook aan MPS. Ze had dertig alter ego's,' legde dokter Keller uit terwijl hij Ashley aankeek.

'Exact. En ze zijn allemaal weg.'

'Ze is de derde MPS-patiënt die dit jaar al naar huis gaat,' voegde dokter Keller eraan toe alsof hij daarmee iets wilde zeggen.

Ashley voelde opeens hoop.

'Ik vind dokter Keller heel aardig,' zei Alette. 'Het lijkt wel alsof hij ons ook aardig vindt.'

'Wat ben jij naïef zeg,' zei Toni neerbuigend. 'Heb je dan helemaal niet door wat er aan de hand is? Ik heb het je al een keer verteld. Hij doet net alsof hij ons aardig vindt, zodat wij doen wat hij wil dat we doen. Weet je wat hij wil? Hij wil dat we elkaar ontmoeten, schatje. En vervolgens probeert hij Ashley ervan te overtuigen dat ze ons niet langer nodig heeft. Weet je wat er daarna gebeurt? Dan gaan jij en ik eraan. Wil je dat? Nou, ik niet.'

'Nou, nee,' antwoordde Alette aarzelend.

'Luister dan goed naar me. We spelen gewoon het spelletje mee. We doen net alsof we hem helpen. We winden hem gewoon om onze vinger. We hebben helemaal geen haast. En ik beloof je dat ik ons hieruit krijg, ooit.'

'Mij best, Toni.'

'Mooi zo. Nou gaan we het doktertje voor de gek houden.'

Er kwam een brief van David. In de envelop zat een foto van een tweejarig jongetje. De brief luidde als volgt:

Beste Ashley,
   Ik hoop dat het goed met je gaat en dat de therapie effect heeft. Hier gaat alles goed. Ik moet heel hard werken,

maar ik geniet er met volle teugen van. Ik heb een foto in- gesloten van ons zoontje, Jeffrey. Hij is nu twee. Hij groeit zo snel dat hij morgen waarschijnlijk al in het huwelijk treedt. Verder geen schokkend nieuws. Ik wilde je alleen maar even laten weten dat ik aan je denk.

Ook van Sandra krijg je de hartelijke groeten,

David.

Ashley bekeek de foto. *Wat een mooi knulletje*, dacht ze. *Ik hoop dat hij heel gelukkig wordt.*

Daarna ging ze lunchen. Toen ze terugkwam, lag de foto in duizend snippers op de grond.

15 juni, 13.30 uur.

Patiënte: Ashley Patterson. Individuele therapie. Natrium Amytal. Alter ego: Alette Peters.

'Vertel me eens iets over Rome, Alette.'

'Rome is de mooiste stad ter wereld. Het barst er van de mooie musea. Ik heb ze allemaal bezocht.' *Wat weet jij nou van musea?*

'Je wilde kunstenares worden?'

'Ja.' *Wat anders? Brandweervrouw?*

'Heb je ooit lessen gehad?'

'Nee.' *Kun je niet iemand anders gaan lastigvallen?*

'Waarom niet? Om wat je moeder zei?'

'O nee. Ik vond mezelf gewoon niet goed genoeg.' *Toni, stuur hem weg!*

'Heb je in die tijd traumatische ervaringen meegemaakt. Voorzover jij je kunt herinneren?'

'Nee. Ik was er heel gelukkig.' *Toni!*

15 augustus, 09.00 uur.

Patiënte: Ashley Patterson. Hypnotherapie met alter ego Toni Prescott.

'Wil je me iets over Londen vertellen, Toni?'

'Ja. Ik vond het er heerlijk. Londen is zo'n stad vol cultuur. Er is ontzettend veel te doen.'

'Ben je er ooit in de problemen geraakt?'

'Problemen? Welnee. Ik ben heel gelukkig geweest in Londen.'

'Voorzover jij je kunt herinneren is daar niets vervelends gebeurd?'

'Natuurlijk niet.' *Kun je daar nog chocola van maken, slappe zak?*

Met elke sessie kwamen steeds meer herinneringen boven. Toen ze naar bed ging, moest ze opeens denken aan Global Computer Graphics. Ze zag Shane Miller voor zich en hij complimenteerde haar met iets. *'Ik weet niet wat we zonder jou zouden moeten, Ashley. Je mag hier nooit weg.'* Vervolgens zag ze een gevangeniscel. Shane Miller zei: *'Ik vind het vreselijk te moeten zeggen, maar gezien de omstandigheden blijft er voor het bedrijf niets anders over dan je te ontslaan. Het spreekt vanzelf dat we het ons niet kunnen veroorloven met iets als dit in verband gebracht te worden. Dat begrijp je toch wel? Het is niet persoonlijk bedoeld.'*

Toen ze 's ochtends wakker werd, ontdekte Ashley dat haar kussen nat was van de tranen.

De therapeutische sessies stemden Alette droevig. Ze deden haar eraan denken hoezeer ze Rome miste en hoe gelukkig ze met Richard Melton was geweest. *We hadden zo'n heerlijk leven samen kunnen hebben. Maar nu is het te laat. Te laat.*

Toni haatte de therapeutische sessies. Er waren te veel slechte herinneringen. Ze was er alleen maar op uit geweest om Ashley en Alette te beschermen. Kreeg zij daar ooit enige lof voor? Nee. Ze was opgesloten, alsof ze een misdadiger was. *Maar ik ga ontsnappen*, beloofde ze zichzelf. *Let maar op. Ik ga ontsnappen.*

De dagen gleden voorbij. Een jaar kwam en een jaar ging voorbij. Dokter Keller raakte steeds meer gedesillusioneerd.

'Gilbert, ik heb je laatste verslag gelezen,' zei dokter Lewison. 'Denk je dat we met een echt gat zitten? Of spelen ze maar een spelletje met ons?'

'Ze spelen maar een spelletje, Otto. Het is net alsof ze weten wat ik van plan ben. Ze dwarsbomen me gewoon. Ik denk dat Ashley echt geholpen wil worden, maar de anderen laten het gewoon niet toe. Als iemand onder hypnose is, kun je meestal wel tot hen doordringen, maar Toni is erg sterk. Ze neemt het roer gewoon helemaal over. Daarbij komt dat ze gevaarlijk is.'

'Gevaarlijk?'

'Ja. Als je vijf mannen vermoordt en castreert, hoeveel haat moet er dan wel niet in je zitten?'

Ook gedurende de resterende maanden van dat jaar werd geen vooruitgang geboekt.

Met andere patiënten boekte dokter Keller wel vooruitgang. Maar bij Ashley, degene die hem het meest aan het hart lag, zat er maar geen schot in. Dokter Keller kreeg het gevoel dat Toni het wel prima vond zo. Ze was vastbesloten hem te laten mislukken. Maar heel onverwacht kwam er toch een doorbraak.

Een nieuwe brief van dokter Patterson was de aanleiding.

5 juni,
Lieve Ashley,

Ik moet voor zaken naar New York. Ik zou je heel graag weer eens zien. Ik zal dokter Lewison opbellen en vragen of hij daar bezwaar tegen heeft. Je kunt me rond de vijfentwintigste verwachten.

Pap.

Dokter Patterson arriveerde zo'n drie weken later. Hij was in het gezelschap van een aantrekkelijke vrouw van in de veertig met donker haar en hun dochtertje van drie, Katrina.

Ze werden naar het kantoor van dokter Lewison gebracht. Toen ze binnenkwamen, stond hij op. 'Dokter Patterson, wat fijn u weer eens te zien.'

'Dank u wel. Mag ik u voorstellen aan mevrouw Victoria Aniston en haar dochterje Katrina?'

'Prettig kennis met u te maken, mevrouw Aniston. Katrina.'

'Ze willen Ashley ook graag ontmoeten.'

'Prachtig. Ze zit nu bij dokter Keller, maar ik denk dat ze zo wel zullen afronden.'

'Hoe gaat het met Ashley?' vroeg dokter Patterson.

'Kan ik u misschien even onder vier ogen spreken?' vroeg dokter Lewison met enige aarzeling.

'Natuurlijk.'

Dokter Patterson richtte zich tot mevrouw Aniston en Katrina en zei: 'Ze hebben hier een prachtige tuin. Willen jullie daar op me wachten? Dan kom ik daar wel naartoe, samen met Ashley.'

'Goed,' zei Victoria Aniston met een glimlach. Ze keek Otto Lewison aan en zei: 'Het was prettig met u kennis te maken, dokter.'

'Dank u wel, mevrouw Aniston.'

Dokter Patterson keek het stel na. Toen wendde hij zich tot Otto Lewison. 'Zijn er problemen?'

'Ik zal open kaart met u spelen, dokter Patterson. We maken niet zo veel vooruitgang als we wel zouden willen. Ashley zegt dat ze geholpen wil worden, maar ze werkt niet echt mee. Eigenlijk zou je kunnen zeggen dat ze zich verzet tegen de behandeling.'

Dokter Patterson keek hem niet-begrijpend aan. 'Waarom doet ze dat?'

'Nou, dat komt wel vaker voor. Op een gegeven moment zijn patiënten met MPS bang hun alter ego's te ontmoeten. Het schrikt hen gewoon af; het hele idee dat er nog andere persoonlijkheden zijn die in hen huizen, in hun lichaam en geest, en die op elk willekeurig moment het roer kunnen overnemen. U kunt zich wel voorstellen hoe vreselijk dat moet zijn.'

'Jazeker,' knikte dokter Patterson.

'Er is iets met Ashleys toestand waar we erg mee zitten. De problemen waar we het hier over hebben, zijn meestal terug te voeren op een vorm van mishandeling op heel jeugdige leeftijd. Maar bij Ashley kunnen we helemaal niets vinden dat daarop lijkt. Dus we tasten volkomen in het duister als het gaat om de oorsprong van het trauma.'

Dokter Patterson deed er even het zwijgen toe. Met een diepe zucht zei hij: 'Ik kan u daar wel bij helpen. Ik neem het mezelf kwalijk.'

270

Gespannen keek Otto Lewison hem aan.

'Het gebeurde toen Ashley zes jaar was. Ik moest naar Engeland. Mijn vrouw kon niet mee, dus nam ik Ashley mee. In Engeland woonde een oudere neef van mijn vrouw. Hij heette John. Op dat moment had ik het niet zo in de gaten, maar John zat... emotioneel gesproken nogal in de knoop. Op een dag moest ik een lezing geven en John bood aan om op te passen. Toen ik terugkwam, was hij er niet. Ashley was helemaal over haar toeren. Het duurde een hele tijd voordat ze weer rustig werd. Sindsdien mocht niemand in haar buurt komen en werd ze stil en teruggetrokken. Nog geen week later werd John gearresteerd: hij was pedofiel.' De pijn was af te lezen aan het gezicht van dokter Patterson. 'Ik heb het mezelf nooit vergeven. Ik heb Ashley daarna nooit meer met iemand alleen gelaten.'

'Ik voel met u mee,' zei dokter Lewison. 'Volgens mij hebt u ons zojuist datgene gegeven waar we naar op zoek waren. Nu kan dokter Keller zich op iets specifieks richten.'

'Het was zó pijnlijk dat ik het niet eerder naar voren durfde te brengen.'

'Dat begrijp ik.' Otto Lewison keek op zijn horloge. 'Ashley laat nog even op zich wachten. Misschien wilt u zich bij mevrouw Aniston voegen in de tuin? Zodra Ashley er is, stuur ik haar naar u toe.'

'Dank u wel,' zei dokter Patterson. 'Dat zal ik doen.'

Otto Lewison keek hem na. Hij kon bijna niet wachten om dokter Keller te vertellen wat hij zojuist had gehoord.

Victoria Aniston en Katrina stonden op hem te wachten. 'Heb je Ashley gezien?' vroeg Victoria.

'Ze komt zo,' antwoordde dokter Patterson. Hij keek eens om zich heen en zei: 'Het is hier wel mooi, hè?'

Op dat moment rende Katrina naar hem toe. 'Ik wil weer de lucht in.'

Hij glimlachte. 'Goed.' Hij pakte haar beet, gooide haar omhoog en ving haar weer op.

'Hoger!'

'Oké. Daar gaat ie.' Hij gooide haar omhoog en ving haar op. Ze schreeuwde het uit van plezier.

'Nog een keer!'

Dokter Patterson stond met zijn rug naar het gebouw en hij zag dus niet dat Ashley en dokter Gilbert Keller naar buiten kwamen lopen.

'Hoger!' schreeuwde Katrina.

Als bevroren bleef Ashley staan. Ze zag hoe haar vader met het meisje speelde. De tijd viel in stukken uiteen en alles wat er daarna gebeurde, speelde zich af in slowmotion.

Herinneringen van een meisje dat de lucht in werd gegooid... 'Hoger papa!'

Oké, daar gaat ie.'

Het meisje werd op een bed gegooid...

Een stem zei: 'Je zult het heel lekker vinden...'

Het beeld van een man die bij haar in bed stapte. Het meisje gilde. 'Stop. Nee. Hou ermee op.'

De man bevond zich in de schaduw. Hij streelde haar. 'Lekker hè?'

Plotseling verdween de schaduw en kon Ashley het gezicht van de man zien. Het was haar vader.

Toen ze hem zo met het meisje in de tuin zag spelen, begon Ashley opeens te gillen. Ze kon er niet mee ophouden.

Geschrokken draaiden dokter Patterson, Victoria Aniston en Katrina zich om.

'Het spijt me,' zei dokter Keller snel. 'Ze heeft blijkbaar een slechte dag. Kunt u misschien een ander keertje terugkomen?' Met die woorden bracht hij Ashley weer naar binnen.

Ze hadden haar naar de eerste hulp gebracht.

'Ze heeft een heel snelle pols,' zei dokter Keller. 'Ze bevindt zich in een schemertoestand.' Hij liep op haar af en zei: 'Ashley, je hoeft nergens bang voor te zijn. Je bent veilig. Er is niemand die je pijn wil doen. Luister naar mijn stem en ontspan je... ontspan je... ontspan je...'

Het duurde een halfuur. 'Ashley, vertel me eens wat er gebeurde? Waardoor raakte je zo van streek?'

'Papa en het meisje...'

'Wat is daarmee?'

'Ze kan het niet onder ogen zien,' zei Toni. 'Ze is bang dat hij het meisje zal aandoen wat hij haar heeft aangedaan.'

'Wat... wat heeft hij haar dan aangedaan?' vroeg dokter Keller toen hij eenmaal van zijn verbazing was bekomen.

Het gebeurde in Londen. Ze lag in bed. Hij ging op de rand van haar bed zitten en zei: 'Dit zul je heel fijn vinden, schatje' en hij begon haar te kietelen. Ze moest lachen. En toen... toen trok hij haar pyjama uit en begon met haar te stoeien. 'Lekker hè, mijn handen?' Ashley begon te gillen. 'Stop. Hou daarmee op.' Maar hij hield niet op. Hij ging maar door en door...

'Was dat de eerste keer, Toni?' vroeg dokter Keller.

'Ja.'

'Hoe oud was Ashley toen?'

'Zes.'

'En toen werd jij geboren?'

'Ja. Ashley was te bang.'

'Wat gebeurde er daarna?'

'Papa kroop iedere nacht bij haar in bed.' De woorden stroomden er nu uit. 'Ze kon hem niet tegenhouden. Ashley vertelde haar mama wat er was gebeurd, maar mama zei dat ze niet zo moest liegen.

Ashley durfde niet te gaan slapen omdat ze wist dat haar vader dan zou komen. Hij dwong haar hem aan te raken en met hem te spelen. En hij zei tegen haar: "Als je dit aan iemand vertelt, hou ik niet meer van je." Ze kon het niemand vertellen. Mama en papa maakten voortdurend ruzie en Ashley dacht dat het allemaal haar schuld was. Ze wist dat ze iets verkeerds had gedaan, maar ze wist niet wat. Mama haatte haar.'

'Hoe lang ging dit zo door?' vroeg dokter Keller.

'Toen ik acht was...' Plotseling hield Toni haar mond.

'Ga verder, Toni.'

De gelaatsuitdrukking van Ashley veranderde en nu zat Alette in de stoel. 'We gingen naar Rome,' zei ze. 'Papa deed onderzoek aan de Policlinico Umberto Primo.'

'En toen werd jij geboren?'

'Ja. Op een avond gebeurde er iets vreselijks. En Ashley kon dat niet bevatten. Toen nam ik haar in bescherming.'

'Wat gebeurde er dan, Alette?'

'Toen ze lag te slapen, kwam papa haar kamer binnen. Hij was naakt en kroop bij haar in bed. Deze keer drong hij zich in haar. Ze probeerde hem nog tegen te houden, maar dat kon ze niet. Ze smeekte hem of hij het nooit meer wilde doen, maar hij kwam iedere nacht. Hij zei: "Dit is de manier waarop een man laat zien dat hij van een vrouw houdt. Jij bent mijn vrouw en ik hou van jou. Je mag hier nooit met iemand over praten." En dus kon Ashley er met niemand over praten.'

Ashley zat te huilen. De tranen biggelden over haar wangen.

Gilbert Keller moest vreselijk zijn best doen om haar niet in zijn armen te nemen en haar te zeggen hoeveel hij van haar hield en dat het allemaal wel goed zou komen. Maar dat kon hij natuurlijk niet doen. *Ik ben immers haar dokter.*

Toen dokter Keller opnieuw het kantoor van Otto Lewison binnenliep, waren dokter Patterson, Victoria Aniston en Katrina al vertrokken.

'Hierop hebben we al die tijd zitten wachten,' zei hij. 'We hebben eindelijk een doorbraak. Nu weet ik wanneer en waarom Toni en Alette geboren zijn. Vanaf nu zal het allemaal wel in een stroomversnelling komen.'

Dokter Keller had gelijk. Er kwam schot in de zaak.

26

De therapiesessie was begonnen. Toen Ashley onder hypnose was, vroeg dokter Keller: 'Ashley, vertel me eens iets over Jim Cleary.'

'Ik hield van Jim. We zouden samen weggaan en gaan trouwen.'

'En toen...?'

'Toen vroeg Jim na afloop van het eindexamenfeest of ik met hem mee wilde gaan naar huis. En ik... ik zei nee. Toen hij me thuisbracht zat mijn vader nog op me te wachten. Hij was woest. Hij zei dat Jim op moest donderen en nooit meer terug mocht komen.'

'Wat gebeurde er toen?'

'Toen besloot ik toch naar Jim te gaan. Ik pakte mijn koffer en liep naar zijn huis. Maar halverwege,' zei ze aarzelend, 'veranderde ik van gedachten en ben ik teruggegaan naar huis. Ik...'

Ashleys gelaatsuitdrukking veranderde. Ze begon zich te ontspannen en opeens zat Toni in de stoel.

'Geloof er maar niks van, doktertje. Ze is gewoon naar zijn huis gegaan.'

Toen ze bij het huis van de Cleary's aankwam, was alles donker. Mijn ouders zijn dit weekeinde weg. *Ashley belde aan. Even later deed Jim Cleary de deur open. Hij stond in zijn pyjama.*

Zodra hij Ashley zag, klaarde zijn gezicht op. 'Ashley, je bent toch gekomen.' Hij trok haar naar binnen.

'Ik ben gekomen, omdat…'

'Het maakt me niet uit waarom. Je bent er.' Hij nam haar in zijn armen en kuste haar. 'Wil je iets drinken?'

'Nee, nou ja, wat water of zo.' Ze kreeg opeens een naar voorgevoel.

'Tuurlijk. Kom maar.' Hij pakte haar hand en nam haar mee de keuken in. Hij schonk een glas water voor haar in en keek hoe ze het leegdronk. 'Ben je zenuwachtig?'

'Ja… een beetje.'

'Je hoeft helemaal niet zenuwachtig te zijn. Mijn ouders komen heus niet onverwacht thuis. Kom, dan gaan we naar boven.'

'Jim, ik denk niet dat dat een goed idee is.'

Hij ging achter haar staan en probeerde zijn handen op haar borsten te leggen. Ze draaide zich om. 'Jim…'

Hij drukte zijn lippen op die van haar en duwde haar met kracht tegen het aanrecht.

'Dit zul je heel fijn vinden, schatje.' Het was alsof ze haar vader hoorde: 'Dit zul je heel fijn vinden, schatje.'

Ze verstijfde helemaal. Ze voelde dat hij haar kleren van haar lijf rukte en zich in haar drong. Daar stond ze dan: geheel naakt en schreeuwend zonder geluid te maken.

Toen werd het wilde dier in haar wakker.

Ze zag een slagersmes liggen, pakte het en begon hem in zijn borst te steken. Onderwijl schreeuwde ze: 'Hou ermee op, pap… hou ermee op… hou ermee op…'

Toen ze weer keek, zag ze Jim op de grond liggen. Zijn bloed spoot er aan alle kanten uit.

'Monster, dat je er bent!' schreeuwde ze. 'Ik zal ervoor zorgen dat je dit nooit meer iemand kunt aandoen.' Met die woorden stak ze het mes in zijn testikels.

Om zes uur 's ochtends ging Ashley naar het station. Daar wachtte ze totdat Jim zou komen. Hij kwam echter niet opdagen.

Ze raakte in paniek. Zou er iets gebeurd zijn? In de verte hoorde ze de trein al aankomen. Ze keek op haar horloge: 07.00 uur. Daar was de trein. Ashley ging staan en keek panisch om zich heen. *Er is hem iets vreselijks overkomen.* Even later zag ze de trein het station uit rijden. Daar eindigde ook haar droom.

Ze wachtte nog een halfuur en liep toen langzaam naar huis.

Diezelfde middag nog zaten Ashley en haar vader in het vliegtuig naar Londen...

De sessie liep op zijn eind.

Dokter Keller zat te tellen: '... vier, vijf... En nu word je wakker.'

Ashley deed haar ogen open. 'En?'

'Toni heeft me verteld hoe ze Jim Cleary heeft vermoord. Hij verkrachtte je.'

'Ik wil naar mijn kamer,' zei Ashley, die helemaal bleek was geworden.

Dokter Keller bracht verslag uit aan Otto Lewison. 'We gaan nu echt goed vooruit, Otto. Tot nu toe was het eigenlijk een kwestie van koudwatervrees. Zo van: wie doet de eerste zet. Maar ze kunnen zich nu beter ontspannen. We zitten op koers, al is Ashley nog wel bang om de werkelijkheid onder ogen te zien.'

'Ze heeft er geen flauw idee van hoe deze moorden zijn gepleegd?' vroeg dokter Lewison.

'Helemaal niet. Ze heeft het volkomen verdrongen. Op dat moment nam Toni het heft in handen.'

Twee dagen daarna.

'Zit je goed, Ashley?'

'Ja.' Haar stem leek van heel ver weg te komen.

'Ik wil met je over Dennis Tibble praten. Was hij een vriend van je?'

'We werkten allebei voor hetzelfde bedrijf. Nee, we waren niet echt vrienden van elkaar.'

'In het politierapport staat dat ze jouw vingerafdrukken hebben aangetroffen in het appartement van Tibble.'

'Ja, dat klopt. Ik ben ernaartoe gegaan om hem van advies te dienen.'

'Wat gebeurde er toen?'

'We hebben eerst wat zitten praten en op een gegeven moment kreeg ik een glas wijn van hem. Maar daar had hij iets doorheen gedaan.'

'Wat is het volgende dat je je kunt herinneren?'

'Ik... ik werd wakker in Chicago.'

Ashleys gelaatsuitdrukking begon te veranderen.

Even later zat hij met Toni te praten. 'Wil je echt weten wat er is voorgevallen?'

'Graag, Toni.'

Dennis pakte de wijnfles en zei: 'Kom, laten we het ons gemakkelijk maken.' Hij pakte haar hand en nam haar mee naar de slaapkamer.

'Dennis... Ik wil helemaal niet...'

Het volgende moment waren ze in de slaapkamer en was hij haar aan het uitkleden.

'Ik weet wel wat jij lekker vindt, schatje. Je wilt gewoon dat ik je neuk. Dat is ook de reden dat je hier bent.'

Ze probeerde zich los te maken. 'Hou ermee op, Dennis.'

'Niet voordat ik mijn zin gekregen heb. Je zult het heerlijk vinden, schatje.'

Hij wierp haar op het bed en klemde haar stevig tegen zich aan. Zijn handen bewogen zich tussen haar benen. Het was de stem van haar vader: Je zult het heerlijk vinden, schatje. *Hij drong zich bij haar naar binnen, niet één keer, maar meerdere keren. Ashley schreeuwde het uit zonder geluid te maken.* 'Nee, papa! Hou ermee op!' Op dat moment nam een ongelooflijke woede bezit van haar. Ze zag de wijnfles, greep hem en sloeg hem stuk tegen de rand van het bed. Vervolgens ramde ze de gekartelde hals in Dennis' rug. Hij schreeuwde het uit en probeerde overeind te komen. Maar ze hield hem heel stevig vast en bleef met de flessenhals maar op hem insteken. Ze zag hoe hij van het bed af op de grond rolde.

'Hou ermee op,' zei hij zwakjes.

'Beloof je me dat je het nooit meer zult doen? Ik zal er wel voor zorgen dat je het nooit meer kunt doen.' Ze pakte een scherf en reikte naar zijn kruis.

Dokter Keller liet een korte stilte vallen. 'Wat heb je daarna gedaan, Toni?'

278

'Het leek me wel een goed idee te maken dat ik wegkwam voordat de politie zou komen. Ik moet toegeven dat ik me heel opgewonden voelde. Ik wilde ontsnappen uit het saaie leventje dat Ashley leidde. Ik kende iemand in Chicago en besloot die maar eens te gaan opzoeken. Hij bleek niet thuis te zijn, dus ben ik maar wat gaan winkelen. Ik heb hier en daar wat gedronken en me wel vermaakt.'

'En toen?'

'Toen ben ik naar een hotel gegaan en in slaap gevallen.' Ze haalde haar schouders op. 'Vanaf dat moment was Ashley weer aan de beurt.'

Ze werd langzaam wakker met het nare voorgevoel dat er iets ergs was gebeurd. Ze voelde zich verdoofd. Ashley raakte in paniek toen ze de kamer rondkeek. Ze lag helemaal naakt in bed op een goedkope hotelkamer. Ze had geen flauw idee waar ze was en hoe ze er gekomen was. Toen ze rechtop ging zitten, leek het wel alsof haar hoofd uit elkaar zou knappen.

Ze stond op en liep naar de badkamer. Ze stapte onder de douche en liet het warme water over zich heen stromen. Alle vieze, vreselijke dingen die haar waren overkomen, stroomden zo weg. Als hij haar eens zwanger had gemaakt? Ze moest bijna overgeven bij de gedachte dat zij zijn kind zou dragen. Ze draaide de kraan dicht, droogde zichzelf af en liep naar de kast. Haar kleren waren weg. Ze zag alleen nog maar een leren minirok, een goedkoop topje en een paar schoenen met hoge hakken. Het idee alleen al dat ze die kleren aan moest trekken, vervulde haar met afschuw. Maar veel keus had ze niet. Ze kleedde zich snel aan en keek in de spiegel. Ze leek wel een hoer.

'O, pap, ik...'

'Wat is er aan de hand?'

'Ik zit in Chicago en...'

'Wat doe je nu in Chicago?'

'Dat doet er nu even niet toe. Maar ik heb een vliegticket naar San José nodig en ik heb geen geld bij me. Kunt u me uit de brand helpen?'

'Ja, natuurlijk. Blijf even aan de lijn. Eh... om tien over halfelf 's morgens gaat er een vlucht van O'Hare naar San José. Het is vluchtnummer 407 van American Airlines. Je ticket ligt klaar bij de incheckbalie.

'Alette, hoor je me? Alette.'

'Ja, ik ben er, dokter Keller.'

'Ik wil met je over Richard Melton praten. Hij was toch ook een vriend van je, of niet soms?'

'Ja. Hij was heel... *simpático. Ik was verliefd op hem.*'

'Was hij ook verliefd op jou?'

'Dat dacht ik wel, ja. Hij was kunstenaar. We gingen vaak samen naar een museum en dan bekeken we al die prachtige schilderijen. Als ik bij Richard was, dan... had ik echt het gevoel dat ik leefde. Als hij niet vermoord was, waren we op een dag getrouwd. Ik weet het zeker.'

'Kun je me iets vertellen over de laatste keer dat je hem gezien hebt?'

'Toen we het museum uit liepen, zei Richard: "Mijn kamergenoot is vanavond naar een feestje. Waarom ga je niet even mee? Dan kan ik je meteen een paar schilderijen laten zien."

"Nog niet, Richard."

"Je zegt het maar. Zie ik je het volgend weekeinde dan weer?"

"Ja."

Toen reed ik weg,' zei Alette. 'En dat was de laatste keer dat...'

Dokter Keller zag aan haar gezicht dat Toni tevoorschijn kwam.

'Ja, dat is wat je graag wilt geloven,' zei Toni. 'Maar dat is niet zoals het in werkelijkheid is gegaan.'

'Hoe is het dan in werkelijkheid gegaan?' vroeg dokter Keller.

Ze ging naar zijn appartement in Fell Street. Het was niet bepaald groot, maar Richards schilderijen maakten het tot een paleisje.

'O, Richard. Je kamer komt er echt door tot leven.'

'Dank je wel, Alette. Hij nam haar in zijn armen. 'Ik wil met je vrijen. Je bent zo mooi.'

280

'Je bent zo mooi,' *zei haar vader. Ze verstijfde. Ze wist wat er ging komen. Naakt lag ze op bed en ze ervoer de maar al te bekende pijn van een man die binnendrong en haar verscheurde.*

Ze begon te schreeuwen: 'Nee! Papa, hou ermee op! Hou ermee op!' Op dat moment maakte de woede die bij haar manische depressiviteit hoorde zich van haar meester. Ze wist niet waar ze het mes vandaan had gehaald, maar wel dat ze hem er keer op keer mee stak. Ondertussen schreeuwde ze maar: 'Ik zei dat je ermee moest ophouden! Ophouden! Ophouden!'

Kronkelend van de pijn schreeuwde Ashley het uit.

'Er is niets aan de hand, Ashley,' zei dokter Keller. 'Je bent veilig. Als ik tot vijf tel, word je weer wakker.'

Rillend als een rietje werd Ashley wakker. 'Is er iets?'

'Toni vertelde me van Richard Melton. Hij vrijde met je. Je dacht dat het je vader was, dus toen...'

Ze sloeg haar handen over haar oren en zei: 'Ik wil er niets meer over horen!'

Dokter Keller bracht verslag uit aan Otto Lewison.

'Ik denk dat we eindelijk een grote doorbraak maken. Het is voor Ashley heel traumatisch, maar ik denk dat we er bijna zijn. We moeten nog twee moorden terughalen.'

'En daarna?'

'Daarna breng ik Ashley, Toni en Alette bij elkaar.'

27

'Toni? Hoor je me, Toni?' Dokter Keller keek hoe de gelaatsuitdrukking van Ashley veranderde.

'Ik hoor je, doktertje.'

'Ik wil het met je hebben over Jean Claude Parent.'

'Ik had moeten weten dat hij te goed was voor deze wereld.'

'Hoe bedoel je dat?'

'In het begin leek hij een echte heer. Hij nam me iedere dag
op sleeptouw en we hadden veel plezier samen. Ik dacht dat hij
anders was dan andere mannen, maar hij was net zo. Het enige waar hij op uit was, was seks.'

'Ik begrijp het.'

'Hij gaf me een prachtige ring cadeau en ik neem aan dat hij
toen dacht dat ik van hem was. Ik ging met hem mee naar
huis.'

*Het was een prachtig rood bakstenen huis. Het had twee
verdiepingen die vol stonden met het mooiste antiek.*

'Wat prachtig, Jean Claude.'

'Boven in de slaapkamer heb ik nog iets heel moois dat ik je
graag wil laten zien.' Hij nam haar mee naar boven. Ze was
niet bij machte hem tegen te houden. In de slaapkamer sloeg
hij zijn armen om haar heen en fluisterde: 'Kleed je uit.'

'Ik wil niet…'

'Natuurlijk wel. We willen het allebei.' Snel trok hij haar
kleren uit, legde haar op bed en kwam boven op haar liggen.
'Nee papa, alstublieft niet doen!'

Maar hij sloeg er geen acht op. Hij ging maar door met stoten, tot hij eindelijk 'Ah' een kreet slaakte en ophield. 'Je bent heerlijk,' zei hij.

Op dat moment vond er een geweldige explosie van woede plaats. Ze greep de messcherpe brievenopener die op het bureau lag en stak hem diep in zijn borst. Steeds opnieuw, erin en eruit.

'Dit zul je niet nog een keer iemand aandoen.' Met die woorden greep ze hem in zijn kruis.

Toen ze klaar was, nam ze op haar gemak een douche, kleedde zich aan en ging naar huis.

'Ashley...' Opnieuw veranderde Ashleys gelaatsuitdrukking. 'Ashley, word wakker.'

Heel langzaam werd ze wakker. Ze keek dokter Keller aan en vroeg: 'Toni weer?'

'Ja, ze maakte via Internet kennis met Jean Claude. Ashley, heb je toen je in Quebec was, wel eens gemerkt dat je een stuk van de dag of de nacht kwijt was? Dat het opeens een paar uur later was? Of een hele dag? En dat je geen flauw idee had wat je in de tussentijd had gedaan?'

Bedachtzaam knikte ze. 'Ja, dat gebeurde zelfs heel vaak.'

'Op die momenten had Toni het roer overgenomen.'

'En op die momenten... heeft ze...'

'Ja.'

Gedurende de maanden die daarop volgden, gebeurde er niet veel. 's Middags luisterde dokter Keller als Toni zichzelf op de piano begeleidde of hij ging kijken bij Alette als ze in de tuin stond te schilderen. Ze moesten nog één moord bespreken, maar hij wilde dat Ashley eerst tot rust kwam.

Het was nu vier jaar geleden dat ze was opgenomen. *Ze is zo goed als genezen*, dacht dokter Keller.

Op een maandagochtend liet hij Ashley bij zich komen. Hij keek hoe ze zijn kantoor binnen kwam lopen. Ze zag bleek, alsof ze wist wat er ging komen.

'Goedemorgen, Ashley.'

'Goedemorgen, Gilbert.'

'Hoe voel je je vandaag?'

'Zenuwachtig. Dit is de laatste, hè?'

'Ja. Ik wil het met je hebben over hulpsheriff Sam Blake. Wat deed hij bij jou thuis?'

'Ik had hem gevraagd of hij kon komen. Iemand had met koeienletters op mijn badkamerspiegel geschreven: "JIJ GAAT ERAAN". Ik wist gewoon niet wat ik ermee aan moest. Ik dacht dat iemand me wilde vermoorden. Dus belde ik de politie en kwam hulpsheriff Blake naar mijn appartement. Hij was heel aardig.'

'Heb je hem ook gevraagd de nacht bij je door te brengen?'

'Ja. Ik was bang. Ik wilde niet alleen zijn. Hij zei dat hij zou blijven slapen en de volgende ochtend zou regelen dat ik vierentwintig uur per dag bescherming zou krijgen. Ik bood aan op de bank te slapen, zodat hij in mijn bed kon kruipen, maar hij zei dat hij de bank wel zou nemen. Ik herinner me nog dat hij de ramen naliep om te kijken of ze wel goed dichtzaten. Hij had zijn pistool op het tafeltje naast de bank gelegd. Ik heb hem goedenacht gewenst, ben naar de badkamer gegaan en heb de deur achter me dichtgedaan.'

'En wat gebeurde er toen?'

'Verder herinner ik me alleen maar dat ik wakker werd omdat iemand in het steegje stond te gillen. Toen kwam de sheriff en die vertelde me dat ze het stoffelijk overschot van hulpsheriff Blake hadden gevonden.' Hier stopte ze. Ze zag bleek.

'Goed. Ik laat je nu slapen. Ontspan je… Doe je ogen dicht en ontspan je…' Het duurde tien minuten. 'Toni…,' zei dokter Keller.

'Ja, ik ben er. Je wilt weten wat er gebeurd is, hè? Het was stom van Ashley om te vragen of hulpsheriff Blake wilde blijven slapen. Ik wist wel wat er ging gebeuren.'

Hij hoorde een gil vanuit de badkamer. Snel stond hij op van de bank, greep zijn pistool van het tafeltje en liep naar de deur van de slaapkamer. Daar bleef hij even staan luisteren. Hij hoorde niets; hij had het zich maar ingebeeld. Toen hij weer wilde weglopen, hoorde hij opnieuw een gil. Hij duwde de deur open, zijn pistool in de aanslag. Ashley lag naakt in bed te slapen. Er was niemand anders in de kamer. Ze kreunde zachtjes. Hij liep zachtjes naar het bed. Wat was ze mooi. Ze lag in de foetushouding en kreunde opnieuw. Blijkbaar had ze een nare droom. Hij wilde haar alleen maar troosten, haar in zijn armen nemen en vasthouden. Hij ging naast haar liggen en trok haar zachtjes naar zich toe. Toen hij haar warmte voelde, raakte hij opgewonden.

Ze werd wakker toen hij zei: 'Het komt allemaal goed. Je bent veilig.' Hij drukte zijn lippen op die van haar, deed haar benen van elkaar en drong bij haar naar binnen.

Ze schreeuwde: 'Nee, papa!'

Opgezweept door een oerdrift ging hij steeds sneller heen en weer. Op dat moment werd ze vervuld van een primitieve wraak. Ze greep het mes uit het laatje van het nachtkastje en begon hem te steken.

'Wat gebeurde er nadat je hem vermoord had?'

'Daarna wikkelde ik zijn lichaam in een laken, sleepte hem naar de lift en door de garage naar het steegje.'

'… en toen,' zei dokter Keller tegen Ashley, 'toen wikkelde Toni zijn lichaam in een laken, sleepte hem naar de lift en door de garage naar het steegje.'

Ashley zag lijkbleek. 'Ze is een mon… ík ben een monster.'

'Nee, Ashley,' zei dokter Keller. 'Wat je je goed voor ogen moet houden is dat Toni geboren is uit jouw lijden. Ze kwam om je te beschermen. Hetzelfde geldt voor Alette. Het wordt tijd dat we dit tot een einde brengen. Ik wil dat jullie elkaar ontmoeten. Dat is de volgende stap in het genezingsproces.'

Ashley kneep haar ogen stijf dicht. 'Goed. Wanneer…?'

'Morgenochtend.'

Ashley was in een diepe hypnose. Eerst haalde dokter Keller Toni.

'Toni, ik wil dat jij en Alette Ashley ontmoeten.'

'Waarom denk je dat ze ons aankan?'

'Dat denk ik gewoon.'

'Mij best, doktertje. Het maakt mij niet uit.'

'Alette, ben jij er klaar voor om Ashley te ontmoeten?'

'Als Toni zegt dat het goed is…'

'Ja, Alette. Het wordt tijd.'

Dokter Keller haalde diep adem en zei: 'Ashley, ik wil dat je Toni gedag zegt.'

Heel lang bleef het stil. Toen klonk er een timide: 'Hallo, Toni...'

'Hallo.'

'Ashley, zeg ook Alette eens gedag...'

'Hallo, Alette...'

'Hallo, Ashley.'

Dokter Keller haalde opgelucht adem. 'Ik wil dat jullie elkaar leren kennen. Jullie hebben alledrie dezelfde, verschrikkelijke, traumatische ervaringen meegemaakt. Dat heeft jullie van elkaar gescheiden. De reden voor die scheiding bestaat niet meer. Jullie moeten weer samensmelten tot één gezonde persoonlijkheid. Het is een lange reis, maar jullie hebben de eerste stappen al gezet. Ik verzeker jullie dat het moeilijkste gedeelte achter jullie ligt.'

Vanaf dat moment kwam het genezingsproces van Ashley in een stroomversnelling terecht. Ashley sprak iedere dag met haar twee alter ego's.

'Ik moest je wel in bescherming nemen,' probeerde Toni uit te leggen. 'Telkens als ik een van die mannen vermoordde, vermoordde ik eigenlijk papa, om wat hij me heeft aangedaan.'

'Ook ik probeerde je te beschermen,' zei Alette.

'Dat... dat waardeer ik heel erg. Ik ben jullie allebei heel erg dankbaar.'

Met een wrang lachje keerde Ashley zich tot dokter Keller en zei: 'Ik ben het alledrie. Ik praat gewoon tegen mezelf.'

'Je praat tegen de twee andere delen van jezelf,' verbeterde hij haar vriendelijk. 'Het wordt tijd dat jullie weer samensmelten tot één ongedeelde persoonlijkheid.'

'Ik ben er klaar voor,' zei Ashley met een glimlach.

Diezelfde middag liep dokter Keller naar het kantoor van Otto Lewison.

'Ik hoor goede berichten, Gilbert,' zei dokter Lewison.

Dokter Keller knikte. 'Ashley is verschrikkelijk goed vooruitgegaan. Ik denk dat ze met een paar maanden ontslagen kan worden en dat we haar behandeling dan extramuraal kunnen voortzetten.'

'Dat is prachtig nieuws. Gefeliciteerd.'

Ik zal haar missen, dacht dokter Keller. *Ik zal haar vreselijk missen.*

'Meneer Singer, ik heb dokter Salem op lijn twee voor u.'

'Dank je.' Verbaasd pakte David de hoorn op. Waarom zou dokter Salem hem nou bellen? Het was jaren geleden dat ze elkaar voor het laatst hadden gesproken. 'Royce?'

'Goedemorgen, David. Dit zul je beslist wel willen horen. Het gaat over Ashley Patterson.'

David schrok. 'Wat is er met haar?'

'Weet je nog dat we zo ontzettend ons best hebben gedaan erachter te komen wat haar trauma veroorzaakt had en dat we dat nooit te weten zijn gekomen?'

Dat kon David zich nog maar al te goed herinneren. Het was de zwakke plek geweest in hun verdediging. 'Ja.'

'Nu weet ik waar de oorzaak lag. Mijn vriend, Otto Lewison, die directeur is van het Psychiatrisch Ziekenhuis in Connecticut, heeft me net gebeld. De oorzaak van het trauma lag bij dokter Steven Patterson. Hij heeft Ashley misbruikt toen ze nog maar een kind was.'

'Wát? vroeg David. Hij kon zijn oren niet geloven.

'Dokter Lewison heeft dat enige tijd geleden vernomen.'

Terwijl dokter Salem doorpraatte, hoorde David nauwelijks wat hij zei. Hij zat met zijn gedachten heel ergens anders. Opnieuw hoorde hij dokter Patterson zeggen: *'David, je bent de enige die ik vertrouw. Mijn dochter betekent alles voor me. Jij gaat haar leven redden. Ik wil dat jij de verdediging van Ashley op je neemt. Ik wil niet dat je de hulp van anderen inroept....'*

Plotseling besefte David waarom dokter Patterson er zo op had gehamerd dat hij alleen de verdediging van Ashley op zich moest nemen. Patterson was ervan overtuigd geweest dat David hem de hand boven het hoofd zou houden als hij er ooit achter kwam wat hij had gedaan. Dokter Patterson had voor de keus gestaan om zijn dochter in veiligheid te brengen of zijn reputatie. Hij had voor zijn reputatie gekozen. *De klootzak!*

'Dank je wel, Royce.'

Toen Ashley die middag langs de recreatiezaal liep, zag ze een nummer van de *Westport News* liggen, dat iemand daar had laten liggen. Op de omslag stond een foto van haar vader, met Victoria Aniston en Katrina. De intro van het artikel luidde als volgt: 'Dokter Patterson staat op het punt te trouwen met de bekende Victoria Aniston. Mevrouw Aniston heeft een driejarig dochtertje uit een eerder huwelijk. Dokter Patterson komt in dienst bij het St. John's Ziekenhuis in Manhattan. Het toekomstig bruidspaar heeft een huis op Long Island gekocht.' Ashley verroerde zich niet, maar haar gezicht werd verwrongen door woede. 'Ik zal hem krijgen, de klootzak!' schreeuwde Toni. 'Ik ga hem vermoorden!'

Ze was helemaal buiten zinnen. Ze moesten haar in de gecapitonneerde isoleercel opsluiten, zodat ze zichzelf niets kon aandoen. Haar handen en enkels werden geboeid. Toen de verpleegkundigen haar haar eten kwamen brengen, probeerde ze hen te grijpen: ze moesten ervoor wakwen niet al te dicht bij haar in de buurt te komen. Toni had volkomen bezit genomen van Ashley.

Toen dokter Keller binnen kwam lopen, riep ze: 'Laat me los, schoft. Laat me los!'

'We laten je pas los,' zei dokter Keller, 'als je helemaal kalm bent geworden.'

'Ik ben kalm,' gilde Toni. 'Laat me los!'

Dokter Keller ging naast haar op de grond zitten en zei: 'Toni, toen je de foto van je vader zag, zei je dat je hem pijn wilde doen, en…'

'Je liegt. Ik zei dat ik hem ging vermóórden!'

'Er is al genoeg gemoord. We hebben er geen behoefte aan als je nog iemand neersteekt.'

'Ik ga hem ook niet neersteken. Heb je wel eens van zoutzuur gehoord? Dat gaat door alles heen. Ook door je huid.

288

Wacht maar tot ik…'

'Ik wil niet dat je dergelijke gedachten hebt.'

'Je hebt gelijk. Vergif! Vergif is veel beter. Waarom zou hij wachten tot hij verbrand is? Ik kan het zo doen dat ze me nooit kunnen pakken als…'

'Toni, ik wil dat je het uit je hoofd zet.'

'Goed. Er zijn misschien nog veel betere methodes te bedenken.'

Diep teleurgesteld keek hij haar aan. 'Ik dacht dat we dat soort gevoelens achter ons hadden gelaten. Waarom ben je nou zo boos?'

'Weet je dat niet? Ik dacht dat jij zo'n geweldige dokter was. Hij gaat trouwen met een vrouw die een dochtertje van drie heeft. Wat denk je dat er met dat kind gaat gebeuren, meneer de wonderdokter? Ik zal je vertellen wat er gaat gebeuren: hetzelfde als ons is overkomen. En ik laat dat niet toe!'

'Toni, er gaat haar helemaal niets overkomen. Ik dacht dat we zulke haatgevoelens niet meer koesterden.'

'Haat? Zal ik jou eens wat vertellen over haat?'

Het regende, de druppels roffelden op het dak van de auto. Ze keek naar haar moeder die achter het stuur op de weg zat te turen. Ze was blij en moest glimlachen. Ze begon te zingen:

'All around the mulberry bush,
The monkey chased…'

Haar moeder draaide haar hoofd om en riep: 'Hou je mond. Je weet toch dat ik de pest heb aan dat liedje? Het komt door jou dat ik me ongelukkig voel, jij vuile…'

Vanaf dat moment leek alles zich in slowmotion af te spelen. De bocht in de weg, de auto die in een slip raakte, de boom. Door de klap werd ze uit de auto geslingerd. Ze was met de schrik vrij gekomen. Ze krabbelde overeind. Haar moeder zat bekneld en kon zich niet losmaken. Ze gilde het uit. 'Haal me eruit! Help me. Help me!'

Ze keek alleen maar toe, totdat de auto explodeerde.

'Haat? Wil je nog meer voorbeelden?'

'Het besluit moet unaniem zijn,' zei Walter Manning. *'Mijn dochter is kunstenares van beroep en niet een of andere dilettante. Dit schilderij is een geste van mijn dochter. Die kunnen we niet afwijzen. Het besluit moet unaniem zijn. We geven hem óf het schilderij van mijn dochter óf we geven hem helemaal niets.*

Ze stond langs de stoep geparkeerd, met draaiende motor. Ze zag Walter Manning de straat oversteken. Hij liep naar de garage waarin hij altijd zijn auto parkeerde. Ze schakelde en trapte vol op het gaspedaal. Pas op het laatst hoorde hij het geluid van een auto en draaide hij zich om. Ze keek hem recht aan toen de auto op hem inreed en zijn lichaam naar de zijkant vloog. Ze reed door, er waren geen getuigen. God was met haar.

'Dát noem ik nou haat, doktertje. Dat is pas echte haat!'

Hij had haar vol afgrijzen aangehoord. De brute wreedheid ervan had hem geschokt. Hij liet al zijn verdere afspraken van die dag afzeggen. Hij wilde even helemaal alleen zijn.

Toen dokter Keller de volgende ochtend de isoleercel binnenstapte, had Alette de touwtjes in handen.

'Dokter Keller, waarom doet u me dit aan?' vroeg Alette. 'Laat me hier toch uit.'

'Dat zal ik doen,' zei hij om haar gerust te stellen. 'Maar vertel eens, wat vindt Toni ervan? Wat heeft ze je gezegd?'

'Toni zegt dat we moeten ontsnappen en papa moeten vermoorden.'

'Môgge, doktertje,' interrumpeerde Toni. 'We voelen ons uitstekend! Laat ons toch gaan.'

In haar ogen zag dokter Keller moordlust.

'Ik vind het heel jammer dat het zo is gelopen, Gilbert,' zei Otto Lewison. 'Het ging zo goed.'

'Zoals de zaken er nu voor staan, heb ik niet eens contact met Ashley.'

'Moet je nou weer helemaal van voren af aan beginnen?'

Dokter Keller dacht even na. 'Nee, dat hoeft niet, Otto. We zijn nu in het stadium dat ze elkaar al een beetje hebben leren kennen. Dat was een belangrijke mijlpaal. De volgende stap is de volledige integratie. Ik moet nu een manier verzinnen om dat voor elkaar te krijgen.'

'Dat stomme artikel...'

'We mogen er heel blij mee zijn dat Toni het zag.'

'Blij?' vroeg Otto Lewison verbaasd.

'Ja, want we hebben nog steeds te maken met dat restje haat dat in Toni zit. Nu we weten dat het er nog zit, kunnen we eraan werken. Ik denk dat ik maar eens wat ga experimenteren. Als het lukt, dan zou dat ons geweldig op weg helpen. Als het niet lukt... denk ik dat Ashley de rest van haar leven hier moet blijven,' voegde hij er met enige aarzeling timide aan toe.

'Wat wil je dan gaan doen?'

'Ik denk dat het geen goed idee is als Ashley haar vader nog een keer ontmoet. Daarom wil ik een knipseldienst in de arm nemen, die me ieder artikel over dokter Patterson opstuurt.'

'Wat schiet je daar nou mee op?' vroeg Otto Lewison met enige verbazing.

'Ik ga Toni al die artikeltjes laten lezen. Op den duur zal haar haat opbranden. Dit is dé manier om te kijken wat er gebeurt en het allemaal in goede banen te leiden.'

'Dat kon wel eens lang gaan duren, Gilbert.'

'Op z'n minst een jaar, misschien langer. Maar volgens mij is het haar enige kans.'

Vijf dagen daarna was Ashley weer de baas over zichzelf.

'Goedemorgen Gilbert. Het spijt me. Het had niet mogen gebeuren,' zei Ashley op het moment dat dokter Keller de gecapitonneerde cel binnenstapte.

'Ik ben er juist blij om dat dit gebeurde, Ashley. Zo komen tenminste al je gevoelens naar de oppervlakte en worden ze bespreekbaar.' Met een knikje gaf hij de bewaker te kennen dat hij de boeien kon verwijderen.

Ashley ging staan en wreef over haar polsen. 'Ik heb wel eens lekkerder gezeten,' merkte ze op. Samen liepen ze de gang op. 'Toni was heel boos.'

'Ja, dat weet ik. Ze komt er wel overheen. Ik zal je vertellen wat ik van plan ben...'

Elke maand verschenen er wel drie of vier artikelen over dokter Patterson. In één daarvan stond het volgende: 'Aanstaande vrijdag zal dokter Steven Patterson in het huwelijk treden met Victoria Aniston. De ceremonie zal door een groot aantal gasten worden bijgewoond en op Long Island worden voltrokken. Alle collega's van dokter Patterson zullen met het vliegtuig...'

Toen ze het verhaal onder ogen kreeg, werd Toni hysterisch.

'Dat huwelijk zal niet lang standhouden.'

'Waarom niet, Toni?'

'Omdat hij niet zo lang zal leven!'

'Dokter Steven Patterson heeft ontslag genomen bij het St. John's Ziekenhuis om leiding te gaan geven aan de hartafdeling van het Methodisten-ziekenhuis van Manhattan...'

'Zodat hij daar alle meisjes kan verkrachten...' schreeuwde Toni.

'De Lasker Award is toegekend aan dokter Steven Patterson voor zijn grote verdiensten op het gebied van de medische wetenschap. De prijsuitreiking zal plaatsvinden in het Witte Huis.'

'Ophangen moeten ze hem! De klootzak!' luidde het commentaar van Toni.

Gilbert Keller zorgde ervoor dat Toni alle artikelen te zien kreeg die op haar vader betrekking hadden. In de loop der tijd verminderde Toni's woede bij het lezen. Het leek wel alsof haar emoties afsleten. Haar haat veranderde in woede en haar woede veranderde uiteindelijk in een vorm van acceptatie.

Ook in de huizenrubriek kwamen ze hem tegen. 'Dokter Steven Patterson heeft met zijn kersverse bruid een woning in Manhattan betrokken. Het echtpaar denkt er echter over een tweede huis te kopen, maar dan in The Hamptons zodat ze daar samen met hun dochtertje Katrina hun vakanties kunnen doorbrengen.'

Toni barstte in snikken uit. 'Hoe kon hij ons dat nou aandoen?'

'Heb je het gevoel dat dat meisje jouw plaats heeft ingenomen, Toni?'

'Ik... ik weet het niet. Ik... weet niets meer.'

Zo ging er een jaar voorbij. Ashley ging drie keer in de week naar haar therapeut. Ook al ging er bijna geen dag voorbij dat Alette stond te schilderen, Toni weigerde op de piano te spelen of te zingen.

Toen het Kerstmis was, liet dokter Keller opnieuw een krantenknipseltje aan Toni lezen. Het was een foto van haar vader, in het gezelschap van Victoria Aniston en Katrina. Het bijschrift luidde: 'De Pattersons vieren Kerstmis in The Hamptons.'

Het weemoedige commentaar van Toni luidde: 'Wij vierden ook altijd Kerstmis met het hele gezin. Hij kocht altijd van die prachtige cadeaus.' Ze keek dokter Keller aan en zei: 'Hij was niet alleen maar slecht. Hij was ook een goede vader, afgezien van... je weet wel. Ik denk dat hij echt van me hield.'

Dit was het eerste teken van een nieuwe doorbraak.

Toen dokter Keller op een dag langs de recreatiezaal liep, hoorde hij Toni zichzelf op de piano begeleiden. Verbaasd keek hij naar binnen. Ze ging zo op in de muziek, dat ze niet merkte dat hij naar haar keek.

De dag daarop had dokter Keller weer een gesprek met Toni.

'Toni, je vader wordt alweer een dagje ouder. Wat zou het je doen als hij overleed?'

'Ik... ik wil niet dat hij doodgaat. Ik weet dat ik heel veel nare dingen over hem heb gezegd, maar dat kwam alleen maar doordat ik zo kwaad op hem was.'

'Ben je nu nog kwaad?'

Ze moest er even over nadenken. 'Nee, ik ben niet meer kwaad. Wel gekwetst. Ik denk dat je gelijk hebt. Ik had inderdaad het gevoel dat het meisje mijn plaats innam.' Ze keek

293

dokter Keller aan en voegde eraan toe: 'Ik was helemaal in de war. Maar net als Ashley heeft ook mijn vader het recht zijn leven verder te leven.'

We zitten weer op het goede spoor, dacht dokter Keller opgelucht.

Ze waren nu in het stadium beland waarin de drie persoonlijkheden vrijelijk met elkaar communiceerden.

'Ashley, je had Toni en Alette nodig om je tegen de pijn te beschermen,' zei dokter Keller op een dag. 'Wat zijn nu je gevoelens ten opzichte van je vader?'

Even bleef het stil. 'Ik zal nooit vergeten wat hij me heeft aangedaan,' antwoordde ze langzaam. 'Maar ik kan het hem wel vergeven. Ik wil het verleden achter me laten en me gaan richten op de toekomst.'

'Als je dat werkelijk wilt, is het noodzakelijk dat we je weer omvormen tot één persoonlijkheid. Alette, wat vind jij daarvan?'

'Als ik Ashley ben,' vroeg Alette, 'kan ik dan doorgaan met schilderen?'

'Ja, natuurlijk.'

'Nou, dan wil ik het wel.'

'Toni?'

'Kan ik dan zingen en pianospelen?'

'Ja,' antwoordde hij.

'Nou... wat houdt ons dan nog tegen?'

'Ashley?'

'Ik wil graag dat we weer één worden. Maar... ik wil ze wel bedanken, omdat... ze me te hulp schoten toen ik ze nodig had.'

'Graag gedaan, schatje.'

'*Minièra, anche,*' zei Alette.

Nu moesten ze alleen nog de laatste stap zetten: integratie.

'Mooi zo. Ashley, ik ga je nu hypnotiseren. Ik wil dat je afscheid neemt van Toni en Alette.'

Ashley haalde heel diep adem en zei: 'Dag, Toni. Dag, Alette.'

'Dag, Ashley.'

'Pas goed op jezelf, Ashley.'

Tien minuten daarna was Ashley in een diepe hypnose.

'Ashley, je hoeft nergens meer bang voor te zijn. Je hebt je problemen achter je gelaten. Je hebt niet langer anderen nodig om je te beschermen. Je kunt het leven zelf aan, zonder hulp van buitenaf, zonder dat het nodig is je af te sluiten voor nare ervaringen. Wat er ook gaat komen, je kunt het onder ogen zien. Ben je het met me eens?'

'Ja. Ik ben klaar voor de toekomst.'

'Oké. Toni?'

Geen antwoord.

'Toni?'

Geen antwoord.

'Alette?'

Stilte.

'Alette?'

Stilte.

'Ashley, ze zijn weg. Je bent nu weer helemaal één. Je bent genezen.'

Hij zag het gezicht van Ashley opklaren.

'Als ik tot drie tel, word je wakker. Eén... twee... drie.'

Met een gelukzalige glimlach werd Ashley wakker. 'Het is... zover, toch?'

'Ja,' knikte hij.

Ze kon wel dansen van vreugde. 'Ik ben vrij. O, dank je wel, Gilbert! Het is net alsof... er een donker gordijn is opengeschoven.'

Dokter Keller pakte haar hand en zei: 'Ik kan je niet vertellen hoe blij ik voor je ben. In de komende maanden moeten we nog wel een paar tests afnemen, maar als ze de uitslag te zien zullen geven die ik denk dat ze zullen geven, dan mag je naar huis. Ik zal ervoor zorgen dat we de behandeling extramuraal kunnen voortzetten.'

Ashley knikte alleen maar. Door alle emotie kon ze niet praten.

28

In de maanden die daarop volgden liet Otto Lewison Ashley door drie psychiaters onderzoeken. Ze maakten daarbij gebruik van hypnotherapie en van natrium amytal.

'Hallo, Ashley. Ik ben dokter Montfort. Ik wil je een paar vragen stellen. Wat zijn je gevoelens ten aanzien van jezelf?'

'O, ik voel me fantastisch, dokter. Het is net alsof ik genezen ben van een lange, slopende ziekte.'

'Vind je jezelf slecht?'

'Nee. Ik weet dat er in het verleden heel nare dingen zijn gebeurd, maar ik heb niet het gevoel dat ik daarvoor verantwoordelijk ben.'

'Zijn er mensen die je haat?'

'Nee.'

'Je vader? Haat je hem dan niet?'

'Dat heb ik wel gedaan, maar nu niet meer. Ik denk dat hij er ook niets aan kon doen. Ik hoop dat het goed met hem gaat.'

'Zou je hem weer eens willen ontmoeten?'

'Ik denk dat we dat beter niet kunnen doen. Hij heeft zijn eigen leven en ik wil graag voor mezelf aan een nieuw leven beginnen.'

'Ashley?'

'Ja.'

'Ik ben dokter Vaughn. Ik wil graag even met je praten.'

'Dàt kan.'

'Herinner je je Toni en Alette nog?'

'Ja, natuurlijk. Maar ze zijn er niet meer.'

'Wat zijn je gevoelens ten aanzien van hen?'

'In het begin was ik bang voor hen. Maar nu ik weet dat ik hen nodig had, ben ik hen alleen maar dankbaar.'

'Slaap je 's nachts goed?'

'Nu wel, ja.'

'Vertel me je dromen eens.'

'Ik had altijd nachtmerries. Ik werd altijd achternagezeten of er was iemand die me wilde vermoorden.'

'Heb je nog steeds van die nachtmerries?'

'Nee, niet meer. Ik heb nu heel prettige dromen. Met heldere kleuren en mensen die lachen. Vannacht droomde ik dat ik op wintersport was. Ik ging met een sneltreinvaart naar beneden en het was ijskoud. Maar dat vond ik helemaal niet meer erg. Het was heerlijk.'

'Wat zijn je gevoelens ten aanzien van je vader?'

'Ik wil dat hij gelukkig wordt. Ik wil zelf ook gelukkig worden.'

'Ashley?'

'Ja.'

'Ik ben dokter Hoelterhoff.'

'Hoe maakt u het, dokter?'

'Ze hadden me niet verteld dat je zo mooi was. Vind je jezelf mooi?'

'Ik vind mezelf wel aantrekkelijk...'

'Ze zeggen dat je een mooie stem hebt. Vind je dat zelf ook?'

'Nou, ik heb nooit les gehad, maar ja,' zei ze lachend, 'ik kan wel toon houden, ja!'

'Ze zeggen ook dat je schildert. Kun je het een beetje?'

'Voor een amateur doe ik het niet slecht, nee.'

Hij keek haar onderzoekend aan. 'Zijn er problemen die je misschien met me zou willen bespreken?'

'Nou, ik heb geen problemen. Ze verzorgen me hier heel erg goed.'

'Wat zou je ervan vinden als je ontslagen werd uit het ziekenhuis, en weer de wijde wereld in werd gestuurd?'

'Daar heb ik veel over nagedacht. Ik vind het wel een beetje eng, maar tegelijkertijd ook heel opwindend.'

'Denk je dat je er bang zult zijn?'

'Nee, ik wil een nieuw leven beginnen. Ik kan heel goed met computers overweg. Ik zal wel niet meer bij het bedrijf terecht kunnen waarvoor ik vroeger werkte, maar ik ben ervan overtuigd dat ik wel weer een baan zal krijgen.'

'Dank je wel, Ashley,' zei dokter Hoelterhoff. 'Ik vond het leuk om met je te praten.'

In het kantoor van Otto Lewison zaten de doktoren Montfort, Vaughn, Hoelterhoff en Keller bijeen. Otto Lewison zat de verslagen en rapporten door te nemen. Toen hij daarmee klaar was, keek hij dokter Keller aan en glimlachte.

'Gefeliciteerd. Alle rapporten eindigen met een positief advies. Je hebt heel goed werk verricht.'

'Ze is een geweldige vrouw, Otto. Echt heel bijzonder. Ik ben blij dat ze haar leven weer terugkrijgt.'

'Is ze akkoord gegaan met extramurale behandeling?'

'Ja, helemaal.'

Otto Lewison knikte. 'Mooi, ik zal de ontslagformulieren laten opmaken.' Hij wendde zich tot de andere artsen en zei: 'Heren, dank u wel. Fijn dat u uw medewerking hebt willen verlenen.'

29

Twee dagen daarna werd Ashley bij dokter Lewison geroepen. Toen ze zijn kantoor binnenliep, zat dokter Keller er ook. Ze was vrij en kon weer terug naar haar appartement in Cupertino. Ze moest zich wel onder regelmatige behandeling laten stellen van een therapeut die door de rechterlijke macht was erkend.

'Vandaag is de grote dag,' zei dokter Lewison. 'Opgewonden?'

'Opgewonden,' zei Ashley. 'Bang. Ik... ik weet het niet. Ik voel me als een vogel die wordt losgelaten. Ik heb het gevoel dat ik vlieg.' De opwinding was van haar gezicht af te lezen.

'Ik ben blij voor je dat je weggaat,' zei dokter Keller. 'Maar ik zal je missen.'

Ashley pakte zijn hand en zei: 'Ik zal jou ook missen. Ik weet niet hoe ik je moet bedanken.' De tranen sprongen haar in de ogen. 'Je hebt me mijn leven teruggegeven.'

Ze wendde zich tot dokter Lewison: 'Zodra ik terug ben in Californië, ga ik solliciteren bij computerfirma's. Ik laat het u wel weten als het wat wordt. En ik hou u ook op de hoogte van de therapiesessies. Ik wil dat zoiets me nooit meer overkomt.'

'Ik denk dat je je op dat punt helemaal geen zorgen meer hoeft te maken,' zei dokter Lewison geruststellend.

Toen ze weg was, zei dokter Lewison: 'Nou Gilbert, dit maakt een hoop zaken goed waarin we niet zo veel succes hebben. Of niet soms?'

Het was een zonnige dag in juni. Ashley liep over Madison Avenue in New York. Haar stralende glimlach zorgde ervoor dat de mensen zich omdraaiden en naar haar keken. Ze was nog nooit zo gelukkig geweest. Ze dacht aan dat heerlijke leven dat voor haar lag en aan alle dingen die ze wilde gaan doen. Het had allemaal heel anders kunnen aflopen, dat realiseerde ze zich heel goed. Maar dit was het eind goed al goed waarvoor ze had gebeden.

Ze liep het Pennsylvania Station binnen, het drukste en grootste treinstation van de Verenigde Staten. Het was een waar doolhof van zuurstofarme ruimtes en gangen. Het stikte er van de mensen. *En elk van hen kan een interessant verhaal vertellen*, dacht ze. *Ze gaan allemaal ergens anders naartoe en leven allemaal hun eigen leven. En ik? Ik ga nu ook weer mijn eigen leven leiden.*

Ze kocht een kaartje bij de automaat en liep naar haar trein die net op dat moment het station kwam binnenrijden. *Wat een toeval*, schoot het door haar heen.

Ze stapte in en zocht een plaatsje. Ze was opgewonden over wat er allemaal komen ging. De trein schokte even en kwam daarna weer op snelheid. *Eindelijk onderweg*, dacht ze. Op weg naar The Hamptons begon ze zachtjes voor zich uit te zingen:

'*All around the mulberry bush,*
The monkey chased the weasel.
The monkey thought 't was all in fun.
Pop! goes the weasel…'

Nawoord

In de afgelopen twintig jaar zijn tientallen rechtszaken gevoerd waarin de aanwezigheid van een meervoudige persoonlijkheid door de verdediging werd aangevoerd. De misdaden die de verdachten ten laste werden gelegd varieerden van moord en ontvoering tot verkrachting en brandstichting,

De meervoudige persoonlijkheidsstoornis, ook wel bekend als de dissociatieve identiteitsstoornis (DIS), is een controversieel onderwerp van gesprek onder de geleerden. Aan de ene kant zijn er psychiaters die beweren dat hij helemaal niet bestaat. Aan de andere kant zijn er in de loop der jaren tientallen dokters en ziekenhuizen geweest, en ook verschillende centra voor maatschappelijk werk, die hebben gewerkt met mensen die aan MPS leden. Er zijn zelfs studies waarin beweerd wordt dat tussen de vijf en vijftien procent van alle psychiatrische patiënten lijdt aan MPS.

Recente cijfers van het ministerie van Justitie wijzen uit dat eenderde van alle slachtoffers van seksueel misbruik niet ouder is dan zes jaar en dat één op de drie meisjes seksueel misbruikt wordt voordat ze de leeftijd van achttien jaar heeft bereikt.

De meeste gevallen van incest vinden plaats tussen een vader en een dochter.

Een onderzoek dat op dit moment in drie landen plaatsvindt, toont aan dat één procent van de gehele bevolking aan MPS lijdt .

Het komt vaak voor dat dissociatieve stoornissen niet worden herkend; onderzoeken hebben uitgewezen dat het gemiddeld zeven jaar duurt voordat de juiste diagnose wordt gesteld.

Van alle gevallen van MPS is tweederde behandelbaar. Hierna heb ik een lijst opgenomen van organisaties die zich wijden aan de genezing van MPS-patiënten. Daarnaast heb ik de titels van een aantal boeken en artikelen vermeld, die in dit kader van belang zijn.

VERENIGDE STATEN

B.E.A.M. (Being Energetic About
Multiplicity)
P.O. Box 20428
Louisville, KY 40250-0428
(502) 493-8975 (fax)

The Centre for Post-Traumatic &
Dissociative Disorders Program
The Psychiatric Institute of
Washington
4228 Wisconsin Avenue, N.W.
Washington, D.C. 20016
(800) 369-2273

The Forest View Trauma Program
1055 Medical Drive, S.E.
Grand Rapids, MI 49546-3671
(800) 949-8437

International Society for the Study
of Dissociation
60 Revere Drive, Suite 500
Northbrook, IL 60062
(847) 480-0899
(847) 480-9282 (fax)

Justus Unlimited
P.O. Box 1221
Parker, CO 80134
(303) 643-8698

Masters and Johnson's Trauma and
Dissociative Disorders Programs
Two Rivers Psychiatric Hospital
5121 Raytown Road
Kansas City, MO 64133
(800) 225-8577

Mothers Against Sexual Abuse
(MASA)
5031/2 South Myrtle Avenue, no. 9
Mourovia, CA 91016
(626) 305-1986
(626) 503-5190 (fax)

The Sanctuary Unit
Friends Hospital
4641 Roosevelt Boulevard
Philadelphia, PA 19124
(215) 831-4600

The Sidran Foundation
2328 West Joppa Road, Suite 15
Lutherville, MD 21093
(410) 825-8888

The Timberlawn Trauma Program
4600 Samuell Blvd.
Dallas, TX 75228
(800) 426-4944

ARGENTINIË

Grupo de Estudio de Trastornos de
disociación y trauma de Argentina
Dra Graciela Rodriguez
Federico Lacroze 1820 7mo. A
(1426) Buenos Aires
Argentina
Tel./fax 541-775-2792

AUSTRALIË

Australian Association for Trauma
and Dissociation (AATD)
P.O. Box 85
Brunswick

Melbourne, Victoria 3056
Australia
Tel. (03) 9663 6225

*Beyond Survival: A Magazine on
Abuse, Trauma and Dissociation*
P.O. Box 85
Annandale, NSW 2038
Australia
Tel. (02) 9566 2045

CANADA

Canadian Mental Health
Association
Metro Toronto Branch
970 Lawrence Avenue West, Suite
205
Toronto, Ontario
Canada M6A 3B6
Tel. (416) 789-7957
Fax (416) 789-9079

Canadian Society for the Study of
Dissociation
c/o John O'Neil, MD, FRCPC
4064 Wilson Avenue
Montreal, Quebec
Canada H4A 2T9
(9514) 485-9529

ISRAËL

Maytal-Israel Institute for
Treatment & Research on Stress
Eli Somer, Ph.D., Clinical Director,
3 Manyan Street
Haifa 34484, Israel
Tel. 972-4-8381999
Fax 972-4-8386369

NEDERLAND

Nederlands-Vlaamse Vereniging
voor de bestudering van
Dissociatieve Stoornissen (NVVDS)
p.a. stichting RBC, P.C.
Bloemendaal
Kliniek voor Intensieve
Behandeling Atlantis
Fenny ten Boschstraat 23
2555 PT Den Haag
Tel. (070) 391 61 17
Fax (070) 391 61 15

Praktijk voor Psychotherapie en
Hypnose
Els Grimminck, M.D.
Wielewaal 17
1902 KE Castricum
Tel. (0251) 65 02 64
Fax (0251) 65 33 06

VERENIGD KONINKRIJK

British Dissociative Disorders
Professional Study Group
c/o Jeannie McIntee, MSo
Chester Therapy Centre
Weldon House
20 Walpole Street
Chester CH1 4HG
England
(1244) 390121

Literatuur

Calof, David L. en Mary Leloo. *Multiple Personality and Dissociation: Understanding Incest, Abuse and MPD*. Park Ridge. IL: Parkside Publishing, 1993.

Putnam, Frank. *Diagnosis and Treatment of Multiple Personality Disorder*, New York: Guilford Press, 1989.

Putnam, Frank. *Dissociation in Children and Adolescents: A Developmental Perspective*. New York: Guilford Press, 1997.

Roseman, Mark, Gini Scott en William Craig.*You the Jury*. Santa Ana, CA: Seven Locks Press, 1997.

Saks, Elyn R. en Stephen H. Behnke. *Jekyll on Trial*. New York: New York University Press, 1997.

Schreiber, Flora Rheta. *Sybil*. New York: Warner Books, 1995. (Nederlandse vertaling: *Sybil, de vrouw met zestien persoonlijkheden*, Utrecht 1991.)

Thigpen, Corbett, H, en Hervey Cleckley. *Three Faces of Eve*, herziene editie. Augusta, GA: Three Faces of Eve, 1992. (Nederlandse vertaling: *De vrouw met 3 levens*, Amsterdam 1958.)

Artikelen

Abrams, S. 'The Multiple Personality: A Legal Defense.' *American Journal of Clinical Hypnosis*. 25: 225-231 (1983).

Allison, R.B. 'Multiple Personality And Criminal Behaviour.' *American Journal of Forensic Psychiatry*. 2: 32-38 (1981-1982).

Internet:

The Sidran Foundation Online
http://www.sidran.org

Pat McClendon's Home Page
http://www.users.mis.net/~patmc/

International Society for the Study of Dissociation
E-mail: into@issd.org